博雅文学论丛

儿童与战争

国族、教育及大众文化

徐兰君 著

图书在版编目(CIP)数据

儿童与战争：国族、教育及大众文化/徐兰君著.—北京：北京大学出版社，2015.9
（博雅文学论丛）
ISBN 978-7-301-23994-0

Ⅰ.①儿… Ⅱ.①徐… Ⅲ.①儿童文学—文学研究—中国—现代 Ⅳ.①I207.8

中国版本图书馆 CIP 数据核字(2015)第 220496 号

书　　　名	儿童与战争：国族、教育及大众文化
著作责任者	徐兰君　著
责 任 编 辑	延城城
标 准 书 号	ISBN 978-7-301-23994-0
出 版 发 行	北京大学出版社
地　　　址	北京市海淀区成府路 205 号　100871
网　　　址	http://www.pup.cn　新浪微博：@北京大学出版社
电 子 信 箱	pkuwsz@126.com
电　　　话	邮购部 62752015　发行部 62750672　编辑部 62767315
印 刷 者	三河市北燕印装有限公司
经 销 者	新华书店
	965 毫米×1300 毫米　16 开本　15 印张　194 千字
	2015 年 9 月第 1 版　2015 年 9 月第 1 次印刷
定　　　价	38.00 元

未经许可，不得以任何方式复制或抄袭本书之部分或全部内容。
版权所有，侵权必究
举报电话：010-62752024　电子信箱：fd@pup.pku.edu.cn
图书如有印装质量问题，请与出版部联系，电话：010-62756370

目 录

导　论　儿童与战争……………………………………… 1

第一章　国难教育与战争经验日常化：国防游戏与
　　　　儿童战时读本……………………………………… 28

第二章　劳动与教育："乡村儿童"的发现和战时边区
　　　　孩童的抗战宣传实践……………………………… 58

第三章　"小先生"：儿童戏剧和抗战时期
　　　　儿童旅行团的流行………………………………… 87

第四章　"三毛"和战后的"怪诞"记忆：
　　　　重读张乐平的三毛漫画…………………………… 121

第五章　未完成的写作：黄谷柳的《虾球传》和
　　　　当代中国文学的发生……………………………… 152

第六章　上海—香港—东南亚：文化冷战与五六十年代
　　　　亚洲华语儿童刊物中的"太空探险热"………… 180

参考书目 …………………………………………… 220

后　记 ……………………………………………… 232

导　论　儿童与战争

今年是中国抗战胜利七十周年，与战争相关的文学文化课题也因此引起许多学者的关心和注意。本书讨论的核心主题是战争与儿童。1960年，法国学者菲力浦·阿利斯出版了具有奠基意义的社会史著作《儿童的世纪：家庭生活的社会史》（中译本2013年由北京大学出版社出版）。在这部著作中，阿利斯深入地探讨了关于家庭生活的现代观念和对儿童本性之现代认识的历史过程。虽然他所提出的"中世纪的西方人没有儿童观念"的论点已经受到很多学者的质疑，但他把"儿童"概念历史化的努力对后来西方儿童史的研究产生了非常深远的影响[①]。如果说阿利斯的书中非常强调学校以及家庭在儿童概念现代化过程中的作用和角色，那么在战争时期，例如中国的抗战时期，当学校以及家庭的作用在很多方面都发生一定的变化时，"儿童"的概念是否又有了一些比较重要的改变呢？

当然我们需要把这些变化放在范围更为广泛的文化社会变迁中来观察，探讨国家和一些社会教育体制在其中所起的关键作用。更为重要的是，诚如日本学者柄谷行人在《现代日本文学的起源》一书中所提醒我们的那样，"所谓孩子不是实体性的存在，而是一个方法

[①] 关于阿利斯一书对后人的影响，请参考俞金尧：《西方儿童史研究四十年》，《中国学术》2001年第4期，第298—336页。

论上的概念"①。在他看来,儿童是比较抽象的理论建构之一,是明治时期一些普遍的感知结构(structure of feeling)变化的产物,并与"风景的发现"等一起被定义为"现代性的装置"。在这样的理解下,儿童是被成人建构的一个场域。正是在这种方法论的眼光之下,儿童成为一个重要的观察历史与文化的视点。

第一节 以儿童为方法

卡罗琳·斯蒂德曼(Carolyn Steedman)②在她的书中讨论和分析了19世纪英国围绕着"内心(interiority)是一个孩童"这一文化想象的文学、科学及社会话语系统,从而辨析了这一历史时期对流逝的过去的缅怀、对个人原初的执念以及对个人发展某些理想化的想象如何附着于儿童的复杂过程,或者说为了使个人具有"历史"和"深度","童年"如何被发现和创造出来。作者指出,弗洛伊德为了发现自我的主体性,为个体创造出了"童年",并赋予其"潜意识"的概念。克劳迪娅·卡斯塔涅达(Claudia Castaneda)的著作③则以儿童是各种文化建构的话语系统为讨论前提,将儿童的概念放在一个更大的、跨国的文化政治权力网络中考察其建构过程,其中包括离散、殖民、后殖民及科学等话语系统。作者认为,儿童概念的形成,是众多价值系统发生作用的场所:作为一个永远处于"正在形成"(becoming)状态中的存在,"儿童"可以成为对成人世界的一种反省或再创造。用

---

① 〔日〕柄谷行人:《现代日本文学的起源》,赵京华译,北京:生活·读书·新知三联书店2006年版,第124页。

② Carolyn Steedman, *Strange Dislocations: Childhood and the Idea of Human Interiority*, 1780-1930, Cambridge, Mass.: Harvard University Press, 1995.

③ Claudia Castaneda, *Figurations: Child, Bodies, World*, Durham: Duke University Press, 2002.

作者自己的话来说,"儿童是正在形成过程中的成人",还没完成却有潜力成为"成人",正是这种中间性、可变性(mutability)和潜力性(potentiality),成为"儿童"这个概念的文化价值来源。① 这种不确定性在启示希望的同时也隐含着恐惧,尤其是当他们不按预定的轨道发展,从而可能会给权威性的国家及家庭结构带来威胁性冲击的时候。这充满深刻暧昧性的对立结构不可避免地产生了一系列与实践教育学及社会文化组织结构相关的问题。有鉴于此,本书尝试以儿童为方法,探讨20世纪中期在文化和教育方面的一些重要改变,而儿童则被视为意识形态运作的"场域",或者说是多种文化力量的冲突集结点。

虽然西方和日本儿童史的研究已经很成熟,但到目前为止,在现当代中国文化史的研究领域中,还缺少系统地以"儿童"作为一个历史与文化的概念和方法为切入点,去理解某一个专门时段(如抗战时期)的文化和文学课题的专著。不过,已有不少学者意识到"以儿童为方法"的研究取径的学术潜力。例如周蕾就指出,对于原初(the primitive)的兴趣往往出现于国家及文化面临危机的时刻,现代中国民族主义的话语总是集中在"落后/原初"的农民、女性与儿童这三种弱势群体之上(见下文)。关于前两个群体的研究已经出现不少非常好的研究成果,而"儿童"如何被形构的历史,却经常在文化史或文学研究中被搁置或被忽视。与性别身份和阶级身份不同,"儿童"身份不单属于某个特别的群体,而且是每个人都会短暂拥有的某个特定时期的身份。

在中国史研究方面,尽管童年是在现代才被"发现"这一观点已经受到熊秉真及其他研究古代史的学者的挑战,但毋庸置疑,对童年

---

① Claudia Castaneda, *Figurations: Child, Bodies, World*, Durham: Duke University Press, 2002, p.1.

的认识,到了近代确实出现过不同的面向①。正如 Jon Saari 指出的:"在新文化时期(1915—1921)的末梢,一股清晰的对抗传统孝道和专制式教育的情感潮流出现在中国的沿海地区以及士大夫阶层。从那时候开始,一个历史性的对成长过程的重构开始了。"②跟古代比较,在现代意义下被塑造的"孩子",包含了晚清以来就主导着中国知识分子想象的民族意识,也包含了知识分子试图将年轻一代改造成一个现代化国家的模范公民的想法。抗战期间,国民政府提出"抗战建国"的主旋律口号。战争被看作难得的机会——使中国有一个彻底改变:新社会、新人、新中国。1938 年 4 月,毛泽东在边区国防教育第一次代表大会上也指出:"我们的民族是一个缺乏教育的民族,但抗战已大大地改变了中国人,这是几十年的教育所不能成功的,如果抗战再坚持下去,还会造成千百万新人。"③事实上,如何造就历史中的"新人",一直是中国现代性话语中的核心命题之一,而"儿童"可以说是其中的根本。这个命题由晚清启蒙开始,"五四"逐渐清晰多元,到了三四十年代则进入一个比较成熟的关键时期。在抗战年代,一个很重要的思路是用实践来创造新的人。这个"实践"的意义在本书的讨论中会有不同层次上的展开,例如陶行知所倡导的旅行实践、戏剧实践,以及苏区和边区所推行的各种抗战宣传实践,甚至包括生产劳动本身。因此,儿童与"劳动"的关系是本书讨论的重点之一。在当时一些重要的教育改革者和革命者看来,新的历史主体不是一个客观存在的实体,而是通过不断的实践斗争被

---

① Anne Behnke Kinney, *Representations of Childhood and Youth in Early China*, Stanford: Stanford University Press, 2004; Ping-chen Hsiung, *A Tender Voyage: Children and Childhood in Late Imperial China*, Stanford: Stanford University Press, 2005.

② Jon L. Saari, *Legacies of Childhood: Growing up Chinese in a Time of Crisis, 1890-1920*, Cambridge: Harvard University Press, 1990, p.39.

③ 阎树声等:《毛泽东与延安教体育》,西安:陕西人民出版社1993年版,第92页。

创造出来的。这个时期有一系列关于儿童的教育理论以及意识形态话语出现，那么如何理解这些以儿童为中心的文化实践和历史话语背后的运作机制及情感结构，是讨论分析这段时间的历史和文化时所必须面对的问题。

可是，目前学界关于中国文学及文化现代性的讨论，多集中在晚清民国的过渡之际及五六十年代的社会主义时期，即使涉及民国时期，也多停止于1937年。本书则将重点转向三四十年代，这段时期文学文化发展的重要背景之一是抗战。本书以"儿童"是各种文化建构话语系统的重要集合点为讨论前提，主要分析自1937年至1945年前后，现代中国文学和文化领域围绕着"儿童与抗战"这个核心议题而展开的救国、宣传和战时民众教育等重要命题。一个最核心的问题是：在20世纪中期发生在中国土地上的多次波澜起伏的战争及革命当中，儿童的位置在哪里？在本书的研究中，我尤其强调，虽然在晚清与"五四"时期，"儿童"的现代概念逐渐形成，但事实上"儿童的发现"并不是浑然整体的，或者说"儿童"被"发现"的过程本身受组织制度、意识形态和社会政治生态的影响，经常是不均衡地发生的。"儿童"因地域、阶级及性别可以细分为更具体的不同群体。在上世纪20年代，"儿童"的发现更多的是指"中产阶级家庭的儿童"；而如本书第三章所论述的，在上世纪三四十年代，"农村儿童"或者"无产阶级"的儿童开始越来越引起人们的注意，其中的原因很多，但是战争的爆发应该是重要因素之一。同时，"儿童"作为一个独立的和需要被保护的概念则进一步加强。已经有一些学者比较出色地论证过，在抗战时期，由于大量难童的出现，中国儿童的福利制度有了大幅度的加强和改进；但不容忽视的是，也是在抗战时期，国家用更强势的方式以"保护"的名义加强了对儿童生活的干涉。例如1935年国民政府推行儿童年，在全国范围内号召大家关注儿童的社会地位和教育情况，尤其是对贫苦儿童的关注成为这次由上而下活动的重要特点。如果说晚清时期把儿童与国族命运相联系是现代中国知识分子启蒙论述的一个核心隐喻,那么在三四十年代,关于儿童与"抗战建国"之间关系的连接,则促成很多政治、社会制度和法律层面上的变化。在激扬惨烈的社会大动荡和裂变当中,中国"儿童"怎样负担起其中的伤痛和必要的牺牲?关于儿童战争经验的书写,其中一个很重要的方面,即儿童怎样建立关于战争的集体经验想象以及对抗方式?当然同样重要的是,孩童个体对战争的体验方式又会呈现出怎样新的不同于集体经验的书写?本书中尽可能兼顾这两方面。毋庸置疑,儿童关于战争的集体经验在很多方面是被成人构建出来的,本书中讨论的国难教育读本和当时的教科书就是这个过程的一部分。而萧红在其短篇小说《孩子的讲演》中则着重书写个体儿童对战争的经验,其对儿童参与抗战宣传之复杂情感的刻画显得尤为可贵。

人类学学者安·阿纳格诺斯特(Ann Anagnost)的论文《中国儿童与国家超越性》[①]是一篇考察儿童话语与中国民族国家意识产生之间复杂关系的非常重要的文章。论文从当下中国社会在计划生育政策等的影响下,父母对儿童不断增加关注和投资的社会现象谈起,考察近代以来,中国的育儿实践如何使得儿童逐渐成为民族拯救的希望所在。作者尤其关心后毛泽东时代急剧的社会经济政治变化之下城市中受过高等教育的父母由于不同阶级之间的快速流动性(尤其是经济的发展使得毛泽东时代所建立起来的严格的城乡差别开始消解)所产生的焦灼感,以及这种焦灼感如何与中国 20 世纪末的

---

① Ann Anagnost, "Children and National Transcendence in China," *Constructing China: The Interaction of Culture and Economics*, edited by Kenneth G. Lieberthal, Shuen-fu Lin, and Ernest P. Young, Ann Arbor: Center for Chinese Studies, University of Michigan, 1997.

民族主义相关联。作者指出,在中国当前的人口政策下,儿童成为逐渐被"充分迷信化/偶像化的物件"(fetishized object),不仅是父母也是社会的各种缺失欲望的转移地(a site of displaced lack),从而也成为抵抗快速社会发展所带来的种种不确定性的价值保存场所。

作者也指出,在中国语境下,中国民族主义的话语总是集中在落后的农民与儿童这两种身份之上,而将两者联系起来的是有关"人民素质"这样的话题。文章的主要部分考察了民国时期在半殖民地历史语境下,有关中国儿童的身体论述如何与民族主义话语结合在一起。作者特别强调"半殖民地的历史语境"可能为中国民族意识的产生带来的一种悖论式的困境,这种困境把中国纳入世界范围的现代性进程,同时其本身的殖民性又为中国国家主权的建立制造了不可能性。作者把考察的重点放在民国时期的原因是,这个时期与之前所讨论的后毛泽东时期在相关问题上存在许多可类比点,而要了解当下中国的儿童话语,我们必须先把历史上有关儿童与民族国家话语之间关系建立的过程梳理清楚。

在现代文学和文化的研究领域,儿童的发现与现代民族国家话语之间的联系通常是学者切入儿童问题时关注的一个重点。当我们用现代国家民族的观念来对社会群体进行重组时,国家的概念就与每一个个体建立起一种抽象性的关联。在这一关联中,儿童概念的产生,就是一系列从具体到抽象、从经验到理性的过程。在某种意义上,我们可以说现代的儿童话语是那些为数不多的国家话语成功地自然化、合理化的概念之一。斯特凡·田中(Stefan Tanaka)的文章《童年:发展话语在日本空间里的自然化》[①]一开头就指出,作为重要

---

① Stefan Tanaka, "Childhood: Naturalization of Development into a Japanese Space," *Cultures of Scholarship*, edited by S. C. Humphreys, Ann Arbor: University of Michigan Press, 1997, pp. 21-56.

隐喻及象征的儿童已渗透到日常生活的方方面面。作者认为,儿童已经成为现代暧昧性和冲突性合为整体的一个拟人化场域。也就是说,一方面是现代民族国家的概念把儿童的自然发展抽象化了,将儿童的发展与基础教育和现代国家福利制度的发展等联系在一起;同时,儿童自然生理上的发展又成为现代民族国家论述中一个很重要和经常被引用的隐喻,即用儿童从不成熟到成熟的生理发展历程来解释现代民族国家发生发展的抽象过程,使之直观化和自然化。虽然田中所讨论的是日本语境下儿童话题的发展过程,但对研究现代中国语境下的儿童话语也很有启发性。

周蕾在《原初的激情:视觉·性欲·民族志与中国当代电影》一书中,对"现代中国民族国家的论述为何经常以农民或儿童的身体为隐喻"这个问题,也有非常充分和深入的探讨。周对《孩子王》这一电影的讨论很精彩,但我更注重她对"儿童"这一概念所作的理论化思考。作者指出,对于"原初"(the primitive)的兴趣往往出现于文化面临危机的时刻,而中国现代文学正是通过对原初,例如奴隶群体、女性或孩童的摄取转向现代。作者同时强调,"原初"是"文化"与"自然"的混合,并且是处在"第一世界"的帝国主义和"第三世界"的民族主义之间"悖论式的存在"(paradox)。[①] 而这正是中国同时作为受害者和帝国的原初主义的悖论,也正是促使中国现代知识分子"感时忧国"的动力所在。

"儿童"在战时中国被当时的知识分子视为国家、家庭及学校的一个连接点,是对中国普通民众与家庭妇女进行抗战宣传的一个有效中介,并因此成为战时教育的核心部分。例如陶行知的"小先生"运动。当然,本书中"教育"的含义是双重的,既指作为文化和政治

---

① Rey Chow, *Primitive Passions: Visuality, Sexuality, Ethnography, and Contemporary Chinese Cinema*, New York: Columbia University Press, 1995, p.23.

实践的战时教育，也是当时知识分子与民众之间关系的一种隐喻。谈起跟儿童最相关的儿童文学，Mary Ann Farquhar 曾经提出战争的爆发给中国的儿童文学造成了非常大的影响，而主要表现之一就是抗战时期对文学大众化的提倡模糊了儿童文学与给成年人准备的大众文学之间的界限。在这一时期，口语化以及大众化的文学，例如歌曲和连环画，比起故事类叙事，在动员大众上效果更为显著。① 在我看来，抗战时期是打破一系列界限的重要时段，包括儿童与成人、都市与乡村以及家庭和社会的界限。本书尤其关注的重点是儿童与成人之间的界限，这不仅意味着在这个时期儿童要与成人同等地承受战争创伤，更重要的是儿童承担着与成人类似的抗战责任。如在本书中所讨论的，不少儿童主动离开父母的庇护，组团旅行和进行抗战宣传。当然，儿童与成人的界限在30年代的这种模糊化，也会促使我们对"五四"时期知识分子如周作人所极力推行的"儿童是独立于成人的概念"重新加以思考。

许多学者指出，启蒙话语下所衍生的"儿童的发现"充满内在的悖论：如果儿童是国家的未来，可以赋予古老的国度以新生的力量和拯救的希望，那谁来先教育这些儿童？那些已经"受污染的成人"似乎无法承担起教育与启蒙儿童的任务。例如，在题为"作为历史的儿童：民国时期一种发展的话语"的章节②中，安德鲁·琼斯重新解读了被誉为中国现代小说起点的鲁迅的《狂人日记》，并赋予了小说末尾"救救孩子"的呼喊以崭新的阐释：不再将其解读为单纯的希望的象征，而是理解为一种悖论式的存在和叙事结构上的双重否定。

---

① Mary Ann Farquhar, *Children's Literature in China: From Lu Xun to Mao Zedong*, Armonk, New York: M. E. Sharpe, 1999, p. 167.
② Andrew F. Jones, "The Child as History in Republican China: A Discourse on Development," *Positions: East Asia Cultures Critique*, Volume 10, Number 3, Winter 2002, pp. 695-727.

这充满深刻暧昧性的对立结构也不可避免地产生了一系列与实践教育学及社会组织制度相关的问题:我们怎样才能把儿童从他们父母的文化"污染"中重新解放出来?儿童在成长的过程中到底是在哪一个点上开始进入文化的?革新性的教育干涉有可能吗?或者说,儿童到底怎样才能从令人窒息的传统及大人的专制中解放出来?这些问题在新文化高潮中都曾在《新青年》这种杂志上被充分讨论,并出现了激进的社会重组或教育改革方案。但鲁迅在他这些早期的小说文本中已明确暗示了这些乌托邦设想不可避免的失败及与传统文化彻底断裂的不可能性。这个儿童与成人之间启蒙与被启蒙的悖论在30年代似乎有了一种解决的可能性:如陶行知等人所提倡的,也许儿童可以自己教育自己?在这个文化危机时刻,本应被保护和被教育的"儿童"不仅可以成为教育和"拯救"成人的"小先生",而且可以在抗战宣传或者边区的劳动实践中,开始获得自己教育自己的可能性。

必须指出的是,战争在本书中并不是笼统的,具体来说,包括抗日战争、国共内战以及亚洲区域范围内的冷战。在2004年举行的一次座谈会上,在京的一批学者讨论40—70年代文学研究的问题和方法,其中贺桂梅提出不能忽略1946年以后中国文学发展中的冷战背景。确实,对儿童与战争之间关系的考察需要将冷战这一特殊的战争形态考虑在内[①],打开地理视界的同时,也扩充中文文学的空间坐标。在离散和统一之间,现代中国文化已经铭刻了复杂的族群迁徙和政治动荡的经验,不能用以往简单的地理诗学来涵盖。近年来,冷战文化研究逐渐引起中西学界的重视。宋怡明(Michael Szonyi)致力于研究冷战时期金门的日常生活,特别强调了军事化、地理政治

---

① 赵园等:《20世纪40至70年代文学研究:问题与方法》,《中国现代文学研究丛刊》2004年第2期,第13—15页。

学、现代化以及记忆四因素的重要作用。① 王晓珏的英文著作《冷战与中国文学现代性：1949年前后重新想象中国的方法》②指出，1949年之后，海内外的华语作品众声喧哗，形成了盘根错节的纵横网络，在这种背景下，如何在国族文学的传统分野之外，寻求新的研究视角，观照多元的文化身份的形成，至关重要。这样的研究使得中国这一概念以及身份认同的界限变得错综复杂。同样的特点其实也呈现在五六十年代亚洲地区的华语儿童刊物中。本书试图在最后一章中将儿童与战争的关系延伸到五六十年代中国大陆、香港以及东南亚地区文化场域中的儿童与冷战之关系的探讨。通过同一时期在此三地出版的儿童刊物之比较研究，来探讨这个时期文化场域中的左中右之争，以及在儿童文化里所展开的经常跨越国族界限的文化和政治身份建构。

第二节　关于抗战时期中国社会、文学及文化的研究回顾

抗战时期，儿童通常被要求做一名战士。在陆蠡主编的创刊于1938年9月的《少年读物》创刊号上，巴金特意撰写了《做一个战士》一文，指出在"这绵绵不息的生活洪流之中"，在国难深重之时，应该做"一只穿山甲，这穿山甲的工作便是一心穿掘自己的道路"。而在巴金看来，做一名战士的武器"也不是枪弹，却是智识，信仰，和

---

① Michael Szonyi, *Cold War Island: Quemoy on the Frontline*, Cambridge: Cambridge University Press, 2008.
② Xiaojue Wang, *Modernity with a Cold War Face: Reimagining the Nation in Chinese Literature across the 1949 Divide*, Cambridge (Massachusetts) and London: Harvard University Asia Center, 2013.

自己的意志"。① 在三四十年代,军事化教育成为对儿童进行公民教育的一个核心部分。高一涵(Robert Culp)对晚清与民国时期公民意识的形成过程做过很精彩的研究,尤其是从江南地区初级中等学校学生的文化以及教育实践,例如童子军、教科书以及当时学校给学生开设的活动等入手来分析。也就是说,他从学校体系切入公民意识的建构过程。他仔细研读了1928年到1937年印行的中国童子军手册,论证中国国民党在南京十年中对于公民身份以及公民训练所采取的进路与方法。高的研究试图证明国民党经由广泛的训练积极改造中国青年最根本的思想与实践,以培养新一代一心一意服务国家与党的青年。他关心的是致力于日常行为模式的改变如何能够有助于建构新的社会秩序。而"童子军教育透过强调卫生、礼貌、基本生活技能、公共仪式,以及个人与集体操练,目标正是要形塑中国青年的日常习惯,以此来产生中国的现代化"②。在高所考察的这段时期,童子军的公民训练结合了道德培养、政治灌输、军事操练与礼仪、卫生、生活技能等课程。高认为这些训练手册通常有系统地鼓励儿童在道德上自我省察,然后往外扩充而形塑社会行动。也就是说,儒家在道德上主张修身的模式仍然在这个时期继续发挥作用,即使要培养的道德内容已经转变为更多地关切公民道德。他认为国民政府从详细检视训练与培养青年的方式入手,试图转变中国广大民众的日常生活方式与基本态度。更重要的是,他指出公民训练的多元面向充满了根本的内在紧张和矛盾,从而有助于崩解国民党的统治。同时,这一时期也出现了各种各样的组织和发动儿童的团体,例如当时国民政府大力推动的童子军以及在边区非常盛行的童子团。与高

---

① 巴金:《做一个战士》,《少年读物》1938年第1期,第2页。
② 高一涵(Robert Culp):《中国童子军——南京十年童子军手册中的公民训练与社会意识》,黄煜文译,台湾《新史学》第11卷第4期,2000年12月,第21页。

一涵对中国童子军的研究有相互补充作用的是田梅(Magarret Tillman)最近发表的关于女童子军的研究文章①,她尤其分析了抗战时期中国女童子军杨慧敏的个案。

拉纳·米特(Rana Mitter)是抗战史研究中比较重要的一位西方专家,他在《国民政府在二战期间(1937—1941)对公民的分类》②一文中就抗战期间国民政府对公民的分类来讨论当时国家与社会之间的关系。在他看来,随着国民政府因战事向内地迁移,重庆和成都等地陆续成为政治和社会的实验场所。也因此,这段时期成为国家和社会关系重新被审视和调整的时期,而这些变化影响深远,一直延伸到解放后。文章的讨论主要集中在1937年到1941年这段时间,通过探讨国民党在战争前期建立一种新的公民概念的尝试,反思其成功及失败之处。在米特看来,战争是促使大众产生公民意识的一个重要因素,而且在战争早期,国民政府在促使大众的自我意识以及被动员的公民性的产生方面,有不少实质性的进展。

1937年,抗战全面爆发,打乱了以北平、上海为中心的文化格局,在地理上形成国统区、沦陷区、边区(解放区)的全新空间划分,以及台湾、香港、伪满洲国等战乱格局下的特殊地域。随后的国共内战,更造成两岸分治的政治结果,中文世界的文学版图处于持续变动与重组之中。这段时期,文学及文化脉络与政局动荡之间的纠缠引人注意。关于抗战时期对现代中国文学文化发展的意义,目前学术界有比较多的探讨,典型代表之一是陈思和的研究。在陈思和看来,抗战除了使中国的政治文化地图发生改变,从而使文学也以三个不

---

① Margaret Mih Tillman, "Engendering Children of the Resistance: Models of Gender and Scouting in China, 1919-1937," *Cross-Currents: East Asian History and Culture Review E-Journal* 13, pp. 134-173.

② Mitter Rana, "Classifying Citizens in Nationalist China during World War II, 1937-1941," *Modern Asian Studies*, Volume 45, Special Issue 2, March 2011, pp. 243-275.

同政治性质的区域来划分以外,更重要的是,"抗战改变了知识分子在中国现代化进程中的社会地位及其与中国民众的关系,战争文化规范的形成取代了知识分子启蒙文化规范"。与此过程相对应,"原来由启蒙传统形成的知识分子精英对庙堂统治者的批评和对'国民性'的改造同时展开的文化冲突,转向了庙堂意识形态、民间文化形态和知识分子精英传统三者有条件的妥协与沟通"。① 刘志荣在归纳抗战爆发对中国 20 世纪文学史的意义时,则认为这是一个重要的分界线,标志着一个后鲁迅时代的开启。② 在他看来,抗战使以鲁迅为标志的文学精神产生分离,使之或者内敛、或者消失、或者潜隐。

在对三四十年代文艺的研究当中,延安文艺研究成果最丰。李杨在其《抗争宿命之路》③一书中打破了历史与文学、内容与形式的二元对立,深入细读了革命文学的经典作品,揭示了作品内容、风格以及形式与意识形态之间的复杂关系,同时启发了读者对"启蒙"与"左翼"、"个人"与"民族国家"、"传统"与"现代"等一系列知识范畴的反思。唐小兵在《再解读——大众文艺与意识形态》一书的导言里则提出,"延安文艺又是抗日民族战争总动员的一部分,但通过激发强烈的民族意识和反帝精神,延安文艺同时也帮助普及了新的政治、文化纲领,从而为更大规模的社会变革提供了语言、形象和意义"④。关于"大众文艺"的定义,唐小兵明确地提出这是一个文化的

---

① 陈思和等:《"中国抗战文学研究"笔谈》,《社会科学》2005 年第 8 期,第 100—101 页。
② 刘志荣:《抗战爆发:中国 20 世纪文学史上的重要分界线》,《复旦大学学报》(社会科学版)2001 年第 4 期,第 25 页。
③ 李杨:《抗争宿命之路:"社会主义现实主义"(1942—1976)研究》,长春:时代文艺出版社 1993 年版。
④ 唐小兵:《我们怎样想象历史(代导言)》,《再解读——大众文艺与意识形态》(增订版),北京:北京大学出版社 2007 年版,第 5 页。

概念:"通过文学,通过戏剧,通过绘画,通过电影,通过各种各样的象征活动来进行文化改造,来创造一种新的大众,以及新的大众文化,这是大众文艺的基本理念,这里面就包含了一种文化研究,对文化进行批判分析的成分。"①他认为,在1937年抗战开始后,民族国家的焦虑上升为主导性的焦虑,文学被认为是现实政治有力的工具而被有效地组织到现代民族国家的宏大叙述中。

台湾的梅家玲近年来致力于研究抗战文艺中的朗诵诗及其"声音政治"。她提出中日战争"不同于过往,此一'现代化'的民族战争模式,所带来的,不仅是前所未有的分裂动荡与破坏伤亡,更在启蒙意识与民族主义交相为用之下,催生出许多新的文艺形式"。在她看来,"由个人而群体,从客厅书斋走向大庭广众的'诗朗诵',以及应运而生的'朗诵诗'与'新诗朗诵运动',无宁最值得注意"。② 更难能可贵的是,她同时关注40年代抗战时期的"朗诵诗运动"与50年代台湾的"朗诵诗"之间的关系,梳理其承袭和质变。

在有关抗战文学的研究中,文学史意义上的分期是一个重要的讨论点。北京大学中国语言文学系、中国社会科学院文学研究所联合日本中国文艺研究会于2014年1月11日至13日在北大举办了"聚散离合的文学时代(1937—1952)"国际学术研讨会。袁一丹在她的会议论文综述《打通历史的关节(1937—1952)》一文中,提出可以把1937—1952年作为一个特定的时段来理解:"1937至1952这一'聚散离合的文学时代',上承晚清到1930年代的文学变革,下启1950年代以降一元化的文学体制,机运与劫数交错,文学脉络与政

---

① 唐小兵:《我们怎样想象历史(代导言)》,《再解读——大众文艺与意识形态》(增订版),北京:北京大学出版社2007年版,第9页。
② 梅家玲:《文艺与战斗,声音与政治:大分裂时代中的"诗朗诵"与"朗诵诗"》,香港岭南大学《现代中文文学学报》"文学中的流转"专号,2015年夏,Vol. 12,2,第28—29页。

局动荡、人心沉浮相缠绕。"我基本认同这样的历史分期。当然,关于上世纪50年代是否可以用一元化的文学体制来形容则值得进一步推敲。

中文学界亦有诸多关于抗战文艺的研究。秦弓在其《抗战文学的概况与问题》[①]一文中作了比较全面的概括和总结。他认为,80年代对启蒙价值的强调使得对抗战文学的评价过低。同时,他对抗战文艺也提出了狭义和广义之分,后者可以包括"九·一八"以后大陆的抗日文学以及40年代后期的抗战题材文学。吴福辉在《战争、文学和个人记忆》一文中曾指出,"中国抗战文学比较成熟的创作,多半产生于20世纪40年代的中后期。是整个民族和个体经过战争若干年之后,对战争进行思考和反省的结果。我想不妨建立一个'大抗战文学'的概念,可以包括抗战十四年(我们今年普遍已经从东北'九一八事变'发生的1931年开始计算了)时段里面凡直接写战事、写战争阴影下的日常生活的作品,甚至包括间接以战争的情绪、战争的思考为中心带出来的那些叙事作品和抒情诗篇,也包括战争结束之后人们不断在反思中对战事和人加以深化和再认识的作品"[②]。

另外,钱理群和吴晓东曾在讨论40年代的文学时,论及"战争与流亡"的主题:"四十年代处于战争中的中国作家在自己的作品中寻求种种最终一劳永逸地结束了一切矛盾与苦难的'归宿'时,他们事实上就是在制造新的信仰与宗教。这样,四十年代的中国文学——至少是它的主流派文学就充满了一种创造乌托邦神话的战争理想主义与战争浪漫主义:正是这一点决定了中国'战争文学'的基

---

① 秦弓:《抗战文学的概况与问题》,《抗日战争研究》2007年第4期,第138页。
② 吴福辉:《战争、文学和个人记忆》,《河北学刊》2005年第5期,第172页。

本面貌。"①严家炎和范智红在其《小说艺术的多样开拓与探索——1937—1949年中短篇小说阅读琐记》一文中提出:"自抗战爆发起,中国作家面前即横着两重关隘:生活上能否适应从和平环境到战争环境的转变;创作上能否从写日常生活题材转到为神圣的抗战服务,尽可能写与战争有关的题材。"②傅葆石在《灰色上海,1937—1945:中国文人的隐退、反抗与合作》③一书中,以思想的社会史的方法,通过对史料的整理分析,从历史阅读文本,重现中国知识分子在日本侵略时期面临的心灵困境和思想挣扎,把当时文人在乱世求生与基于民族气节的道德夹缝中做出的种种抉择和承担,标出三种主要形态——隐退、反抗与合作,并分别以小说家王统照、戏剧家李健吾以及《古今》杂志的小品文作者群(包括文载道)作为代表。研究四五十年代中国知识分子所面对的困境与选择,王德威的最新力作《史诗时代的抒情声音》④则探讨中国知识分子、文人、艺术家在历史转折时期所做的种种选择。作者特别注重革命、启蒙传统之外,"抒情"成为想象与实践现代性的可能与不可能。作者将史诗和抒情并置来讨论现代文学,也就是说,"抒情"与时代意识密切相关。

　　谈起乱世时代个人所面对的道德困境,儿童通常因其年幼或者思想未成熟而被认为可以避开此难题。事实上,战时的儿童杂志中时不时会出现一些篇目,展示了被人指认为"小汉奸"的孩童怎么写

---

① 钱理群、吴晓东:《战争年代——〈二十世纪中国现代文学史略〉之二》,《海南师院学报》1995年第1期,第98—103页。
② 严家炎、范智红:《小说艺术的多样开拓与探索——1937—1949年中短篇小说阅读琐记》,《文学评论》2001年第1期:第6—20页。
③ Poshek Fu, *Passivity, Resistance, and Collaboration: Intellectual Choices in Occupied Shanghai, 1937-1945*, Stanford, Calif.: Stanford University Press, 1993.
④ David Der-wei Wang, *The Lyrical in Epic Time: Modern Chinese Intellectuals and Artists through the 1949 Crisis*, New York: Columbia University Press, 2015.

公开信与其父母决裂或者劝告父母改正错误的选择。也许我们依然无法确认这些文字书写是否真是儿童所为,但它们似乎也揭开了冰山一角:在那个战争年代,儿童未必能毫发未损地躲开这些道德上的伤痛。在本书的写作中,我一直企图在不同类型的文字及艺术形式中去探寻儿童自身对战争的所感所想,也尽量去在那些作者被标识为儿童的文字中去寻求他们自身的心灵轨迹,但最后我必须承认,本书中所呈现出来的儿童与战争的关系,更多的是成人对儿童的一种建构。

在英语世界,到目前为止,关于抗战时期文化的研究,洪长泰的《战争与大众文化》是具有开创性意义的一本著作。① 洪在丰富的材料收集基础上,从话剧、报纸、漫画等文化媒介切入,论证了30年代后期到40年代中期,战争在很大程度上重构了当时的政治文化和大众文化,而其重要特征之一是逐步的农村化。作者特别提到了这个时期农民和知识分子之间非常活跃的互动关系,尤其是抗战时期大众文化的流行,直接影响了一些保守的知识分子,促使他们反思过去忽略大众文化的态度,并开始意识到其价值。另外,耿德华在其著作《被冷落的缪斯:中国沦陷区文学史(1937—1945)》(*Unwelcome Muse: Chinese Literature in Shanghai and Peking, 1937-1945*)中则对战争时期上海和北京的文学发展史做了很好的勾勒,他用了"浪漫主义""传统主义"和"反浪漫主义"这些概念来讨论分析这个时期的文学现象,译者张泉认为,本书"是以广义流派为构架对作家进行整体研究,侧重分析各种题材作品的艺术构成因素,试图确立它们在现代文学发展中的位置,将其纳入五四以来的中国现代文学

---

① Hung Chang-Tai, *War and Popular Culture: Resistance in Modern China, 1937-1945*, Berkeley: University of California Press, 1994.

潮流中去"①。

黄心村的英文著作《乱世书写:张爱玲与沦陷时期上海文学及通俗文化》(*Woman*, *War*, *Domesticity*: *Shanghai Literature and Popular Culture of the 1940s*)是近年来从文学和文化角度研究沦陷区女性文学书写意义的一本力作。她主要将目光投向中国沦陷区以张爱玲为代表的"乱世佳人",关注的是"文学及通俗文化如何以最个人化的形式再现人类穿越战争及暴政的集体经验"。②作者重新检视和修正了之前学者对"抵抗"这一概念相对单一的定义,认为尽管这一时期许多女性作家、编辑和出版人士因各种原因不得不在日本占领势力所设定的政治范畴内工作,而且大多数时候她们的文学表达也没有反映或直接对准更大背景中的政治和历史事件,但是"她们调和自身对战争和动乱体验的共同尝试必须被当作某种形式的文化抵抗来看待"③。在此理解基础上,作者分析了"女性铸就的一套复杂的文本策略及其文化抵抗意义"④。

对于战争与女性关系的探讨,近年来在中文学界也取得很大进展。台湾方面,"中央研究院"近代历史研究所的一些学者致力于战争与妇女史的研究。如罗久蓉的《战争与妇女:从李青萍汉奸案看抗战前后的两性关系》,以女画家李青萍为案例,深入剖析了战争与妇女解放的关系,在追问女性何以成为战后社会秩序重建的焦点的

---

① 张泉:《译者序》,《被冷落的缪斯:中国沦陷区文学史(1937—1945)》,北京:新星出版社2006年版,第8页。
② 黄心村:《原版序》,《乱世书写:张爱玲与沦陷时期上海文学及通俗文化》,上海:上海三联书店2010年版,第1页。
③ 同上书,第38页。
④ 同上书,第39页。

同时,触及的却是战乱下中国妇女解放的复杂面相。① 游鉴明在讨论第二次世界大战时期的台湾女性时则指出,"战争呈现的是破坏、失序,但在某种程度上却带来新的秩序,台湾女性之所以有机会在职场上出头天,为自己的角色地位重新定位,便是受惠于战争"②。中国大陆方面,陈雁在其最近出版的《性别与战争:上海1932—1945》一书中,集中讨论了战乱背景下中国妇女复杂的面相与境遇,例如战时职业女性的困境以及政治身份暧昧的"女汉奸"的尴尬处境。

从以上回顾中我们发现,尽管抗战时期的社会文化史研究已经取得长足的发展,但还是存在不少可进一步发挥的空间。本书就旨在说明,以儿童作为方法切入,利用儿童论述所具备的一些特质,可以为这方面的研究提供崭新的视角,发现过去我们没有注意到的一些问题。值得关注的是,儿童是如何被用于一种战争的宣传乃至对军事及政治暴力的合法性叙事当中去的?这种利用又体现了战争时期社会与文化观念在哪些方面的变化?国家和知识分子视野下"儿童"身份的转变,无疑能够让我们一窥从其他群体如农民或妇女身上看不到的社会文化现象。

儿童与战争之间关系的研究,西方学术界经过一段时间的累积,已经取得了一些令人惊喜的成果,例如战争中儿童士兵的作用、难童的生存状况以及与战争主题相关的儿童玩具等。由James Marten主编的论文集《儿童与战争》(*Children and War*)就专门讨论了儿童与战争之间关系的各个层面,例如童年记忆与战争书写、儿童与第一次

---

① 罗久蓉:《战争与妇女:从李青萍汉奸案看抗战前后的两性关系》,见吕芳上主编:《无声之声1:近代中国的妇女与国家》,台北:"中研院"近代史研究所2003年版。
② 游鉴明:《受益者抑被害者:第二次世界大战时期的台湾女性(1937—1945)》,见王政、陈雁主编:《百年中国女权思潮研究》,上海:复旦大学出版社2005年版,第218页。

大战期间飞行器兴起之间的关系以及儿童兵与战场等主题。① Olga Kucherenko 在其专著《小战士》(Little Soldiers)中，深入研究了苏联时期儿童被一种仇恨的情绪所动员并加入战争的社会、经济和政治因素。② 在书的开头，作者就提到了电影《伊万的童年》中伊万的原型是参加二战的小红军。在她看来，儿童参战在历史上并不少见，但值得进一步追问的是，为何在二战期间有那么多苏联儿童或少年自愿参战，而且大部分都来自农民家庭？从性别上来说，这些参战的孩童多是男孩。书的前半部分从苏联在建国后所采取的一系列儿童教育政策和社会宣传政策入手进行细致考察。同时她也注意到了在一战和二战的间隔期，对儿童的教育通常是把孩童与成人之间的界限模糊化。这些孩童很早就被灌输参与社会新秩序建设的责任与义务，也因此围绕着儿童的话语出现了一些自相矛盾的"早熟"（accelerated maturity）现象：一方面是童年概念上的情感化倾向，国家通常是成功地给苏联青少年灌输更多的经济和社会责任感；而另一方面，在当时的主流意识形态话语中，一个通行的神话是苏联儿童正被国家很好地保护和照顾着。Kucherenko 的研究尤其有参考的意义，这不仅仅是因为儿童作为小战士参与战争的现象在中国也很普遍，更重要的是，抗战时期边区的儿童政策在很大程度上受到苏联儿童政策的影响。如本书第四章所讨论的，从 30 年代的苏区开始，共产党的儿童政策，包括劳动在儿童教育中的重要地位以及儿童教育的军事化倾向等，都以苏联为参考对象。当然 Kucherenko 所研究的二战时期的苏联有大一统的关于儿童的国家政策，而抗战时期的中国却

---

① James Marten, *Children and War: A Historical Anthology*, New York and London: New York University Press, 2002.
② Olga Kucherenko, *Little Soldiers: How Soviet Children Went to War, 1941-1945*, Oxford: Oxford University Press, 2011.

还处于国共并存状态,同时还有沦陷区日本殖民政府的儿童政策,所以在现代中国的语境里,儿童与战争之间的关系就显得更为复杂。在抗战时期,国共之间的儿童政策虽然存在着比较大的区别,但同时也有不少相似之处。正如本书第四章所讨论的,苏区所倡导的劳动童子团制度和国民政府所推行的童子军制度相互对峙,同时在一些组织方法和规章制度上有类似之处。尤其是在国共合作之后,"国防教育"在国统区和边区同时进行,主要是以学校为单位,并以家庭为辅。本书将从"民族/国家话语""儿童教育"与"大众文化"等角度入手,在将抗战时期的"儿童"概念历史化的同时,也重新勘探发生在战时及战后的关于现代文学及文化的观念与制度、物质与形式等各个层面的变革。本书的目的,主要是考察儿童集体的战争经验如何通过国难读本、教科书、国防游戏以及旅行实践等文化想象机制和文化实践被建构出来,并变为他们的文化身份组成的重要部分。当然更重要的是,以儿童为方法,通过对文化建构过程中的修辞策略内在的文化逻辑或特定意识形态内涵的探讨,本书希望揭示20世纪中期"国族""公民"和"儿童教育"等与现代中国发展话语相关的一些重要发展和改变。

当然,本书由于篇幅所限和一些相关研究资料的缺乏,还有一些重要议题没法完全展开,例如沦陷区上海或北京以及伪满洲国的儿童殖民教育及其文化。这里特别值得一提的是台湾学者游珮芸的研究,她在《日治时期台湾的儿童文化》一书中以丰富翔实的材料重点考察了台湾与日本本土的互动关系,主要分析了日治时期(1985—1945)台湾儿童文化的状况,并进一步"探讨殖民地儿童文化中所蕴含的民族与语言的问题"①。她指出,到目前为止,与儿童相关的日治时期的研究,多半以殖民地的教育政策、教育内容与思想为主轴,

---

① 游珮芸:《日治时期台湾的儿童文化》,台北:玉山社2007年版,第9页。

或以当时的教科书为材料,分析殖民统治下的同化政策或"国语教育"的始末。然而,孩童们所接触的世界,绝不仅止于教育制度与学校。尤其难能可贵的是,游佩芸将一批以殖民者身份到台湾展开儿童文化交流的日本人及其相关旅行和活动列入了讨论范围。可惜目前学界还没有类似的研究来探讨日本的殖民教育如何把沦陷区上海或伪满洲国的儿童塑造和想象成为"东亚儿童"之一部分。希望将来随着更多资料的收集,我可以在此方面做进一步深入的研究。

第三节　章节介绍

本书包括七章,鉴于"儿童"这一概念在现代中国学界,理解和使用上仍然处于模糊混乱的状态,本书专列一章"导论",从学术史、理论史与方法论上对"儿童"进行界定,接下来的六章分别从不同的角度切入讨论儿童与战争相互之间的关系。本书一方面会关注历史语境中由于战争所带来的"迁移"和"流动",不同社会身份的儿童群体之间的互动关系;另一方面会辨析和梳理战争所带给儿童的一些重要的和新的文化身份,例如"抗战儿童"等概念的生成过程及其背后所附着的话语系统。

通过细读上世纪 30 年代以来的国难读本、教育政策的改变以及相关的教科书,第一章主要讨论抗战时期针对儿童的国难教育。国难教育的重要方式之一是对儿童日常生活的改造,当时的儿童教科书、课外读本以及儿童刊物都渗透着抗战宣传,处处规范着儿童所处的时间与空间。值得注意的是,源自于战争的创伤性体验不仅仅是个人性的,更是一种集体经验,但民族主义或者爱国主义是否是这些集体情感归属的唯一可能性?当然,当时儿童作为这些战时文化产品的消费者和接受者,并不一定有直接的战场体验,更多的也许只是借用这些与抗战相关的宣传品产生对战争的集体想象。值得追问的是,这种集体的创伤性经验如何演化为成长于这个时期的儿童的政治及文化身份的核心组成部分?本应对儿童进行的知识启蒙,在抗战的语境下与由于"民族存亡"的焦虑而衍生出来的对儿童进行的各种抗战教育之间到底有着什么样的关系?

第二章讨论的是边区儿童团和教科书的问题。当时知识界对儿童参加抗战宣传的讨论,自然会涉及如何看待儿童的劳动价值和情感价值之间的关系。在教育领域,农村的孩童逐渐作为一个独立的群体或者历史概念在战时的政治文本、媒体文化、边区教科书及儿童刊物和小说中更加清晰地浮出历史地表,并彰显出在教育及政治文化意义上的重要性。必须指出的是,农村孩童并不是到了这时期才首次出现在中国现代历史及文化课题的讨论中,早在20年代中期,他们作为"乡土文学"的核心符号之一已经引起中国知识分子的关注。但不可否认的是,30年代战争的爆发却使"乡村儿童"成为想象中国革命和国族救亡的重要概念和象征符号。本章将主要讨论当时在共产党领导下的边区所发行的教科书如何呈现儿童"劳动"的意义,以及重要教育家徐特立和辛安亭对"劳动"这一概念的演绎和阐释,并进一步分析共产主义话语如何将农村儿童想象和建构为现代国家的未来政治主体。当然,边区并不是这个建构过程的开始,事实上,整个过程可以一直追溯到30年代初期江西苏区对农村儿童的组织和政治发现。基于这样的理解,本章的第一部分先分析苏区的儿童杂志《时刻准备着》以及《共产儿童读本》,以考察这个时期农村儿童的发现如何受苏联教育模式的影响;第二部分则重点分析抗战时期边区教科书如何想象和定义农村儿童的劳动及其政治意义。

除了在校园里,三四十年代有更多的儿童行走在路上,逃难、旅行或者是抗战宣传。近年来,学者们对战争时期的集体迁移现象和难民群体做了不少深入研究。其中特别值得一提的是 Stephen R. Mackinnon 在其专著《武汉1938:战争、难民与现代中国的形成》中探讨了抗战时期武汉怎样成为全国的另一个文化和政治中心。他专门用一章研究了当时迁移中的年轻人怎样停留在武汉,并且由于当时国民党以及共产党都没有特别及时有效地动员这个群体,从而享有了平时没有的一种文化及政治上的自由。① 至于还未成为"年轻人"的儿童,情况又是如何呢? 抗战时期有不少学校被毁坏,而且儿童的流动性也相对变大。更重要的是,当时不少教育改革家如陶行知建议打破学校和社会的界限,积极推行"生活教育"理论以及"小先生"制度,在三四十年代有比较大的影响。在他的感召下,这个时期出现了不少儿童自己组织的徒步旅行团。本书第三章就是以战时两个重要的儿童旅行团——新安旅行团和孩子剧团为主要考察对象。上海被日本占领以后,一群具有抗战意识的孩童(大部分是孤儿)自己组团,徒步旅行,自主管理,一边进行抗战宣传,一边迁移到武汉,直至延安。同时,他们还随时写下旅行心得,发表在当时的报刊上,成为社会舆论焦点。事实上,儿童写作在抗战时成为普遍的文化现象,尤其是在陶行知的大力推动下,当时出版了一系列由儿童写作的书籍,而且身份多元,包括小工人、小农民及其他行业。儿童不再如20年代作为"小读者"被构建,而是作为战争经验的写作者被召唤。本书将把这种转变与抗战时期文学大众化、陶行知"生活即教育"理论和"小先生"制度对儿童主体的建构及战时中国抗战宣传政策等相互联系。

第四章讨论流浪儿童的概念与张乐平的三毛漫画。阿利斯研究西方儿童历史的时候,就采用了非常多的视觉材料来考察西方的儿童肖像画里"儿童的发现"这个过程。事实上,发生变化的不仅仅是人们对儿童的态度,还有艺术的形式和特征。张乐平利用漫画发现

---

① Stephen R. Mackinnon, *Wu Han, 1938: War, Refugees, and the Making of Modern China*, Berkeley, Calif.: University of California Press, 2008.

了"三毛"这个意义丰富的形象，或者说三四十年代流浪儿童的形象。① 漫画这个诞生于摩登上海的具有强烈海派色彩的艺术形式，在对儿童进行"现实主义的发现"的同时，也产生了有特点的夸张，使得这个战后作为"流浪儿童"出现的三毛具有值得深思的政治暧昧性。

在讨论了上海漫画里对"流浪儿童"的发现后，第五章将把关注的目光转向三四十年代文学对流浪儿童的书写，同时在空间上也开始转向包括香港在内的华南地区。黄谷柳的《虾球传》可以说是一个典型的文本。事实上，"孤儿"情结是战后时期华语文学和文化的重要情感结构之一。我选择三毛漫画和《虾球传》来讨论战后孤儿叙事与战争记忆之间的关系，主要是因为这两个孤儿形象都是未完成的。这种未完成性促使我们思考这段时期儿童叙事与革命话语以及战争记忆之间的复杂关系。

在最后一个章节，我特别挑选了五六十年代中国大陆、香港以及东南亚等地流行的儿童刊物，并集中讨论刊物中所呈现出的军事化思维以及内容上对太空竞赛的一种狂热。冷战时期的一个重要主题是在美国和苏联之间展开的太空竞赛。他们共同的目的是控制外空并争取成为第一个在相关领域获得突破性进展的国家，而月球成为他们的首要争夺目标。与之相呼应，太空探险也成为五六十年代华语儿童刊物上的一个热门话题。本章比较分析了五六十年代在新中国语境下改由少年儿童出版社出版的《小朋友》杂志、香港友联出版社出版的《儿童乐园》以及新加坡世界书局出版的《世界儿童》。通过细读这三份杂志中流行的"太空探险"主题和"火箭"意象，集中探讨这个时期亚洲不同意识形态下华语儿童文化在以科学话语为基础

---

① Adrian Wilson, "The Infancy of the History of Childhood: An Appraisal of Philippe Aries," *History and Theory*, Vol. 19, Issue. 2, 1980, p.145.

建构未来理想公民以及社会"发展"(development)等方面的异同。在此基础上,结合相关出版社的历史,本书试图从儿童刊物出版的角度进一步讨论"华语语系文化"在冷战时期的发展生态。在五六十年代出版发行的这些华语儿童刊物,虽然不免有"左""右"意识形态之争,但它们名字中的"南洋"和"世界"等概念、跨国的出版网络和读者互动以及相互呼应的栏目及主题的设置,都在提醒我们冷战氛围下两大阵营文化出版之间界限的模糊以及超越意识形态的互动关系。

第一章　国难教育与战争经验日常化：
　　　国防游戏与儿童战时读本

　　1937年的《国闻周报》上，有一篇题名为《未来的战士们》的文章，是一位记者在参观完上海的难童收容所后有感而发所写的。作者提到了战争对儿童的影响，包括家庭的离散、学校教育场所的破坏以及难童们的自主逃难与求生存。在文章的最后，作者特别提到了这群难童们的"愤怒"及"仇恨"心理：

　　　　暴日的炮火把他们的民族意识急速地增长了。我们应该利用这种憎恶敌人的心理，加紧训练他们的集团生活，涤去那和我们一样依附家庭的怯弱感情。使他们的生活和民族解放战争融成一片。过了几年，他们就是民族解放的生力军了。①

这段话非常典型地描绘了在战争及国难的背景之下，知识分子要求儿童在情感心理上有一种重要的转化：依附家庭的怯弱感情需要被引向"憎恶敌人的心理"。在此基础上，炮火中创伤性的战争体验将成为建构民族主义的基础，"升华"成儿童"民族意识"的一部分，而年轻的一代也成长为"民族解放的生力军"。这段话中另一值得注意的地方，是将"他们的生活和民族解放战争融成一片"，也就是说，儿童的生活与战争互相渗透，这个过程在这位记者看来，是把本应被

---

① 陈琳：《未来的战士们》，《国闻周报》1937年第14卷第36—38期，第14页。

好好保护的"怯弱"的儿童转化成国难中新生力量的有效方式。但是,这种在儿童与战争之间建立内在逻辑的努力,存在着值得进一步思考的悖论:儿童个人的创伤性战争体验如何整合到集体的"愤怒"和"仇恨"心理中去?当"暴力"以"培养民族意识"为名在儿童生活中被合法化时,儿童与成人之间的区别在何处?在儿童与成人界限逐渐模糊的过程中,所谓"儿童教育"的意义和内涵是什么?

早在1974年,列斐伏尔就在其《空间与政治》一书中提出"空间是社会的产物"这个想法:"在某种程度,空间总是社会性的空间。"① 也就是说,社会空间会以一定的意识形态、组织机构或规章制度作为支撑,并约束与规范着特定空间中主体的思想与言行。列斐伏尔将空间划分为空间实践、空间表征和表征空间三种。在过去讨论空间的理论中,空间仅作为生活和生产的背景、条件出现,而不是作为社会和生产的对象出现。列斐伏尔则认为空间里弥漫着社会关系,它不仅被社会关系支持,也产生于生产社会关系和被社会生产的关系中。在抗战期间,国难教育的重要方式之一是对儿童日常生活空间,尤其是学校(包括教室)环境的改造。扩大一点说,儿童的教科书、课外读本以及儿童刊物都渗透着抗战宣传,这也就间接地改造了他们的日常生活空间。那么,战争怎样有利于培养一种集体的经验和情感?值得注意的是,源自于战争的创伤性体验属于个人,更是一种集体经验。而国族或者爱国主义是否是这些集体情感归属的唯一可能性?当然,彼时儿童作为这些战时文化产品的消费者和接受者,并不一定有直接上战场的体验,更多的也许只是借用这些与抗战相关的宣传品产生对战争的集体想象。一个集体的创伤性的经验,如何成为成长于这个时期的儿童身份组成的一部分?对儿童进行知识启

---

① 〔法〕勒菲弗(又译列斐伏尔):《空间与政治》,李春译,上海:上海人民出版社2008年版,第150页。

蒙的课题——在抗战的语境下——与由于"民族存亡"的焦虑而衍生出来的对儿童教育的关注之间,到底有着什么样的关系?

为了回答这些复杂的问题,本章将主要分为两部分来讨论抗战时期出现的国防游戏、抗战玩具以及一些重要的抗战课外读物。第一部分的讨论将试图回答在当时面向儿童的战争教育(包括儿童杂志以及国防游戏)中,战争的暴力是以一种怎样的方式被表述和传达的。总的来说,战争一方面因其暴力经常以"被控诉"的方式呈现出来;另一方面却也以反抗外族入侵、复兴国族的正义名义被大力提倡。这两个层面看似互相冲突又不全然对立。第二部分将细读当时一些讨论儿童与抗战教育的文本,来分析这个时期"儿童生活"如何被一种军事化的思维整合进集体的时间中去,以及教育的场所如何因为战争的关系而突破了传统校园的空间限制。

第一节 在战争与游戏之间:国防游戏和"抗战玩具"

上世纪 20 年代的中国,在杜威等西方改良教育学家的影响下,一些知识分子和教育改革者开始重视游戏和玩具的教育价值。如陈鹤琴认为,"儿童好游戏是天然的倾向。近世教育利用这种活泼的动作,以发展儿童之个性与造就社会之良好分子"[1]。随着世界局势的恶化,游戏与玩具的内容越来越与战争挂钩。例如,当上海市政府把 1934 年定为"儿童年"时,鲁迅就在申报上发表了一篇短文《玩具》:

> 马路旁边的洋货店里挂着零星小物件,纸上标明,是从法国运来的,但我在日本的玩具店看见一样的货色,只是价钱更便宜。在担子上,在小摊上,都卖着渐吹渐大的橡皮泡,上面打着

---

[1] 陈鹤琴:《陈鹤琴全集》(第 1 卷),南京:江苏教育出版社 1987 年版,第 200 页。

一个印子道:"完全国货",可见是中国自己制造的了。然而日本孩子玩着的橡皮泡上,也有同样的印子,那却应该是他们自己制造的。

大公司里则有武器的玩具:指挥刀,机关枪,坦克车……。然而,虽是有钱人家的小孩,拿着玩的也少见。公园里面,外国孩子聚沙成为圆堆,横插上两条短树干,这明明是在创造铁甲炮车了,而中国孩子是青白的,瘦瘦的脸,躲在大人的背后,羞怯的,惊异的看着,身上穿着一件斯文之极的长衫。

我们中国是大人用的玩具多:姨太太,雅片枪,麻雀牌,《毛毛雨》,科学灵乩,金刚法会,还有别的,忙个不了,没有工夫想到孩子身上去了。虽是儿童年,虽是前年身历了战祸,也没有因此给儿童创出一种纪念的小玩意,一切都是照样抄,然则明年不是儿童年了,那情形就可想。

但是,江北人却是制造玩具的天才。他们用两个长短不同的竹筒,染成红绿,连作一排,筒内藏一个弹簧,旁边有一个把手,摇起来就格格的响。这就是机关枪!也是我所见的惟一的创作。我在租界边上买了一个,和孩子摇着在路上走,文明的西洋人和胜利的日本人看见了,大抵投给我们一个鄙夷或悲悯的苦笑。

然而我们摇着在路上走,毫不愧恧,因为这是创作。前年以来,很有些人骂着江北人,好像非此不足以自显其高洁,现在沉默了,那高洁也就渺渺然,茫茫然。而江北人却创造了粗笨的机枪玩具,以坚强的自信和质朴的才能与文明的玩具争。他们,我以为是比从外国买了极新式的武器回来的人物,更其值得赞颂的,虽然也许又有人会因此给我一个鄙夷或悲悯的冷笑。①

---

① 本篇最初发表于《申报·自由谈》1934 年 6 月 14 日。

这篇短文把不同种类玩具的生产与各个国家的政治命运相联系。在中国与外国的区隔下，孩子们所玩的玩具似乎区别也很大。中国孩子玩的是"完全国货"，是毫无杀伤力的橡皮泡，而在大公司里虽有"武器的玩具"，有钱人家的小孩却很少玩。相比之下，外国的孩子在公园用沙堆和树枝也能创造出威武的大炮。在作者的眼中，中国的小孩是"瘦瘦的"，"青白着脸"，"羞怯的"躲在大人身后，"斯文"地看着。从鲁迅所用的这些形容词，可以看出他如何看待玩具种类和各国国民性之间的种种关系。当然，这篇短文层次丰富，包含了中国语境里成人与小孩之间的关系、不同阶层家庭儿童的区别、文明与野蛮及城乡之间差距等不同层面的问题。文末作者提及了江北人用竹筒和弹簧所创造的"粗笨的机枪玩具"，认为这是"以坚强的自信和质朴的才能与文明的玩具争"。

谈到战争与玩具的关系，不能不提孙瑜在 1933 年拍摄的、具有强烈民族主义色彩的无声电影《小玩意》。故事发生在 1932 年"一·二八事变"日军侵略上海前后，影片的主人公叶大嫂（阮玲玉饰演）是一位在江南某农村小镇上制作传统玩具的小手工业者。她有一位追求者，大学生袁璞。他受叶大嫂的鼓励，出国留学，学成归国后兴办了大中华玩具制造厂，可谓民族工业的代表。值得注意的是电影中对不同种类玩具的介绍及其背后强烈的抗日救亡理念的象征寓意。安德鲁·琼斯分析这部电影时，非常深入地讨论了玩具产业以及现代中国在当时不平等世界局势中的发展问题。[①] 处于弱势地位的中国，如何面对"外国"的欺凌，是影片的叙事焦点之一。电影中一个重要的场景是叶大嫂目睹上海某拥有现代化装备的玩具厂批量生产一些军事玩具后，提出了一个令人深思的问题：如果

---

① Andrew Jones, *Developmental Fairy Tales: Evolutionary Thinking and Modern Chinese Culture*, Cambridge, Massachusetts: Harvard University Press, 2011, pp. 126-146.

中国的孩童都是用这些外国厂商生产的玩具,他们长大以后,不就会对外国的侵略产生一种先在的怯弱感,认为外国的武器肯定比中国先进?

与鲁迅的关怀相似,叶大姊的提问显示了电影制作者念兹在兹的,是如何把民族主义的教育理念通过玩具灌输给儿童。正如冯素珊在分析此电影时所指出的,玩具不仅仅是商品,它对儿童还有教育功能,也因此事关现代民族国家的发展。也就是说,玩具虽然是物品,却可以培育新一代的国家公民。[①] 抗战时期,也正是考虑到玩具和游戏的重要教育功能,许多教育工作者、书店和商家开始编写和制造一系列具有抗战宣传功能及目的的"抗战玩具"和"国防游戏"。当时生活书店组织出版了一系列的抗战教育丛书,其中之一就是《战时儿童教育》。这本书系统性地介绍了抗战时期儿童教育的一些基本目标:"一、提高儿童的民族意识和集体意识,以期巩固国家命脉,养成'牺牲小己,以为大群'的国民道德;二、培养儿童实际抗战建国的基本知能,特别要着重科学教育和政治教育,还有语文教育;三、在不违背儿童身心发展的条件下,发动儿童积极参加抗战建国的种种活动,使他们在生活的实践中长大起来,有力控制环境和创造环境;四、培养儿童集体生活的习惯,这可以说是一种组织教育;五、养成健康的体魄。"[②]此书明确地总结抗战建国时期儿童教育的任务是"把中华民族的每一个儿女,都教育成一种大中华的民族魂:来共同建设新国家"。[③] 也就是说,"要在抗战的过程中把儿童教育成新中国的主人"[④]。

---

① Susan R. Fernsebner, "A People's Playthings: Toys, Childhood, and Chinese Identity, 1909-1933", *Postcolonial Studies*, Vol. 6, No. 3, 2003, pp. 269-293.
② 黎明:《战时儿童教育》,汉口:生活书店1938年版,第3页。
③ 同上书,第4页。
④ 同上书,第11页。

曾任小学体育课老师的姚家栋在自编的《国防训练的小学游戏教材》一书自序中提到,当前的中国正处于"危险万分的时代",而"教育是建国的根本事业,所以教育的目标应当跟着国家社会的需要而确定。要挽救处在这样一个非常时期的国势,当然该建立一个有方针有计划而适应目前切需的教育。国防教育,就是应着这个需要而产生的。所谓国防教育,对于儿童体魄的锻炼,品格的修养是极属重要的。所以国防教育与体育教育的关系,也格外密切了"。在他看来,"儿童有爱好游戏的天性,所以体育教材而采取游戏的组织方法,而应用游戏的精神,不仅可以适应儿童的爱好,并且足以辅助教育的效能"。①

在书中,姚一共列了四十种游戏项目,具体的内容也可以从名称中窥知一二。例如第一篇就是"努力宣传",而其他如"打靶""骑兵过岗""军用电报""输送弹药""侦察敌情""爬高瞭望""偷营""敢死队""海陆空军大联合"以及"收复失地"等都清晰地说明,这些游戏包含着浓厚的军事训练内容,与国防密切相关。这些游戏通常相当简单,辅助工具不多,在任何简陋的情况下都可以进行,其中一个典型的例子是"捉间谍"。根据开头的介绍说明,这个游戏的目的是让参加者练习"机警和判断力",参加的人数要求至少十二人。参加的儿童分别有自己的身份,扮演"司令官""特务员""间谍"以及"老百姓",通过角色扮演了解战争及消除战争恐惧心理。另外,培养团体精神和爱国情怀也是这些游戏的主要目的。它们通常都是集体性的游戏,几乎没有个人单独进行的。《抗战儿童玩具制造部》一文中,作者提到战时玩具不仅有助于让儿童"自由活动谋充分发展个性的活的教育",也可以让乡村小学里的孩子对飞机、坦克这些新的

---

① 姚家栋:《自序》,姚家栋编:《国防训练的小学游戏教材》,上海:商务印书馆1936年版,第1页。

名字有比较深刻的了解。① 可见,军事知识的普及化,也是这些游戏的设计者共同的追求。

中国在近代屡受列强欺凌,中国国民性之"柔弱谦让"一直让知识分子深为忧虑,正如毕苑在分析近代教科书中的"国民塑形"时提及的,军国民主义在晚清就已形成颇有影响的教育思潮,民国建立后在蔡元培的倡导下,教育宗旨中加入了"军国民教育"的内容,竞争尚勇精神的培养成为上世纪20年代前期国民改造的核心内容之一。其中体育教育在中国的兴起是其例证之一②,而玩具和游戏在培养儿童的勇武牺牲精神和集体主义意识方面起了关键作用。西方儿童心理学传入中国后,中国教育改革者如陈鹤琴开始倡导学习欧美教育,"把玩具视为儿童的生命和小学教育上的必需品"③。抗战时期,利用游戏和玩具培养儿童的尚武精神延续了自晚清以来对儿童进行"军国民教育"的启蒙传统。当时大批的游戏和玩具被以"培养儿童的抗战意识"的名义制造出来,并推销到社会各个角落。

当然,这种政治目的背后,似乎也蕴含了商家的商业考量。即便如此,这些与军事相关的游戏与玩具,除了唤起儿童的战争意识之外,也同时是在让儿童经历一次创伤体验,并且理性地认识战争的过程。抗战时期这些"武器的玩具"的批量生产,让儿童借助抗战游戏的参与,对战争的经验进行模拟式的重复。George L. Mosse 将这种效果概括为"将战争碎片化"(trivialize war)④。这个过程在一定程

---

① 吕菲:《抗战儿童玩具制造部》,《西北工合》1941年第4卷第3期,第12页。
② 毕苑:《建造常识:教科书与近代中国文化转型》,福州:福建教育出版社2010年版,第181—182页。
③ 陈鹤琴:《陈鹤琴全集》(第1卷),南京:江苏教育出版社1987年版,第236页。
④ George L. Mosse, *Fallen Soidiers*: *Reshaping the Memory of the World Wars*, Oxford University Press, 1990, p.127.

度上有助于缓解和消除儿童对战争的恐惧和焦虑，并将抗战意识带入到儿童的世界里，成为儿童的"常识"的一部分。

第二节　当战争成为儿童的"常识"：
国难读本和战时教科书

"国难"在抗战时期小学教育中是非常核心的概念。1936年1月23日，国难教育社成立，同仁们拟订了《国难教育社成立宣言》《国难教育社工作大纲》等，强调国难教育是民族斗争中最重要的工作，决不是少数人能够担负起来的，抢救中华民族的危亡，是每一个不愿意做亡国奴或当汉奸的中国人所应有的责任。"宣言"指出："执行国难教育的工作，最主要的是暴露并廓清一切歪曲事实麻醉大众的理论，只有这样，我们才能够统一我们的阵营，用同一的步调，向着民族解放斗争的伟大工作迈进。"[1]

《国难教育社工作大纲》还拟订了十六项工作要点，其中主要有开办大众学校、读书会、时事研究会；开办新文字补习班；开办国难教育讲习班；举办军事、防毒救护、运用交通工具等常识技术讲习班；举办国难演讲、旅行演讲；组织巡回电影开映团、演讲团、歌唱团、戏剧团；组织弄堂、马路和乡村等流通图书馆；出版大众社会小丛书、大众自然小丛书；出版大众剧本、诗歌、小说、唱本、连环画等；出版大众国难读本、各级学校国难补充教材等。[2]

1936年前后，教育界对"国防教育"的提倡正如火如荼地进行，在学校教育中灌输战备的观念被广泛地讨论着。当时有人就"国防教育"一词提出如下定义："用教育的力量把国防的知能灌输给国民

---

[1]　胡立民、邢舜田：《国难教育面面观》，上海：亚东图书馆1937年版，第391—392页。
[2]　同上书，第399—400页。

以启发其爱国之信念与培养其国防的意志与知能便叫国防教育。"①事实上,当时教育界对是否应在小学生中进行"国防教育",存在着一定争议。例如1936年的《教与学月刊》,有一篇题为《小学不能实施国防教育吗?》的文章,作者指出,当前人们提到国防教育,通常将其限定为中学和大学的军事训练,认为小学生幼稚,发育未全,"既不能施以军事训练,还谈什么'国防教育'!"但作者对此持不同意见,认为"小学儿童诚然不能受严格的军事训练,以为捍卫干城的准备,但最低限度的自卫自给能力的训练,则绝对可以着手,这便是小学的'国防教育'"。同时,文章中也提到小学国防教育的目标,包括培养儿童勇敢耐劳、牺牲、尚武的精神,增进儿童自己照料自己衣食住行的知能,养成儿童互助团结的观念,使儿童熟悉战时避灾、避毒的简易方法;使儿童明了现代兵器及军事设备的简易内容,明了经济建设、文化复兴与国家生存的重要关系,明了东北四省沦亡对于中国国势的影响,明了国际的现势及中国的国际地位。②

另外,由生活教育社编写的《战时教育论集》中收录了《儿童可以参加救亡工作吗?》这样的讨论文章,书中有一些文章试图从不同的角度来回答这个问题。其中有作者认为从教育角度上看,国防教育可以"使儿童在抗战生活过程中,应该过反抗压迫的生活,争取自由独立的平等生活"③。以儿童自身能力为考量,则可以组织孩子歌咏队及孩子剧团等。另外有作者建议采取各种方式"培养儿童民族意识和社会意识并学习抗战理论和技能,来参加抗战充实抗战,以完

---

① 《小学国防教育实施草案》,《乡村改造半月刊》1936年第5卷第7—8期,第34页。
② 沈子善:《小学不能实施国防教育吗?》,《教与学月刊》1936年第1卷第7期,第173—175页。
③ 方兴严:《儿童可以参加救亡工作吗?》,生活教育社编:《战时教育论集》,汉口:生活书店1938年版,第165页。

成中华民族之自由解放,和建立新中国"。①

让儿童参与战争的方式之一是对原有的童子军制度进行改造。中国早在上世纪20年代就引进了童子军的概念。1926年,国民党展开对童子军的领导。张忠仁在广东建议中央组织童子军委员会,同年3月5日,国民党中央第十六次常委会讨论决定在国民党中央青年部下设中国国民党童子军委员会。1928年,"五三济南惨案"发生后,南京国民政府在第一次全国教育会议上提出并制定了《学校应实施军事训案》。随着日本对中国的步步紧逼以及国难的加深,国民政府开始在中小学的童子军教育和高中以上学校的军事训练中大规模地推广"国防教育"。1933年3月,中国童子军司令部公布《中国童子军战地服务团组织规程》和《童子军战地服务训练大纲》。1937年7月,童子军总会颁发《中国童子军战时服务大纲》,要求在各校原有童子军团内组成"战时服务团",并分成侦察组、交通组、宣传组、工程组、募集组、救护组和消防组,同时要求"中国童子军在战时之一切行动,须本整个性统一性进行之,即一切力量,均须集中中央政府"。②

高一涵(Robert Culp)通过对南京十年中国童子军训练手册的细读,分析了国民党针对塑造公民身份所采取的方法。在高看来,国民党意图通过童子军制度,培养新一代一心一意为国家与党服务的青年。童子军的公民训练结合了道德培养、政治灌输、军事操练与礼仪、卫生、生活技能等课程。因此,童子军被视为一种能综合公民教育多种面向的积极训练模式。虽然童子军起源于西方,"不过这种

---

① 白桃:《抗战期内儿童训练大纲》,生活教育社编:《战时教育论集》,汉口:生活书店1938年版,第237页。
② 《法令规章——中国童子军战时服务大纲》,《战时童子军》1937年第1期,第17页。

世界主义被中国民族主义有力的宣传所抵消了。这个民族主义明白显示,必须把从国外引进到中国的童子军训练融入中国的环境。同时,手册也明白地将中国童子军与中国民族及未来的福祉联系在一起"①。

除了具有明确的军事化组织的童子军之外,"国防教育"也成为此时小学教育工作的重点。由国民政府颁布的《小学国防教育实施草案》,规定了小学国防教育的实施原则。草案中共提出九点原则,例如"要从儿童的当前的生活与过去的经验出发""要力求教学与课外活动有一贯的联络""要注意与家庭社会的联络"等。在具体的实施上,草案中提到了地图、标语和书报类杂志的重要性,并且提出把儿童生活和学习的环境也国防化,例如校门要悬"国防救国"的匾额,儿童校园里的"生活室的名称可以中国失地为名,内面悬挂民族英雄国民领袖的肖像,及国防标语等",而"自然室"也要布置军器标本模型。另外,"算术室布置中外海陆空军比较表,中外国防实施费比较,中外军备比较表"。

当时有一篇题为《国难中的小学教育应如何实施》的文章,提出了战时小学教育的四项原则:培养民族意识、提高爱国观念、锻炼强健体魄以及注重实用知能。关于这四项原则的实施方法,作者首先强调的是校园设备和布置方面需要加强"国难"意识:

> 我以为学校应将各种激发爱国思想,提高民族意识的各种挂图或照片如中国失地图,中国国防图,中国国耻图,中国历代伟大人物肖像,中国物产图,各种军备比较图……等张挂于各处,随时更换,使学生常常看见,触目惊心。这种挂图和照片可

---

① 高一涵(Robert Culp):《中国童子军——南京十年童子军手册中的公民训练与社会意识》,《新史学》第 11 卷第 4 期,第 47 页。关于童子军在中国的历史,可参看孙玉芹:《民国时期的童子军研究》,北京:人民出版社 2013 年版。

向坊间各书局购买。有些可在报章杂志上搜剪或自制亦可。①

图1-1　晋察冀抗日根据地的学校(1938)(林迈可摄)

这样的教育方针和手段,在由共产党控制的边区也被贯彻实行。例如在英国人林迈可所拍摄的边区照片中,其中一张(图1-1)是一群儿童在教室上课,引人注目的是教室墙上贴满了中英文所写的抗战标语以及漫画。除了教室空间的政治化以外,学生的卧室或宿舍也被认为是国防教育的场所,建议"寄宿者,亦可分别区域,定位各失地的名称",并且悬挂"闻鸡起舞""枕戈待旦""卧薪尝胆"等警惕标语和文天祥及苏武等名人遗像。②

这个时期,一些民族英雄人物故事时不时地出现在儿童刊物上,也有一些集结成书。一个典型的例子是张元济编著的《中华民族的

---

① 幼辉:《国难中的小学教育应如何实施》,《四川教育》1937年第1卷第1期,第73页。
② 《小学国防教育实施草案》,《乡村改造半月刊》1936年第5卷第7—8期,第35—36页。

人格》,从《左传》《战国策》和《史记》中选取了十几位"志士仁人"的片段,同时分别作注解阐释他们的精神内涵:

> 这些人都生在二千多年以前,可见得我中华民族本来的人格,是很高尚的。只要谨守着我们先民的榜样,保全着我们固有的精神,我中华民族,不怕没有复兴的一日。①

要求把民族英雄的画像挂在学校的教室、学生的卧室和课外的活动空间,这些都表明,当时利用儿童的日常生活空间进行抗日宣传是很普遍的现象。《抗日救国与儿童教育》一书对这种教育手段有非常详细的描述,其编者认为,虽然儿童教育相对于成人民众教育来说,可能效果会比较缓慢,"远水不及近火",但是"培植未来之始基,则非努力于儿童教育不可"。② 可能也正是考虑到儿童教育与民众教育在宣传效果上的区别,作者特别提出一种有效方法,即"以求儿童整个生活之训练",而列在首位的就是布置儿童生活及学习的环境。作者对学校的各个空间布置考虑周全,甚至连字体的颜色也有细致的要求:

> 1)大门——门上悬挂"共赴国难"之横幅,及"读书不忘救国,救国不忘读书"之对联。联上酌以血色斑斑之图案。使儿童入校,即目此新奇之刺激,以引起脑际之思索。
>
> 2)通路——进门大道,即悬"暴日蹂躏东三省"及"国人热烈抗日情况"之大幅图画数帧,使儿童一触而知暴日之内犯,国难之来临矣! 同时并于相当地点,布置:
>
> 一、国难地图——以中国大地图一幅,贴于通告牌上,上书:"看!日本匪军占我什么地方了"!另制日本小海陆军旗多

---

① 张元济编著:《中华民族的人格》,上海:商务印书馆1937年版,第3页。
② 王秀南编述:《抗日救国与儿童教育》,南京:南京书店1932年版,第1页。

面,每日视匪军之所侵,倭舰之所至,移插日本海陆军旗于其间,以示倭寇暴行之现状;同时亦备中国旗多面,插置于我军集中地点,用表抗日准备之情形。外此,则苏俄红军之所集,英美军舰之所至,亦可同样插示,以见帝国主义角逐之形势。

二、学校壁报——每日将重要专电,译成白话文,贴书壁报上,再加以美丽装潢,清秀之文字,必能引起儿童之深切注意与了解。至高部儿童,尤可将每日报纸,分别重轻,标红揭示,以引起读报之兴趣。

三、反日标语——走廊通路,应贴合于儿童口吻,易引起儿童注意之反日标语,以激起儿童爱国之热忱(略)。

四、抗日图画——收集各机关各团体所印发国难画报,以及坊间出版或教师自画之国耻图画等,分贴各走廊通路,尤易激起儿童爱国的情绪。①

除此以外,作者还非常细致地规定了生活室、国语室、算术室、社会室、自然室、美术室、音乐室和大会堂的布置,以达到最有效的抗战宣传目的。这些由抗战标语、民族英雄画像以及国耻地图等政治符号所构建出来的政治文化空间,在某种程度上是抗战时期儿童政治主体建构过程的重要部分。儿童生活学习空间成为抗战宣传的重要基地,而公与私的区别也趋向模糊化,这样所建构出来的儿童主体不再具有个人性,而是具有集体的文化身份:他们是国家的主人,也是民族复兴的生力军。同时,成长于这样的政治空间,成人与儿童的区别也开始变得不明确。这样的儿童生活及学习空间不仅仅是一个物理学或地理学意义上的空间概念,里面的政治符号对儿童自然会起着一种规训和政治召唤的作用。具有感染力的抗战标语以及宣传漫画

---

① 王秀南编述:《抗日救国与儿童教育》,南京:南京书店1932年版,第1—4页。

所附着的反日情绪,还有背后所附着的"抗战建国"的理想,也必定会生产或建构出一群普遍洋溢着斗争精神与集体主义情怀的新一代国民。

除了对儿童日常生活空间进行管理外,儿童的时间也被有序地安排了。从下面这幅小学夏季生活表(图1-2)来看,在精确有序的时间安排中,至少有"公民训练""社会研究""战时社会服务"等项目与抗战直接相关。

××小學夏季生活表

時間\科目	一	二	三	四	五	六
6:00—7:00	起身,整潔,早操					
7:00—8:00	早餐,灑掃整理,自修					
8:00—8:30	公民訓練(包括時事報告,精神講話等)					
8:40—9:10	算術(思考,知識,技能並重)					
9:20—10:00	國語(讀,寫,作,說話四項並重)					
10:10—10:40	藝術活動(包括唱歌,圖畫等)					
10:50—11:30	社會研究(着重在民族解放的政治認識,包括史地,社會問題等)					
11:30—下午2:00	休息,午餐,午睡					
3:00—6:00	自然研究	戰時服務社會	藝術活動(如出外排)	演戲或〔戲〕	童子軍	自然研究	全體大會
6:10—7:00	農事,園藝,工作,晚餐等					
7:30—9:00	個別活動(記日記,寫信,整理報告,看書等)					
9:00	睡覺					

图1-2 小学夏季生活表(《战时儿童教育》,第27页)

为了适应战时教学的需要,商务印书馆当时出版发行了作为小学补充教材的多册《战时常识》。在给小学中年级使用的版本里,第一课的题目是《我们必须爱国》,而第二课到第四课的内容则为控诉日本的侵略,包括《侵略我国的日本》《日本怎样侵略我国》和《抵抗

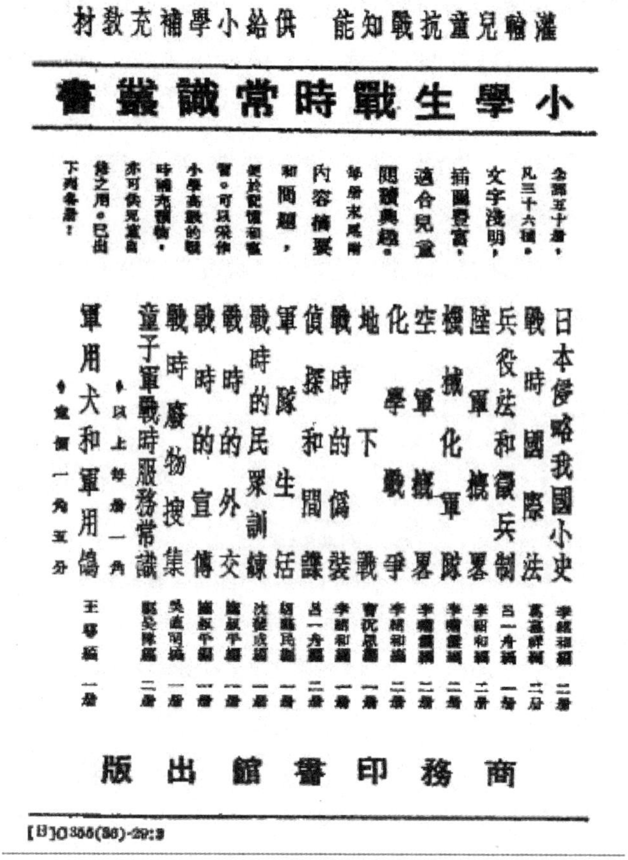

图1-3 "小学生战时常识丛书"广告

(《儿童世界》1940年第43卷第11期第173号)

日本的侵略》。接下来大部分科目是介绍炸弹的作用以及各种军事武器的基本知识。在对军事武器进行细节介绍时,多配有插图。另有很大一部分的内容是讲述战时的防护知识,例如防空、防毒和如何保持战时的卫生。另外,商务印书馆还出版了《小学战时补充教材》,除了上面提到的《战时常识》外,还有《救国公债图画集》《儿童防空常识图画》以及《国民防空必读》等。其中《小学游戏教材》在广告介绍中就说明"收集与国防训练有关的游戏教材四十则,注重敏捷、忍耐、秩序诸点"以"合各小学实施国防教育及公民训练之用"。①

抗战时期,所有科目的内容无不受抗战宣传的影响。例如,吴鼎在《抗战时期小学课程及教材之研究》一文中提出国语科之教学内容有如下具体构成:

> 说话:时事讨论,救国演讲等。读书:救国运动的文电和诗歌,救国运动的戏剧和故事,民族英雄传记,少年爱国故事,民族英雄抗战史实等。作文:翻译重要之救国文电为通俗大众文,拟为救国运动告民众书,拟致各国儿童宣布中华民国解放运动的信件,拟募捐启事,拟救国讲演词,订救国运动标语,记救国运动的事实,记述抗战事实等。写字:写标语,宣言,图表,布告,壁报,民众课本等。②

除了上课的教材,当时的一系列补充教材也做出了同样的改变。例如在《本路各员工子弟小学战时补充教材编选大纲》中,比较清楚地列出战时补充教材的编选情况,强调"各科战时补充教材的组织,应尽量采用大单元的计划,各科最好互相联络,以减少割裂充不之弊"③。即使是看似与抗战宣传比较远的地理科目,也要与抗战密切相关,内容主要涉及抗战中重要战场的地理形势、我国几处重要都市的沦陷概况、抗战中西北西南的交通建设以及目前欧战的几个主要战场的地理形势等。而自然课则包括新式军器的种类构造及效用、防空演习方法、各种毒气的性质以及公用与军用动物的研究,等等。甚至算数课也渗透着抗战宣传,教材涉及中日实力的对比以及各国

---

① 《儿童世界》1938年第40卷第7期第133号,第5页。
② 李定开:《抗战时期重庆的教育》,重庆:重庆出版社1995年版,第12页。
③ 教委会:《本路各员工子弟小学战时补充教材编选大纲》,《浙赣月刊》1940年第1卷第8期,第1页。

的军事预算等问题。①

同时,这个时期的儿童杂志在内容风格上也大多配合抗战宣传的需求。例如于1922年1月16日由郑振铎在上海创办的《儿童世界》杂志,在1937年"八一三"淞沪会战爆发后,被迫迁往香港。这个时期的封面图也一改以往天真烂漫的风格,被有关时事的纪实照片所取代,其中不少是战场上抗敌的情形。在每期的正文之前都刊登有照片,包括重庆防空洞里的生活情况,以及普通贫民的战时生活。刊物的栏目也多跟抗战有关,例如《儿童世界》第40卷第8期上就登有"战时常识"栏目,刊登《怎样防止汉奸》《从抗战中组织民众》等文章,"卫生常识"栏目刊登《预防几种夏天的传染病》等文章,另外还有时事特写等。

抗战时期事实上也是科学知识开始进入普通民众生活的重要时期,当时有不少科普丛书出版,其中许多是介绍化学与机械方面的知识。例如《科学知识普及丛书编纂旨趣》一文指出,编纂科学类丛书的目的之一,是对抗外国人对中国人没有常识和科学知识的批评,而另一个原因是基于今后的战争应该是科学战,"科学比较进步的一方,必占优胜无疑"。② 高士其在中国儿童科普读物的创作方面起了非常重要的作用,有《细菌与人》《抗战与防疫》《我们的抗敌英雄》以及《菌儿自传》等作品。他坦承自己在抗战时期所写的科学小品与抗日救亡的目的相关。③ 在当时的儿童期刊和报纸上,当"防空"和"防毒"都被列为日常生活的"常识"介绍给儿童读者时,一方面固然在一定程度上可以消除儿童对战争的恐惧,另一方面也是以

---

① 教委会:《本路各员工子弟小学战时补充教材编选大纲》,《浙赣月刊》1940年第1卷第8期,第2—3页。
② 胡步蟾编:《细菌与人生》,上海:新亚书店1933年版,第2页。
③ 高士其:《让孩子们获得丰富的科学知识的滋养》,《人民日报》1962年6月10日第5版。

一种非常的方式对儿童进行科学知识的启蒙。

但是值得注意的是,抗战宣传除了进行基本的知识启蒙和设法激起儿童的国族意识以外,还是对儿童国际视野的一种潜在打开。国难教育的重要目的是培养儿童的爱国情怀,为了达到这个目的,国难教育的材料中经常会介绍其他国家,尤其是与中国命运相似的世界弱小民族的历史。例如,在《国难教育面面观》一书中,就提到小学教育中的社会科目应该注重"帝国主义者侵略中国的历史及现状""我国与国际关系""世界弱小民族之被宰割及抵抗帝国主义者的现状""邻国的军事、政治与教官的研究"以及"各国之现势及其外交政策"。①

在这一时期,商务印书馆也出了一套"日本知识丛刊",主题包括日本主义批判、最近日本政治的剖视、战时日本之外交、德意日防共集团论、日本战时的贸易政策等,对政治、经济、军事和历史等方面进行了系统介绍,"为抗战期中国人知己知彼之助"。② 抗战时期出版的儿童杂志《儿童世界》还定期刊载"国际新闻",主要是图文并茂地介绍世界上其他地区的战争进展,同时也刊载其他国家的独立故事和战争英雄的人物事迹。例如《阿根廷的独立故事》就介绍了阿根廷如何与西班牙殖民统治者抗争到底取得独立、建立新共和国的历史事迹。③ 当时在边区出现的抗战读本也出现了类似的倾向。例如太行山边区所使用的《战时读本》的第一课就是《看看我们的世界》(图1-4),其配图是一男孩手持望远镜遥望太空,身旁是地球:

> 中国既是世界的中国,就必须看中国所处的,到底是怎样一

---

① 胡立民、邢舜田:《国难教育面面观》,上海:亚东图书馆1937年版,第154页。
② 《世界儿童》1938年第41卷第5期新143号,广告页。
③ 家模:《阿根廷的独立故事》,《世界儿童》1938年第41卷第5期新143号,第15—19页。

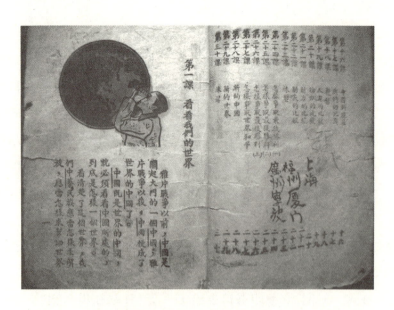

图1-4 《战时读本》第四册第一课(抗日小学民众训练及武装部队用,太行山文化教育出版社,年份不详)

个世界。

看清楚了这个世界,我们中华民族应当怎样求解放,应当怎样来帮助世界。

所有这些宣传的侧重点,都是强调对中国以外的世界的认识和了解。在读解世界大战爆发的时候,读本开始用"资本主义"和"社会主义"来讨论世界上各个国家的政治归属,而不再以国族为单位来讨论。在谈及抗战的意义时,编者声称中国的抗战与整个人类的和平相关,是世界反法西斯战争的一部分:

中国的抗战,是为了自身的解放人类的和平,有四万万五千万人的拥护,全世界人士的同情;所以我们的抗战,是进步的正义的。

日本侵略中国,加深人民痛苦,危害世界和平,终必引起国内革命,遭到世界反对,自取灭亡;所以他的战争是退步的,是野蛮的。①

毫无疑问,将中国的抗战放到世界范围内定义和认识是为了增强对抗战的必胜信心,也有助于认清中国抗战的合法性。不过,我们也不能忽视,这种论述背后隐含着一种超越国族的世界视野。最典型的例子是读本的最后一课《新的世界》,文中指出:

> 中国,是世界的中国,我们不但要创造新的中国,而且要创造新的世界。
>
> 首先,我们要帮助朝鲜和台湾,脱离日本的束缚。我们还要帮助一切弱小的民族,取得平等的待遇。
>
> 进一步,我们要联合全世界的民众,推翻不合理的旧社会,建立合理的新社会。
>
> 世界上没有人剥削人,没有人侵略人,人人劳动,人人享福,这就是一个新的世界。②

这种对新世界的想象超越了救亡图存的单一目的,把阶级斗争的命题也涵盖进来。当然,这种倾向与中国共产党当时对这场战争的期待密切相关:不仅仅是抗战,同时也要建立一个新的社会。

第三节 儿童自己的视角:重读《小难民自述》和儿童漫画展览会

在上面的分析讨论中,我们主要关注成人对儿童战争经验的引导以及建构,但是可以进一步追问的是,儿童自身是如何理解并回应

---

① 《战时读本》第四册,抗日小学民众训练及武装部队用,长治:太行山文化教育出版社,年份不详,第17页。

② 同上书,第29页。

成人所加给他们的抗战宣传的？在抗战时期，"避难"对儿童来说除了是一种战争经验，是否也是都市儿童在非常时期获取乡村知识的方式呢？在20世纪30年代和40年代，一些孩子将他们作为难民的经验写下来发表。例如一个叫小牯（原名吴大年）的十三岁女孩出版了自己的日记《小难民自述》。1937年战争爆发时，小女孩本在南京就读小学，而在南京沦陷之后，她跟随母亲与祖父开始了一家九口人的逃难生涯，途中经过九个省，历时九个多月，最终于1938年5月到达云南昆明安顿下来。作者将难民的经验视为一个城市女孩欣赏乡村风景的难得机会。在小姑娘的笔下，这个小册子的目的是"使后方的小朋友们知道战区中同胞的痛苦；同时也为了纪念我自己由于大战的促使，使我走遍了半个中国，遍览各地风俗"①。儿童的战争经历不仅仅被纳入"战时成人政治话语"的叙事当中，更值得注意的是，其中的伤痛和暴力被孩子的"天真眼光"转化为与农村和大自然风景的亲近，以及家庭成员相互间情感的一种增进。事实上，农村自然风景是这本自传的重要组成部分，它可以被视为孩童在特殊的战争时代所写的文学，一种特殊的战争体验。

对于儿童来说，逃难与旅行之间的界限到底在哪里？对年幼的作者来说，一个重要的风景转变是从城市到乡村的空间上的突然变换。由于"儿童视角"本身的天真性和"无污染性"，这里所发现的"风景"和山山水水似乎更多的以"自然"呈现："一座大的山，横在眼前，我们必须翻过这山，才能走到。母亲们拄着拐杖，穿着草鞋，一步一步爬着。我们也是这样。上山多松，青翠满枝，一阵和风吹过，互相摩擦，松声悦耳，朝阳夺目，山景非常可爱。山坡时，弯着腰，慢慢的移动脚步；下山时，两只脚不由自主地跑动着，真有趣呢！"②

---

① 小牯：《小难民自述》，上海：商务印书馆1940年版，第74页。
② 同上书，第20页。

值得一提的是,冰心特意为此书作了序言,并且敏锐地指出了小作者情绪上相互矛盾的部分:

> 这完全天真纯洁的幼女心情,一路在依恋旧居,痛恨顽敌的情绪之中,仍然忘不了自然的欣赏,和新生的希望,黑暗在她背后消灭了,她看见"新生和光明展开在我们的前头"。①

除了写作,当时一些儿童也用漫画来表述自己对战争的体验和对抗战宣传的回应。上海儿童刊物《中国儿童》第 2 期上发表了一组由儿童自己创作的漫画,这组漫画来自上海儿童界救亡协会组织的儿童漫画展览会。在这些漫画中,有一幅《敌人的暴行》(图 1-5),空中密密麻麻的飞机扔下的炸弹如下雨一样降落在房屋上,形成了一丛丛爆炸云烟,是一幅充满强烈控诉色彩的战争破坏图画。那密集的炮弹有写实成分,但也不免有夸张的色彩。因为作者是儿童,又使这幅画增添了额外的控诉力度。

图 1-5 《敌人的暴行》(《儿童世界》第 40 卷第 6 期,第 51 页)

---

① 冰心:《小难民自述序》,见小牪:《小难民自述》,上海:商务印书馆 1940 年版,第 1—2 页。

一位署名"十岁陈娟娟"的作者写了一篇题为《画里的真趣》的短文,阐释了小孩子创作的漫画与成人创作之间的不同:

> 我们小孩子不懂得虚伪,也不会说假话,什么事都从心底下发出,悲伤时候,就拉开嘴哭一场,高兴时又笑一顿,大人们说我们天真,这天真一定是说不会故意做作的道理。
>
> 譬如我们画的图画,也是不懂什么顾忌的。近来我作了不少的图画,专门取这一次抗战做背景,愈画愈高兴,愈高兴愈要画。我画一架打飞机,飞到敌军司令部撒一颗大炸弹,把下面屋子统统炸毁了,又画中国大刀队,把敌军一个一个头统统杀下,由另一个中国兵提回来,那中国大刀队的兵也大踏步的神气活现踱回来,表示:"我勇气吗?"像这样抗敌的画,我一连画了几十张,大家都说"好呀!好呀!"①

从这段文字中不难看出小作者由充满暴力的画中得到的一种兴奋感。借助绘画的虚构,"把敌军一个一个头统统杀下"所带来的复仇的快感,很多时候来自于作为战争受害者在道德上的正义感,而对死亡并没有儿童该有的恐惧。

同样的,下面这幅画(图1-6)是当时一个十岁的小孩所作,题目是《全世界一齐起来打倒日本鬼子!》。② 画的边缘密密麻麻都是刺刀,全部指向中间的有鲜明日本人特征的人头,而人头手里同时有四把匕首指向四周。在这位小画者的想象里,日本人面目狰狞,而四周的刺刀则传达着对日本人强烈的"仇恨"心理:

> 谁杀我爸妈?谁杀我姐妹?谁把我们小弟兄插在刺刀上?

---

① 陈娟娟:《画里的真趣》,《中国儿童》1937年第2期,第15页。
② 这幅画当时登载在《抗战漫画》1938年2月16日出版的第4期上。现选自沈建中编:《抗战漫画》,上海:上海社会科学院出版社2005年版,第223页。

图1-6 《全世界一齐起来打倒日本鬼子!》

谁占了我们的土地家产?我们就要举着拳头向谁打去!老年人、中年人、少年人起来了,新中国的小主人起来了,街头的歌唱、舞台的演戏、战场的输送救伤、粉墙上标语,全中国每一块土地每一个角落,我们的小主人都给仇恨教育了自己,在炮火中长大起来!看!下边一块块的是孩子心血烧红的铁块,要打碎仇敌的心肝!今年的儿童节是没有笑的,也不要哭,我们要复仇!要干!张开嘴巴吧,举起拳头,还可以拿起笔杆,每一个小朋友都能够把强盗的行为写出来给大家看,教大家一齐去干![①]

阐明抗战时儿童的情绪如何被组织起来为战争动员服务,是讨论儿童与战争关系的一个核心点,以上这些漫画清楚地说明,"仇恨"和"复仇"情绪当时已成为一种教育儿童以及儿童自我表述的方式。

除了利用儿童的复仇情绪,曾协助陶行知办生活教育社和国难

---

① 冰:《中国孩子起来了!》,沈建中编:《抗战漫画》,上海:上海社会科学院出版社2005年版,第223页。

教育社的张宗麟就儿童在战时可以做些什么工作进行过专门讨论。在他看来,许多人认为儿童没有能力作战,并没有能力帮助战争,甚至对于战争有妨碍,这样的认识是不对的。张基于儿童概念的混杂,对儿童进行了分组,建议为六岁以下的婴孩办婴儿收容所和幼儿收容所,以免他们受逃难之苦,并且"可以训练幼儿有规律的生活",教育的内容也要"含有丰富的民族意识,抗战意识",从而"为着民族培养幼苗"。① 而"至于十岁以上的儿童,应该可以对战争有直接的帮助"②,重要的是善于利用。他基于陶行知"小先生"理论的成功实行,建议战时的儿童可以做如下工作:1.战时救护工作。儿童体力虽然不能胜任重的工作,但可以在伤病医院担任看护的工作,甚至也可以上战地去搜寻伤兵,做些比较轻巧的急救工作。2.战地的慰劳工作。3.募捐工作,由儿童去劝募,可以达到一般人达不到的效果。4.宣传工作,例如分发传单、组织歌咏队、家庭宣传、里村演说、街头宣传,等等。5.间谍工作:在张宗麟看来,儿童可以做的间谍工作有两种:"一是刺探敌人的行动与军情,作战士兵对于儿童常常藐视的,我们就利用这个弱点而派遣儿童作刺探的工作。二是反间谍工作中的刺探汉奸的行动……在效力是很大的。汉奸的女儿绝不会也做汉奸,利用儿童爱国爱民族的天真热诚,汉奸的儿女便是侦查汉奸行动的好手。"③ 6.童子军纠查队。7.少年先锋队直接加入火线。张宗麟以在苏联和陕北的少年先锋队可以作战为例,认为儿童可以作战地勤务,可以布疑阵,可以扰乱敌人的后方:"敢死的儿童,除体力不及壮丁外,一切作战的能力,不一定不及壮丁。"④ 8.后方的教育工作。

---

① 张宗麟:《战时的儿童工作》,上海:生活书店1938年版,第7—9页。
② 同上书,第2页。
③ 同上书,第14—15页。
④ 同上书,第15页。

9. 帮助做生产工作。张宗麟认为我们虽然反对工厂里雇佣童工,但是,"我们绝不应该反对儿童帮助成人做轻巧的生产工作,只要这些工作是儿童能够胜任的"①。其实张的这些看法很大程度上是受陶行知"生活教育"理论的影响,并且在抗战时期得到了比较广泛的支持。M. Colette Plum 在讨论战时四川难童保育所时曾经仔细分析过张宗麟这些战时儿童教育理论,提出虽然难童及孤儿作为社会弱势群体理应受到国家保护,但是战时这些儿童却被鼓励去做一些比较危险性的抗战宣传工作,这其中似乎存在着某种悖论。② 有关抗战时期儿童如何参与到抗战宣传以及这种行为与"劳动"概念之间的关系,我们会在后面章节讨论陶行知的"小先生"理论和边区的战时儿童教育时有更深入的分析。本章我们主要讨论儿童作为国难教育的接受方,其日常生活和情感到底因这些抗战宣传产生了怎样的变化。

结 论

通过以上分析,我们发现对儿童的抗战宣传许多时候都以教育的方式进行。不论是教科书还是读本,都以相关的政治宣传内容对学生的课内及课外时间进行规范。例如在对儿童进行的"国难"教育中,学校以及国家似乎扮演了决定性的作用,而家庭的角色则被边缘化。这显示在抗战时期,国家开始以一种比较强势的方式干涉儿童的生活,把儿童与国家更直接地联系在一起。更重要的是,儿童不只是战时被国家和社会保护的弱势群体,他们也可以成为对"抗战

---

① 张宗麟:《战时的儿童工作》,上海:生活书店 1938 年版,第 16 页。
② M. Colette Plum, *Unlikely Heirs*: *War Orphans During the Second Sino-Japanese War*, *1937-1945*, Stanford Dissertation, 2006.

建国"有贡献的群体。

抗战时期儿童生活趋向军事化是不争的事实,通过学校教育、军事化的组织(如童子军)以及各种游戏和玩具,战争及其所代表的各种意涵和情绪(如灾难、离散、仇恨等)无孔不入地渗透到儿童日常生活的时间和空间当中,从而把儿童动员起来,使他们成为非常时期推动国族意识的重要群体。儿童不仅仅是抗战宣传所欲说服的对象,事实上,在国族主义的笼罩下,儿童既是宣传的接受者,同时也是主导者。

石静远在分析现代中国国族主义的脉络时,将挫败感视为中国现代性建构的关键,因为所有的现代化理想性或乌托邦都是通过对国族自身的负面理解才被激发出来的,而中国的国族身份也正是藉此形成并发展的。换言之,中国国族主义主要是基于某种危机意识,或者通过强化、夸张甚至操弄这种危机意识而发展起来的。① 虽然石静远的研究时段集中在1895—1937年之间,但她的这些思考在抗战爆发之后的中国似乎有了更明显的体现——这一时期以儿童为对象的国难读本、教科书和各种杂志,可以说也充满了这种挫败感,然而这种"国耻"通常又是以一种"新生"的力量重新建构的。

不过,战争所激发的,不仅是国族主义的话语和情绪。在儿童自身的视角下,战争所带来的,除了破坏、恐惧,还可能是一次难得的旅行经历。《小难民自述》的作者,正是通过逃难而接触到过去生活中没有机会接触的大自然。国难对于这个小作者而言,与其说是一种压抑的挫败感,不如说是丰富审美经验的机遇。在作者笔下,逃难作为一种话语,一方面能通过"使后方的小朋友们知道战区中同胞的痛苦"这样的论述有意无意地激发国族的想象,另一方面也带出了

---

① Jing Tsu, *Failure, Nationalism and Literature: The Making of Modern Chinese Identities*, 1895-1937, Stanford University Press, 2005.

与国族无关的、对大自然风景之美的欣赏。

另外,战时的教科书和各种读物一方面很集中地向儿童灌输爱国抗敌的思想,另一方面也开拓了儿童的视野,把儿童的关注点从中国引向世界。中国与世界、国族主义与世界主义,就这样通过战争这一奇异的纽带联系起来。战争以异常激烈的方式为中国塑造了作为国家未来希望的儿童,却也埋下了把这些儿童培养为超越国族的世界公民的种子。

第二章 劳动与教育:"乡村儿童"的发现和战时边区孩童的抗战宣传实践

洪长泰在他关于战时流行文化的研究中,认为"20世纪30年代三大主题的小说:农村形势,知识分子和抗日爱国,是乡村当时流行文化着力表现的主题。这也印证了当时的时代命题从五四时期的对个人的注重,转向民族主义的课题,并且从城市文化生活转向乡土。这一重心的转变是普遍的"①。事实上,这样的转变也发生在教育领域,农村的孩童逐渐作为一个独立的群体或者历史概念,在战时的政治文本、媒体文化、边区教科书及儿童刊物和小说中更加清晰地浮出历史地表,并彰显出在教育及政治文化意义上的重要性。必须指出的是,农村孩童并不是到了这一时期才首次出现在中国现代历史及文化课题的讨论中,早在上世纪20年代中期,他们作为"乡土文学"中的核心符号之一已经引起中国知识分子的关注。不过不可否认的是,30年代战争的爆发真正使得"乡村儿童"成为想象中国革命和国族救亡的重要概念与象征符号。

西方学术界对现代儿童概念讨论的核心议题之一是儿童与"劳动"市场之间的关系。童工制度的废除与否被认为是儿童的经济价值与情感价值之间的一种角逐。有学者提出,由于"童工"制度的废

---

① Hung Chang-tai, *War and Popular Culture: Resistance in Modern China, 1937-1945*, Berkeley: University of California Press, 1994, p.280.

除,"儿童"完成了从"有价"到"无价"的转变,也开始成为一个独立的现代情感概念。换言之,通过对"儿童"劳动之经济价值的解构和质疑,"儿童"作为一个与成人相区别的独立概念所应含有的道德及情感价值开始被建构起来。① 如果把西方现代教育学中对"儿童"概念中情感价值的强调,与三四十年代共产主义话语中对儿童成长过程中"劳动"之教育作用的强调作比较,两者似乎存在一种内在的矛盾。那到底应该如何理解抗战时期共产主义话语对"劳动儿童"的发现?

本章主要讨论当时在共产党领导下的边区所发行的教科书如何呈现儿童"劳动"的意义,以及重要教育家徐特立和辛安亭对"劳动"这一概念的演绎和阐释,并进一步分析共产主义话语如何将农村儿童想象和建构为现代国家的未来政治主体。当然,边区并不是这个建构过程的开始,事实上,整个过程可以一直追溯到30年代初期江西苏区对农村儿童的组织和政治发现。基于这样的理解,本章的第一部分先分析苏区的儿童杂志《时刻准备着》以及《共产儿童读本》,以考察这个时期农村儿童的发现如何受苏联教育模式的影响;第二部分则重点分析抗战时期边区教科书如何想象和定义农村儿童的劳动及其政治意义。

当时边区政府在处理农村儿童的教育时不可避免地会遭遇如下困境:如何在"满足农民家庭把孩子当成劳动力的需求"和"儿童作为国家未来的主人翁理应接受教育"两者之间保持一种平衡。在抗战时期对民众与儿童的教育当中,所使用的教科书其实有不同程度的重合,所使用的语言也比较类似。这样的现象在抗战时期似乎特别明显。本章的最后部分以重读女作家萧红的短篇小说《孩子的讲

---

① 更多详细的讨论请参考:Viviana A. Zelizer, *Pricing the Priceless Child*: *The Changing Social Value of Children*, Princeton:Princeton University Press,1994。

演》为基点,讨论边区八路军里比较普遍的儿童做勤务兵或从事其他各种政治宣传活动的现象。这种"儿童兵"的现象背后也隐含着如何处理儿童劳动的经济价值和政治价值的难题:"五四"以来,中国知识分子提倡的现代儿童概念所期许的教育权利以及与成人政治的分离,在民族大义面前是否需要暂时放下? 如果是这样,那成人与儿童的界限在哪里? 对于这样的矛盾以及悖论,当时的作家如萧红在文学作品中是如何处理的?

第一节 苏区的"童子团"运动和《时刻准备着》

如前所述,抗战时期边区儿童生活的高度政治化、集体化以及军事化,尤其是"劳动及教育"相结合的形式,可以追溯到江西苏维埃政府时期。在苏区,当时儿童组织的一种主要形式是童子团。在1929年颁布的《全国第五次大会儿童运动决议案》中,提到了童子团的性质和组成方式:"童子团是广大劳动儿童群众及一般贫苦儿童的群众的组织,他是在 CY 领导下,参加政治的经济的斗争和进行文化教育的工作。"[①]事实上,童子团对成员的年龄要求并不严格,直至十八岁都可以加入。在这个时期,童子团成员包括了城市中的产业童工和店员学徒,以及众多的街道无业儿童,但有关农村子弟的工作才是童子团工作的重点。童子团的组织采用军队的编制,并且有了"儿童干部"的概念:"应在儿童群众中提拔积极分子,组织特别儿童干部班,训练他们成为将来儿童运动中的工作人才。"[②]

---

① 《全国第五次大会儿童运动决议案》(1929 年 6 月 6 日),赣南师范学院及江西省教育科学研究所编:《江西苏区教育资料汇编,1927—1937》(六),南昌:江西省教育科学研究所内部发行,1985 年版,第 36 页。

② 同上书,第 37 页。

另外,决议案也指出,必须"以积极启发式的合乎儿童心理的各种方法教育儿童群众",培养"儿童团体生活之观念和习惯"。其中建议的形式包括各种体育式、游艺式的组织(唱歌队、球队、旅行团等)。① 同时,当时的苏区还组织农村儿童及少年举行规模较大的阅兵仪式。在典礼上,来自不同地区的队伍相互竞争,并选拔出优胜者。检阅方式是以仪式的方式将儿童身体有效地规训进某种政治秩序,而仪式是外在权威的意图或意志的显现和印证。

隔年12月的儿童运动决议案,规定在苏维埃区域的儿童组织可以统一命名为"共产儿童团",或可具体称为"赤色劳动童子团"。简章中规定童子团是"劳动儿童的革命组织",成员的"教育生活"包括七个方面:

> 1.游戏、识字、学习革命常识;2.参加及学习各色各样的斗争任务;3.开会;4.组织唱歌队,在红军作战休息时奏唱革命歌曲,高呼革命口号,帮助与慰劳红军战士;5.经常帮助侦探放哨等工作;6.帮助红军种田地;7.宣传鼓励成年的工农加入红军。②

从这七项内容来看,除了生产劳动以外,苏区劳动童子团的成员还需要贡献特殊意义的劳动,参加各种不同类型的宣传活动,甚至包括侦探放哨工作。尤其值得注意的是,这些事实上的革命宣传活动被定义为"儿童团的教育生活",从而也模糊化了"宣传"和"教育"之间的界限。③ 在当时的各项宣传技能中,儿童的演讲能力受到特别重

---

① 《全国第五次大会儿童运动决议案》(1929年6月6日),赣南师范学院及江西省教育科学研究所编:《江西苏区教育资料汇编,1927—1937》(六),南昌:江西省教育科学研究所内部发行,1985年版,第37页。

② 《赤色劳动童子团简章》,同上书,第38页。

③ 同上。

视,例如在湘赣省儿童团第一次代表大会上通过的《文化教育工作决议案》中,特别提出"要领导儿童群众组织演讲组,定期轮流讲演,使每个儿童团员都能做宣传鼓动工作"①。苏区以村为单位建立的儿童俱乐部也专门设有讲演组,规定每星期以学校为单位,至少举行一次政治或工作的讲演,同时也会不定期地举行特定主题的演讲比赛。其中讲演方面表现优秀的儿童会被选择进宣传队,"用各种方法在群众中进行宣传",也会"在各种晚会中前去讲演某时期的中心任务或报告消息"。②

有意思的是,在简章中,制服这一项明确指出"仿旧式童子军制服形式,唯领口须红色"③。显然,童子团是以白区童子军为参照对象,包括参考后者的一些组织教育方式:"在娱乐与体育方面,采用小学校体育材料及带有童子军的技术,施以军事教育、体育,如照常会的守卫运动等游艺,进行唱歌、游戏、旅行、参观、娱乐等娱乐工作。"④吊诡的是,白区童子军被明确列为童子团的主要对抗对象:"要领导白区儿童不读国民党书籍,瓦解童子军,并且要实行焚烧国民党一切反革命书籍及基督教徒的教育。"⑤

江西苏区的一系列儿童读物和教材在向儿童灌输革命意识以及组织规训儿童方面起了重要作用。1933年5月,中华苏维埃共和国

---

① 皇甫束玉、宋荐戈、龚守静编:《中国革命根据地教育纪事》,北京:教育科学出版社1989年版,第50页。
② 《儿童俱乐部的组织和工作》,赣南师范学院及江西省教育科学研究所编:《江西苏区教育资料汇编,1927—1937》(五),南昌:江西省教育科学研究所内部发行,1985年版,第29页。
③ 《劳动童子团简章》,赣南师范学院及江西省教育科学研究所编:《江西苏区教育资料汇编,1927—1937》(六),南昌:江西省教育科学研究所内部发行,1985年版,第40页。
④ 同上书,第38页。
⑤ 《湘赣区儿童团工作决议案》,同上书,第49页。

教育人民委员部组织编写的六册《共产儿童读本》完成初稿。这套读本是给当时一般儿童初就学用的教材,完成后曾送当时的苏维埃中央政府教育部长徐特立审查,徐指出的缺点是太偏重于政治,日常事项太少,而且这几本教材在内容难易程度上几乎没什么区别。①虽然后来有过一些修改,但在这些读本里,仍有不少内容涉及儿童所参加的政治活动以及革命政治思想的灌输。第一册中就提到了"儿童团"的概念,谈到儿童应该"说话"和"开会"。如果说民国时期小学教科书通常是以家庭框架里来讨论"人"的概念(图2-1),那么

图2-1 《共和国教科书新国文》第一册第一课
　　　(商务印书馆1927年版)

---

① 向荣:《共产儿童读本》(第1册)的前言,赣南师范学院及江西省教育科学研究所编:《江西苏区教育资料汇编,1927—1937》(七),南昌:江西省教育科学研究所内部发行,1985年版,第1页。

在江西苏区的儿童读本里,孩童更多地是政治团体中的某位成员。当时苏区政府也对苏区原始民众进行了最基本的、具备组织性的规训。每一个体都按照年龄与性别被编制进不同的政治组织,例如十六至二十三岁之间的青少年参加少年先锋队,九至十五岁之间的少年儿童则必须参加儿童团。第三册第十一课《我们农村的组织》从一个孩子的视角,讲述了全部家庭成员如何被规训进不同的政治编制:"爸爸加入了赤卫军,哥哥姐姐加入了少先队,我加入了儿童团,弟弟现在只有六岁,再过一年也要加入儿童团。"① 同一册另有《讲演会》《我们农村的组织》以及《共产儿童团》等课目,对这些组织和相关活动的意义进行了更具体的讲述。这些苏区的儿童,他们的日常生活经过这些革命团体的重新组织和定义,显示出新的意义。在《喜欢什么生活》这一课中,个人的生活与团体的生活、家庭的生活与学校的生活成为相互对立的概念:

> 个人的生活,比不上团体的生活。个人的生活无趣味,团体的生活很热闹。
>
> 家庭的生活,比不上学校的生活,家庭生活没兴趣,学校的生活读书唱歌很活泼。
>
> 小朋友们,你喜欢家里的生活,还是喜欢学校的生活。②

除了培养学生的团体意识,这套读本在很大程度上也起着向年幼学生解释一些抽象的共产主义革命理论概念的作用。例如第四册中的二十一、二十二两课以师生问答的形式,系统详细地向学生说明了革命的原因、革命的同盟者、革命的对象以及革命的内容。其中也

---

① 《共产儿童读本》(第4册),赣南师范学院及江西省教育科学研究所编:《江西苏区教育资料汇编,1927—1937》(七),南昌:江西省教育科学研究所内部发行,1985年版,第12页。

② 同上书,第23页。

有一些专门的篇目,为了指导具体的阶级斗争,对"土豪""劣绅"和"地主"等重要的政治概念做了清晰的政治化定义,并将其与普通农民作了阶级性的区别。① 对阶级意识的强调是读本很重要的主题。仅仅在第四册中,与此主题相关,就有《苏维埃代表的话》《资本家的肚子为什么这样大》《为什么要革命》《谁革谁的命》《拥护苏维埃歌》以及《为什么我们还没有选举权》等课目。其中,跟苏联相关的内容是该时期教科书的核心内容。例如,仅第六册中,就包括了四篇跟列宁相关的课文:《列宁钓鱼的故事》《列宁安慰病人的故事》《列宁吃了六个墨水瓶》以及《汽车工人讲列宁的故事》。

除了教材以外,在当时众多的儿童出版物中,不能不提《时刻准备着》这份中共早期图文并俱的儿童刊物。它由江西苏区政府在1933年10月创刊,主要在闽赣、湘鄂等红色根据地发行,到1934年7月终刊,共出十八期。凯丰、胡底、陈丕显、胡耀邦都曾为该刊撰稿,其中一些期数的印数最多达到了九千份。这份刊物存在的时间虽然不算很长,却给后来的边区儿童读物建立了范式。它的前身是共青团中央机关刊物《青年实话》的一个儿童专栏。专栏的题目开始是"儿童栏",之后又改名为"皮安尼尔"。"皮安尼尔"是英文词"pioneer"的音译词,原意为"先锋队员",特指苏联少先队。② "皮安尼尔"成为刊物《时刻准备着》称呼"儿童"的主要方式。也就是说,这种带有异域色彩和强烈政治色彩的概念成为发现中国农村儿童为中国革命主体的重要方式。苏联儿童在最先几期里被列为中国儿童学习的模范,例如其中有不少列宁和斯大林童年时期的故事。第五

---

① 《列宁初级小学校适用常识课本》的第四册中就包括了《怎样叫做土豪》《怎样叫做劣绅》《怎样叫做地主》等课目。
② 关于这个栏目的详细介绍,请参考团中央少先队工作委员会和中国少年先锋队工作学会编著:《中国少年儿童运动史话》,北京:中国少年儿童出版社1989年版,第72—73页。

期上有一篇《苏联儿童的生活》，比较详细地介绍了苏联儿童的生活，甚至包括他们游戏时间及读书时间的安排，并特别强调"苏联每个十二岁以上的儿童没有哪一个不会打枪并且打得非常准"以及"有很好的政治常识而且都懂得军事知识"。① 这些重要特性后来都成为苏区儿童的学习目标。作为第一份共产主义儿童刊物，《时刻准备着》创刊词开宗明义提出"劳动儿童"的概念，这个概念除包括中国儿童以外，也将世界上其他国家的儿童，例如美国的黑人儿童以及德国的儿童一同列为"无产阶级儿童"。

在《时刻准备着》里，儿童经常充当家庭与苏区政府的中介物。里面有不少内容是鼓励和表扬儿童推动家人加入红军队伍的行为。例如第五期上就登有《模范的皮安尼儿》一文，讲述四个小孩鼓动了四个爸爸到前方，而另有一个"小小的同志"鼓动了四个哥哥到前方，文末鼓励小读者"把爸爸哥哥送去前方"。② 刊物每一期几乎都有宣扬儿童动员自己的家人和邻居参加红军队伍的内容。另外，儿童还是苏区政府各项政策的宣传员。例如当时苏区政府为了充实战争经费，决定征收土地税、粮食和推销公债，就鼓励和要求儿童团的成员用游戏、演讲和唱山歌的方式进行宣传。更重要的是"要每个儿童负责宣传督促家里首先缴土地税多买公债"③。

在《时刻准备着》对"农村儿童"的政治发现中，"劳动"是一重要品质。在创刊词里，编者就提出"我们应当把这个刊物，发展起来，散布到每个乡村中，使每个儿童都看到。这个刊物的种子将产生无数的儿童刊物，如像苏联的儿童所享受的一样，有成千成万各种的

---

① 小学生：《苏联儿童的生活》，《时刻准备着》1933 年第 5 期，第 6—7 页。
② 阿白：《模范的安东尼儿》，《时刻准备着》1933 年第 5 期，第 5 页。
③ 阿丕：《我们儿童团踊跃参加收集粮食突击》，《时刻准备着》1934 年第 9 期，第 5 页。

儿童刊物!"①显而易见,刊物很明确地把乡村儿童当作自己的主要读者。尽管如此,在最初几期中,城市儿童的形象仍频频出现。例如,虽然在第一期作者署名耀邦的配画诗中,强调无论"贫苦工农的小弟妹",还是"从小做工的苦姊哥"都是皮安尼儿②,但这一期的封面(图2-2),却是一个都市中产阶级儿童穿着打扮的男孩,肩背铁锹欢快地奔跑在乡间的路上。这样的城乡儿童交错的现象也证明了

图2-2 《时刻准备着》1933年第1期

---

① 《创刊词》,《时刻准备着》1933年第1期,第4页。
② 耀邦:《时刻准备着》,《时刻准备着》1933年第1期,第2页。

当时苏区刊物的编者还处于寻找农村儿童政治及文化标识的过程中。从第三、四期起,刊物中的儿童形象开始转为从事不同种类劳作和参加革命活动的乡村儿童。刊物所包括的栏目有政治常识、识字、笑话、伟人故事以及游戏竞赛等,其中也有不少内容与农务劳动相关,如第十期就同时出现了以"春耕"为主题的画、儿歌以及游戏。在"春耕竞赛"这个游戏中,要求参加人数在二十八人以上,其中二十四人做土地和禾苗,而四人做春耕竞赛参加者。在具体要求上,第一动作是开荒,做挖土动作;第二动作是"努力耕种,先耕好红军家属和红军公田",然后再播种和插秧,还有人加肥料;第三动作是收成。① 整个游戏介绍占了满满两页,并有配图说明。整个游戏设计融团体精神培养、农耕知识的熟悉以及政治意识的训练于一体,非常适合农村儿童参与和表演。更重要的是,儿童在参与这样的游戏过程中,也会被召唤出作为合格的红色儿童所应具备的集体品质和为公的政治意识。

值得一提的是,《时刻准备着》具体贯彻了苏区提出的"以劳动为本位""消灭劳心与劳力的区别"的教育总则。② 1934年4月,苏区教育人民委员部颁布《小学课程教则大纲》,提出"小学的一切课目都应当使学习与生产劳动及政治斗争密切联系,并在课外组织儿童的劳作实习及社会工作"。大纲同时强调:"小学的一切课目都应当与游艺有相当的联系,尤其是初级三年(上课不必完全在教室以内),应当配合着游戏、参观、短途旅行等去教授各种常识及文字。"③ 在初级小学课程的时间分配上,劳作实习每星期占六小时,而游艺是

---

① 牧牛:《春耕竞赛(游戏)》,《时刻准备着》1934年第10期,第15—16页。
② 《劳动小学校制度》,赣南师范学院及江西省教育科学研究所编:《江西苏区教育资料汇编,1927—1937》(五),南昌:江西省教育科学研究所内部发行,1985年版,第17页。
③ 《小学课程教则大纲》,同上书,第13页。

每星期八小时。这样的时间数与国语及社会工作持平,并且高于算术的每星期四小时。而在相关小学教授方法原则的介绍中,非常突出小学教育与生产劳动的联系,苏区政府申明苏维埃教育的目的是"进到将来完全消灭智力劳动和体力劳动之间的分别,要教育极广大的劳动群众的子弟,使他们成为有能思想的头脑,有能劳作的两手,有对于劳动的坚强的意志的完全的新人物"①。在此基础上,苏区政府提出了"劳动小学"的学校理念。办理劳动小学的总原则是"先生须绝对与学生共同生活",而不是"分成两个对立阶级似的"。②

下一节将论证,苏区的这种教育总则和实践方式在抗战时期的边区执行力度变得更为强大。不过,即便在如此强势的话语中,仍然有和主旋律不完全协调的声音存在,女作家萧红的《孩子的讲演》便是一例。本章第三节将通过对这篇极具特色的小说的细读,分析萧红如何处理战争、劳动与儿童之间错综复杂的关系。

第二节 边区的"教学劳动化"

1938年陕甘宁边区教育厅所颁布的通告明确指出抗战时期小学教育需要加强的一些工作重点,包括在学校军事化方面,让学生实习游击战术,养成可以在山野中随时随地上课的习惯,并强调团体纪律。通告同时提出"教学劳动化"的要求:"就是要学习作侦探、传消

---

① 《第四章小学教授方法的原则(二)——小学教育和生产劳动的联系》,赣南师范学院及江西省教育科学研究所编:《江西苏区教育资料汇编,1927—1937》(五),南昌:江西省教育科学研究所内部发行,1985年版,第15页。
② 《闽西苏维埃政府目前文化工作总计划》,赣南师范学院及江西省教育科学研究所编:《江西苏区教育资料汇编,1927—1937》(一),南昌:江西省教育科学研究所内部发行,1985年版,第165页。

息、做慰劳等的劳动工作,使学生成为战时很有用的小部队。"①

可见,劳动教育是这个时期以"抗战建国"为方针的边区教育的一个重点:

> 使儿童青年从事劳动,使他们在集体劳动中锻炼他们的身体,发展他们的集体精神,训练他们的组织能力,并且养成他们的劳动兴趣和重视爱好劳动的习惯。学生不只在校内做劳动工作,同时还应参加校外的生产劳动工作。②

一些档案材料显示,当时每个小学都种地,学校鼓励学生从事一些手工业和畜牧业的生产,这当然有边区学校经济来源不足的客观原因,但无可否认,通过劳动教导儿童有关工具和生产方法的知识也是目的之一。在当时的课程设置中,原来的劳作课被"劳动课"取代,而体育则以"军事"为主。

到了1940年3月,边区政府要求所有七至十三岁之间的孩子上小学。为解决缺乏教科书的问题,并让更多的农民的孩子都有接受教育的机会,边区开始普及"小先生"制度。此外,在课外时间,学生也参加一些农务。因此,教科书中百分之三十的内容是关于各类生产劳动实践的初级入门。③ 从当时的教科书来看,除了正确的劳动观点的灌输,还有对农作物科学知识的介绍,例如"种子发芽实验""种什么庄稼上什么粪"和"种棉"等。在四十课的课目中,生产课有十课,占了四分之一,与公民史地课时持平。如果说二三十年代以城市儿童为主要服务对象的教科书所建构的模范儿童多是干净、卫生、

---

① 《通告——抗战时期小学应该注意的几个工作》,陕西师范大学教育研究所编:《陕甘宁边区教育资料(小学教育部分)》,西安:教育科学出版社1981年版,第1—2页。
② 《一年来边区的国防教育》,同上书,第27页。
③ 刘宪曾、刘端棻编:《陕甘宁边区教育大事记》,西安:陕西教育出版社1987年版,第48页。

爱国、来自中产阶级家庭的形象,那么在战时边区出版的这套教科书里的儿童则是以农村儿童的形象出现。例如,在国语教科书中讲授"人"这个字时,插图是一个朴实的农村男孩,穿着黑色的布衣和布鞋。这些为贴近农村孩童而做的改变,揭示了当时边区政府对未来国家公民中的儿童有着非常不同的想象(图2-3)。

图2-3 国语教科书中的"人"字

当时以到边区采访而闻名的美国记者斯诺,在其所撰写的《红星照耀中国》一书中,有专门一节写延安的"红小鬼"。他记录了在延安所见的充当各种劳动角色的儿童及少年:

> 少年先锋队员在红军里当通讯员、号手、侦查员、无线电报务员、挑水员、宣传员、演员、马夫、护士、秘书甚至教员!有一次,我看见这样一个少年在一张大地图前,向一班新兵讲解世界地理。我生平所见到的两个最优美的儿童舞蹈家,是一军团剧社的少年先锋队员,他们是从江西长征过来的。
>
> 你可能会想,他们怎能经受住这样的生活?已经死掉包括被杀的,一定有不少。在西安府污秽的监狱里,关着两百多名这样的少年,他们是在做侦查员或宣传工作时被捕的,或者是行军时赶不上队伍而被抓的。但是他们的刚毅坚忍精神令人叹服,他们对红军的忠贞不贰、坚定如一,只有很年轻的人才能做到。
>
> 他们大多数人穿的军服都太肥大,袖子垂到膝部,上衣几乎拖到地面。他们说,他们每天洗手、洗脸三次,可是他们总是脏,经常流着鼻涕,他们常常用袖子揩,露着牙齿笑。虽然这样,但

> 世界是他们的:他们吃得饱,每人有一条毯子,当头头的甚至有手枪,他们有红领章,戴着大一号甚至大两号的帽子,帽檐软垂,但上面缀着红星。他们的来历往往弄不清楚:许多人记不清自己的父母是谁,许多人是逃出来的学徒,有些曾经做过奴婢,大多数是从人口多、生活困难的人家来的,他们全都是自己做主参加红军的。有时,有成群的少年逃去当红军。①

在外来者斯诺眼中,这些"红小鬼"成为他解码延安的重要符号之一。这些儿童兵有他们的历史,但似乎与其父母及家庭无关,因为他们中的大多数"记不清自己的父母是谁"。他们大多数从江西瑞金来,在军队长大,经过了长征的洗礼。或者说,在延安边区儿童的成长经历中,家庭的位置似乎被忽略了,而儿童的情感价值、经济价值和政治价值在抗战时期交织重合的现象尤为突出,令人深思。

与斯诺对这些"儿童兵"的正面思考不同,当时有重要影响的教育家徐特立在《边区儿童的我见》一文中却对当时边区的儿童"勤务员"制度提出了批评:

> 马克思主张废止儿童在工厂劳动,虽然他主张教育与生产联系起来(见《共产党宣言》),却不是把生产当做糊口的手段;而是把生产当作教育的手段。目前我们的工厂中虽没有童工,而机关部队中却有勤务员制度。因此把应该受教育的儿童,其中心活动不是受教育,而是洒扫送茶水工作。我以为当前战争紧张劳动力缺乏时,附带的非主要的劳动,不能不分一部分给儿童工作。但宜采取半工半读制,有系统的进行二部教授以至三部教授。

---

① 〔美〕爱特伽·斯诺(Edgar Snow):《西行漫记》,上海:复社印行1938年版,第408—409页。

> 边区在历史上文化落后的区域。父母对于子女既不知教又不知养,儿童的死亡率特别大,失学的儿童特别多,小学教师不为农村所尊重。因此,文化落后的损失不只是限于现在的成年和青年,而且贻害及将来的新社会。今日的儿童转眼即青年,稍不注意就难补救了。我以为保育工作和儿童教育工作,应该进行科学的研究,并分配有经验的、有学识的、有能力的干部去领导这一工作。保姆和小学教师,应该提高他们的学识能力。①

徐特立对边区儿童勤务员制度反思的核心议题之一是儿童与劳动之间的关系,更具体地说是儿童劳动与教育之间的关系。这也涉及儿童作为一个现代概念与中国现代性在三四十年代的新发展之间的互动。显然这里对儿童的重新定义与边区政治及经济文化发展密切相关。抗战时期,不论在战场上还是家庭中,劳动力的缺乏都是不争的事实,而儿童在这样的环境中,很容易被视为潜在的劳动生力军。面对这样特殊的形势,徐特立充分意识到,要完全废止儿童的劳动是不切实际的。因此,他主张从理论与原则上,把原本属于剥削行为的纯生产活动转变为一种教育的手段:

> 把生产的经验和常识转化为科学,不是教他们以常识,而是把他们自有的常识转化为科学。马克思曾反对儿童在工厂中当徒弟,而主张儿童教育与生产联系起来。前者是生产而非教育,后者是生产又是教育。然而这又不是说生产等于教育,而是把生产转化为教育。②

与这样的指导原则相互配合,徐特立主张,在内容上按照边区的政治

---

① 徐特立:《边区儿童的我见》,《徐特立文集》,长沙:湖南人民出版社1980年版,第244页。

② 徐特立:《各科教学法讲座》,1940年版。转引自吉多智、李国光、戴永增编:《徐特立教育学》,广州:广东人民教育出版社1990年版,第128页。

形势和革命需要，从儿童的农村生活和家庭生活出发，教育与劳动必须密切结合。如在国语教材中，必须注意对学生进行革命观点、劳动观点与群众观点的教育，而初小国语教材中，应该有近百分之三十的课文是对学生进行劳动教育的。①

谈到边区的儿童教育，不能不提辛安亭。辛安亭是陶行知生活教育理论的追随者，提倡社会和学校的连接。他1935年毕业于北京大学历史系，同年来延安。在之后长达十一年的时间里，辛安亭都在陕甘宁边区政府教育厅编审科工作，编写了大概四十余种教科书及儿童读物，主要对象为抗日根据地和解放区的小学生及工农民众、工农干部。为了适应农村孩童特殊的生长环境及其日常生活特点，辛安亭建议修订以前专为满足城市儿童需求而编辑的教科书，以方便满足农村地区儿童的特殊需要。② 他也编写了不少课本给成人民众使用，例如《边区民众读本》《干部文化课本》《农村应用文》《日用杂字》《识字课本》等。教材同时为边区民众及儿童服务，也印证了当时边区小学教育的年龄模糊性和对启蒙的一种双重期许。当时的边区小学有两种——初级小学和完全小学："初级小学是以群众的普及教育为主，而完全小学则带有明显的干部教育性质。"③而从学生的年龄上来说，前者完全是适龄儿童，而完全小学则没有严格的年龄限制。直到抗战后期，为这两个群体编写的课本需要有所区分的意识才开始变得强烈。例如在1945年2月9日，《解放日报》刊登辛安亭的文章《关于识字课本的编法问题》，指出编写成、青年人的识字课本，要同儿童课本有所区别，要注意适应他们生活经验丰富而文字

---

① 辛安亭：《教材编写琐忆》，西安：陕西人民出版社1981年版，第10页。
② 同上书，第34—35页。
③ 黄剑华：《教材是新民主主义教育的核心——雷云锋访谈录》，《钟情启蒙，执著开拓：纪念著名教育家辛安亭诞辰100周年》，兰州：兰州大学出版社2004年版，第19页。

知识缺乏这一特点。①

辛安亭在回顾延安时期编写教材的经历时,指出抗战期间编写教材完全遵循抗日的教育政策,追求教材抗日化,也因此,"在教材的组织编排上适应战时的环境。如历史课本的编排是先今后古,中外混合"②,而"高小自然,打破历来以城市生活为背景的取材,并代之以农村生活,于是风雨雷电等自然现象的说明,实用的生理卫生知识,边区正在提倡的农业与畜牧的改良方法,都成了主要内容"③。

第三节 边区儿童的抗战宣传实践: 重读萧红短篇小说《孩子的讲演》

除了各种教科书和宣传刊物,当时在边区的作家也通过文学的方式,记录和反思儿童与战争之间日益紧密的关系。萧红的短篇小说《孩子的讲演》(收录于作者的文集《旷野的呼喊》),主要讲述一名九岁的战地服务团小成员王根出席一次欢迎会,被邀请做一场抗战宣传讲演而经历了复杂的感情心理变化的故事。小说大约写于萧红参加由丁玲组织的西北战地服务团时期。西北战地服务团自1937年9月22日奔赴晋察冀边区,至1944年4月返回延安,先后在丁玲、周巍峙的带领下,以抗日文艺宣传来配合八路军的军事斗争。他们以戏剧、音乐、演讲、口号、标语等多种方式向抗日战士及群众做广泛宣传,教育和组织战区民众积极参加抗战,以联络与帮助各地救亡团体。关于作家与抗战生活,萧红非常反对"只有到前线去才能

---

① 皇甫束玉、宋荐戈、龚守静编:《中国革命根据地教育纪事》,北京:教育科学出版社1989年版,第283页。
② 辛安亭:《辛安亭论教育》,长沙:湖南教育出版社1983年版,第130页。
③ 同上书,第11页。

写出好作品,留在后方就与生活隔离"的看法,认为"我们并没有和生活隔离,比如躲警报,这也是战时生活,不过我们抓不到罢了,即使我们上前线去……如果抓不住,也就写不出来。……譬如我们房东的姨娘,听见警报响就骇得打抖,担心她的小儿子。这不就是战时生活的现象吗?"①

同时期丁玲也写过以孩子为主人公的篇目:写于1937年4月的小说《一颗未出膛的枪弹》和写于同年11月的散文《孩子们》。后者讲述的是三个不满十四岁的孩子从家里逃出来,要求参加战地服务团,谁来劝说都毫无作用,他们就是不肯回家。在这篇散文中,丁玲也提到一个现象,那就是战地服务团希望动员当地老百姓来参加他们的宣传活动,可是当地人却多把孩子送来。其中一位儿童,他父亲几次进城来劝他回家,他却选择跟着服务团走,为抗日服务,后来做了儿童队的队长。在文章中,丁玲并没有解释小孩抗日的动机,只是讲述了他们脱离家庭加入抗战服务团的选择,在文末得出的结论是:"这些个儿童都有一段奋斗历史,他们是聪明的,有能力的,坚决的,自从他们来后,固然我们增加了许多麻烦,可是也增加了很多兴趣。"②也就是说,在这篇短文中,丁玲关注的是儿童怎样从家庭伦理的关系中解放出来而成为战地服务团这一新组织中的一员。值得注意的是,作品在描写父母对子女的不舍时着墨较多,相比之下,这些孩子的情绪结构则比较模糊。

《一颗未出膛的枪弹》是丁玲到达陕北后写的第一篇小说,创作于"西安事变"之后不久与"七七"全面抗战爆发前。这个时候,第二次国共合作正在形成。小说讲述了一位掉队的小红军隐藏在某个村

---

① 萧红:《抗战以来文艺动态和展望——座谈会纪录》,《七月》1938年第7期,第31—34页。
② 丁玲:《丁玲文集》,北京:北京燕山出版社1998年版,第345—346页。

落的一位大娘家里,碰到东北军来搜查。小红军被识破并有可能被枪毙,但是他向东北军的连长要求用刀砍他以省下子弹去打日本军。听完这话的连长深有触动,"用力拥抱这孩子",慷慨陈词号召大家抗日。他说,如果一个孩子都知道抗日,"我们配拿什么来比他!"小说的结尾是:

> 人都涌到了一块来,孩子觉得有热的水似的东西滴落在他手上,在他衣襟上。他的眼也慢慢模糊了,在雾似的里面,隔着一层毛玻璃,那红色的五星浮濛着,渐渐的高去,而他也被举起来了。①

与丁玲在这些作品中所表现出来的乐观进取不同,这个时期的萧红在感情和事业上都处在无边的孤独和寂寞中。在《孩子的讲演》中,萧红细致地描述了小主人公如何不适应热闹的政治集会,及其对自己讲演内容的复杂情绪——充满迷茫及困惑,这与当时关于儿童讲演的主流论述是不协调的。例如,在1937年,儿童书局专门出版了一本题为《儿童演说法》的书,以专门介绍儿童演说的技巧。此书的封面也是一位正在讲演中的儿童的剪影,振臂高呼,激情澎湃,而且剪影线条简洁,传达出儿童的自信和果断(图2-4)。

图2-4 《儿童演说法》封面(1937)

---

① 丁玲:《苏区的文艺》,上海:南华出版社1938年版,第18—19页。

有学者将《孩子的讲演》中敏感不安的小孩读解成萧红的自我写照,认为作者把自己对当时抗战文学的感受及创作心态都浓缩在了孩子王根身上。① 我则将重点放在王根作为一名战时儿童宣传者在公共政治集会中的恐惧和失声的意义,以及其中所隐含的关于儿童与战争的道德及伦理命题。小说以一个热闹的欢迎会开始:"出席的有五六百人,站着的,坐着的,还有挤在窗台上的。"②萧红花了不少笔墨书写集会中众多听众对讲演的"笑哄哄"的反应,以至于把讲演者的声音压盖过去。也正是这些"笑哄哄"的声音,引起了小孩对自己讲演的恐惧。

在小说里,萧红还写了不同种类的声音,包括第一个做讲演的"花胡子"的声音、掌声,以及一个讲演者接着一个讲演者的声音,但是窗子外面的风声和"这几百人的哄声"却把"别的一切会发响的都止息了",甚至包括"悉悉索索的从群众发出来的特有的声音",都听不见了。除了现场的声音,小说有一段描写了在会议的热闹气氛中,王根回忆自己在战地服务团的经历以及欢迎会前进城时的所思所想。他提到了进城时"可以随时听到满街的歌声",而且为自己"所会的歌比他所听到的还多着"感到骄傲与得意。他会唱小曲子和打莲花落,同时还懂得不少抗日的道理。这也是王根在小说中唯一感觉到兴奋的时候。作者很快就笔锋一转,描写王根对众多讲演者内容的重复和单调的观察:

> 因为那些所讲演的悲惨的事情都没有变样,一个说日本帝国主义,另一个也说日本帝国主义。那些过于庄严的脸孔,在一个欢迎会是不大相宜。只有蜡烛的火苗抖擞得使人起了一点宗

---

① 朱自奋:《〈孩子的讲演〉告诉我们的——萧红创作的一种细读》,《山东社会科学》2000年第5期,第91—93页。
② 萧红:《旷野的呼喊》,上海:上海杂志公司1946年版,第145—146页。

教感。觉得客人和主人都是虔诚的。①

当王根被叫起来做讲演时,他感觉到不同平常的慌张,"因为这地方人多,又都是会讲演的,他想他特别要说得好一点"。"人多"又"都是会讲演的"是王根不自在的原因。作者在这里将同属抗战宣传的"打莲花落"和"讲演"做了一定的区分比较,而后者给王根的压力似乎更大,因为与"打莲花落"相比,"讲演"是来自西方的一种现代宣传方式,是王根来了战地服务团以后学的。

王根站上了自己的木凳开始讲演。作者这时将笔触转向台下的成人听众:

> 人们一看到他就喜欢他,他的小脸一边圆圆的红着一块,穿着短小的,好像小兵似的衣服,戴着灰色的小军帽,他一站上木凳来,第一件事是把手放在帽沿前行着军人的敬礼。而后为着稳定一下自己,他还稍稍地站了一会还向四边看看,他刚开口,人们禁止不住对他贯注的热情就笑了起来。这种热情并不怎样尊敬他,多半把他看成一个小玩物,一种蔑视的爱起浮在这整个的大厅。②

值得注意的是,"小玩物"等,都是王根自己从听众的眼光中"读"出来的,而不是确实听到的。他似乎还听到听众在说:"你也会讲演吗?你这孩子。"基于这样的猜测,王根感觉到人们"张着嘴巴,好像要吃了他,他全身都热起来了"。换言之,周围成人听众的反应,主要是来自于王根的推测和自我感受,而唯一推测的基础是"刚一开始就听到周围哄哄的笑声"。

讲演先从他自己的个人遭遇开始:他离家的时候,家里还有三个

---

① 萧红:《旷野的呼喊》,上海:上海杂志公司1946年版,第148页。
② 同上书,第149页。

人,包括父亲、母亲和妹妹,但现在家里已经被敌人所占,所以他也不确定家里还剩下谁。他也提到刚到服务团的时候,父亲还以母亲的名义劝他回家,但自己坚决不回去,选择留在服务团里当勤务兵。他给的理由是打日本鬼子不分男女老幼。讲到这里,听众不再有笑声,反而平静下来:

> 大厅中人们的呼吸和游丝似的轻微。蜡烛在每张桌子上抖搂着,人们之中有的咬着嘴唇,有的咬着指甲,有的把眼睛掠过人头而投视着窗外,站在后边的那一堆灰色的人,就像木刻图上所刻的一样,笨重、粗糙,又是完全一类型,他们的眼光都像反应在海面上的天空那么深沉,那么无底。窗外则站着更冷静的月亮。
>
> 那稀薄的白色的光,扫遍着全院子的房顶,就是说扫遍了这全个学校的校舍,它停在古旧的屋瓦上,停在四周的围墙上。在风里边卷着的沙土和寒带的雪粒似的,不住的扫着墙根,扫着纸窗,有时更弥补了阶前房后不平的坑坑洼洼。①

小说一开始就说明讲演场地是一校舍,台下的听众多是穿着灰色制服的教授和学生,本是教育场所,现在则成为欢迎战地服务团的场地。文中有不少地方描写月夜景色以及校舍环境。事实上,王根讲演的听众不只是台下被作者形容为"笨重"及"粗糙"的"一堆灰色的人",还有空中发出"稀薄的白色的光"的月亮,后者甚至被作者形容为"伟大的听众"。相应的,在那月光下,校舍也作为一个整体沉浸在月光下,照亮了"古旧的屋瓦"和"四周的围墙"。在这样自上而下全景式的空间描写之后,作者突然加入了具体的时间刻度:

> 一九三八年的春天,月亮引走在山西的某一座城上,它和每

---

① 萧红:《旷野的呼喊》,上海:上海杂志公司1946年版,第150页。

>年的春天一样。但是今夜它在一个孩子的面前做了一个伟大的听众。
>
>那稀薄的白光就站在门外五尺远的地方,从房檐倒下来的影子,切了整整齐齐的一排花纹横在大厅的后边。大厅里象排着什么宗教的仪式。①

萧红这样的描写一方面是借月亮的游移在空间上作了更大的延伸,扩大到"山西的某一座城上",另一方面是用"一九三八年"这一清晰的年份赋予这自然空间以重要的历史意义:中国正处于一个动荡的战乱年代,而这样的时间标识也在月亮与孩子的讲演之间建立了联系——月亮在一个孩子面前做了一个"伟大的听众"。或者说,做讲演的孩子、月亮、城墙和1938年在萧红笔下建构出了那个战乱年代一个重要的历史寓言,"大厅里像排着什么宗教的仪式",无比神圣及庄严。

到这里,整个叙事却又峰回路转,王根"听到了四边有猛烈的鼓掌的声音,向他潮水似的涌来"。可是听众在讲演还没完全结束时就给予的热烈回应使得他又陷入深深的自我怀疑当中,让他怀疑是否自己讲演犯了什么差错,而这时候也刚好讲到他在服务团当勤务的经历。他的慌张和结巴又引起新的一轮掌声和笑声,以至于他根本无法再继续。王根自觉自己做了一场失败的讲演:

>其余的别的安慰他的话,他就听不见了,他觉得这都是嘲笑,于是更感到自己的耻辱,更感到不可逃避,他几乎哭出声来,他便自跌到不知道是什么人的怀里大哭起来。②

这个事件给王根留下了阴影,使他在接下来一周经常做噩梦,梦

---

① 萧红:《旷野的呼喊》,上海:上海杂志公司1946年版,第150—151页。
② 同上书,第152页。

见自己做讲演。小说的结尾是王根梦见自己讲演到一半无法继续而吓醒,陷入一种强烈的恐惧心理:

> 可是在王根一个礼拜之内,他常常从夜梦里边坐起来,但永远梦到他讲演,并且每次讲到他当勤务的地方,就讲不下去了,于是他害怕,他想逃走,可是总逃不走了,于是他叫喊着醒来了,和他同屋睡觉的另外两个比他年纪大一点的小勤务的鼾声证明了他自己也是和别人一样的在睡觉而不是在讲演。
>
> 但是那害怕的情绪,把他在小床上缩做了一个团子,就仿佛在家里的时候为着夜梦所恐惧缩在母亲的身边一样。①

在如上所述的有关王根的心理细微变化及周围听众反应的启承转折当中,首先值得注意的是萧红对王根讲演内容的处理。他首先讲的是个人的故事,在听众心中引起情感的共鸣,但讲到他在服务团当勤务员的经历时,作者将之处理成讲演失败的原因和无法继续讲下去的停留点。萧红这样的处理是否暗示着在她看来,儿童的个人生命体验可以与月亮及自然相通,却和抗日宣传这样的政治活动保持着隔膜和不相容?也许正如有些学者所指出的,萧红在这个小孩身上投射了不寻常的深切的私人情感。这其实讲了一个"孩子"与"成人"、"个人"和"众人"之间在想法和理解上的隔膜,以及"主观的努力"和"客观的效果"之间相分离的令人困惑的故事。② 与丁玲相比,萧红对战时儿童的描写多了诗性和个人性,正如范智红在分析萧红的另一篇小说《呼兰河传》时所说:

> 儿童的心灵和儿童的视角所呈现的经验与感觉作为一种文

---

① 萧红:《旷野的呼喊》,上海:上海杂志公司1946年版,第153—154页。
② 朱自奋:《〈孩子的讲演〉告诉我们的——萧红创作的一种细读》,《山东社会科学》2000年第5期,第92页。

学表现的对象与方式,其性质实际是一种诗性的意识与诗性的想象,相似于诗人所采取的感觉世界和表达经验的方式,甚至其"混沌"的形态也呈现出世界的芜杂形象与经验的分离状态被整合于人的意识之中的浑然、朦胧的美感。①

不过在抗战年代,这样的"诗性意识"和"朦胧的美感"与抗日宣传所需要的理性分析和夸张的激情却有所背离。也正因为如此,在《孩子的讲演》中,作者似乎也没法成功地将王根纳入到一个完整的故事情节里,讲演以失败告终,而王根也被噩梦和恐惧所纠缠。美国学者葛浩文在其《萧红传》一书中对这篇小说做过简短的评论:"这是个很动人但缺乏内容的小故事。在一个革命学校里,有个小孩被人请上讲台作'即席讲演'。这小孩竟误把听众因他那不成熟而爱国的话所引起的欢呼当作嘲笑。"②葛浩文的评价某种程度上相当准确——这个故事缺乏内容。因为在抗战的年代,当一场讲演都没法顺利完成时,又何以讲述时代的内容?但是,一个有"内容"的故事是否就是萧红所企图追求的呢?

也许一个革命的儿童英雄故事本来就不是萧红想创作的。也许,"五四"乡土文学脉络里,如鲁迅的《故乡》里那由少年闰土承载的超越成人现实生活局限的"使过去和未来可能妥协的想象域"才是萧红写王根的本意。唐小兵在分析《故乡》时指出,故乡只对成人"我"的内在生活世界有意义,而故乡情结"表达的是成人生活引发的内在焦虑和不安。乡土文学的美学价值和逻辑,正在于捕捉作为成人世界的反照的儿童记忆,正在把历时性的成长过程转化为并时

---

① 范智红:《世变缘常——四十年代小说论》,北京:人民文学出版社1998年版,第131页。
② 葛浩文:《萧红传》,上海:复旦大学出版社2011年版,第88页。

性的地域差异和社会分析"。① 在唐小兵看来,那记忆中闪现的神异图画中的乡土少年闰土,是拯救成人"我"日常生活世界平淡和琐碎的"少年英雄",带来的是"幻想的语言"和"神异的故事"。② 同时,闰土作为来自乡土的"少年英雄",也唤醒了"我"对"乌托邦式的生存方式"的"茫远的新希望",制造了"现代中国人不得不拥有的一个使过去和未来可能妥协的想象域"。③

当然,更重要的是,萧红的《孩子的讲演》对当时边区的儿童作为抗战宣传员以及进行抗战宣传演讲做了很多内心的描写,从而对战时的宣传机制以及普通民众和孩子之间的关系进行了敏锐又入微的思考。与斯诺和丁玲对边区儿童群体的观察和描写相比,前两者看到的主要是这些儿童与成人相当的劳动价值和政治象征意义,但萧红却更多地看到了儿童个体在这庞大的救亡命题之下的恐惧与迷惑,以及在成人面前对自己主体性的怀疑。从上面的分析中可以看到,孩童与象征自然的月亮之间有更多的默契,而在众多"灰色"的听众面前却感觉到了强烈的孤独和失语。如果说这场演讲算是王根的成人礼,那么他显然没有成功地成长为一个被期待的政治主体,而仍是被噩梦缠绕的自然个体。正如小说末尾所写的,充满恐惧感的王根是那么渴望能退回到母体,一个前社会学及非政治的所在。

结　论

在当时的边区,孩童讲演似乎是比较普遍的一个现象。董纯才

---

① 唐小兵:《现代经验与内在家园:鲁迅〈故乡〉精读》,《英雄与凡人的时代:解读20世纪》,上海:上海文艺出版社2001年版,第51页。
② 同上书,第57页。
③ 同上书,第68—69页。

曾经讨论过当时边区的这种现象,并将之形容为"病态"。董所描述的例子是在延安举行庆祝儿童节的大会时,"有好些小学生登台演说,一个个都学延安的干部,满口时髦名词,慷慨激昂的讲出成篇的政治大道理"。他进一步批评这些"小政治家"的出现是把一切都变成政治的小学教育造成的结果:"我们把儿童教育办成这个样子,老实说,并不是我们的成功,而是我们的失败。"①在此基础上,他倡议"儿童教育必须要以儿童生活为中心",而不是以成人为本位,"把儿童当作成人似的在那儿训练他们"。②

董纯才批评当时的小学教育把儿童当作成人,可谓切中抗战时期边区儿童教育一个很重要的特点,那就是当时的教育非常强调与劳动相互结合,赋予儿童以新的、原本应该由成人担负起的使命。当然,这个提倡本身与不少因素都有关系,但我比较关注的是劳动与作为"五四"启蒙话语下一部分的现代儿童概念之间的矛盾之处。Viviana A. Zelizer 在研究欧美社会中现代儿童的发现时,特别提到在19世纪中后期到20世纪30年代这一时段里发生的一场持久且艰巨的斗争:把儿童从市场上作为劳动价值交换对象的位置上解放出来。这个过程中经济交锋与法律辩论共同进行,同时也包含着深刻的道德革命。对儿童劳动力的改革者来说,儿童被视为劳动力是对儿童情感价值的一种违反。Zelizer 也指出,儿童可以参加的劳动的范围是这些讨论的一个核心话题,这样的讨论也重新为儿童的经济价值划了新的界限。③

可是在抗战时期的边区,受限于客观条件,儿童不得不成为重要

---

① 董纯才:《儿童教育中的主观主义》,《陕甘宁边区教育资料:小学教育部分》(下),北京:教育科学出版社1981年版,第282—283页。
② 同上书,第284页。
③ Viviana A. Zelizer, *Pricing the Priceless Child: The Changing Social Value of Children*, Princeton: Princeton University Press, 1994, pp. 57-58.

劳动力。在边区的部队里,有不少儿童兵从事着不同类型的抗战宣传工作;同时,在边区,不少乡村儿童作为教育的对象被发现。为了满足这些孩童的需要,边区的教育厅重新编辑教材,其中有不少为儿童服务的教材也同样适用于民众。特别值得注意的一点是,在面向乡村儿童的教育课程及材料当中,劳动成为教育的内容,也成为教育的方式。也就是说,儿童既是拯救国家于危难的重要力量,同时也是被启蒙的教育对象。边区各级学校特别注重劳动教育。一方面,通过生产劳动,锻炼学生的身体,发展学生的集体精神,训练学生的组织能力,养成学生的劳动习惯,树立学生的劳动观点;另一方面,这样的教育方针,也是希冀儿童都能通过劳动改善减轻民众的负担,改善边区的生活,为克服在战时可能发生的学校给养困难做准备。与"五四"时期知识分子如周作人强调儿童作为与成人相区别的独立概念和推崇"童心"相比,抗战时期儿童与成人之间的区别则变得相当模糊。经过战争的改造,儿童的解放已不再是以摆脱成人所强加的经济枷锁为前提,反而必须以原本属于成人世界的生产劳动为基础。这样一来,儿童究竟是被"解放"了还是在继续被"剥削"?

萧红在边区时所写的短篇小说《孩子的讲演》,正是通过对一次儿童讲演的聚焦处理,突出了成人与儿童的界限错乱,并揭示了抗战宣传工作中"爱国"的道德意义如何变得模糊和不稳定。原本最有利于凝聚民族团结与激发昂扬向上的民族激情的抗战动员,到了萧红笔下却成为疑虑与恐惧的来源。战争,一方面丰富了启蒙与国族建设的话语,另一方面却也毫不留情地对此进行着解构。

第三章 "小先生":儿童戏剧和抗战时期儿童旅行团的流行

  嘿嘿!看我们一群小光棍。嘿嘿!看我们一群小主人。我们生长在苦难里,我们生长在炮火下,不怕没有先生,不去留恋爹娘,凭着我们自己努力学习努力干!孩子们,站起来!孩子们,站起来!在这抗战的大时代,创造出我们的新世界。①

上世纪三四十年代涌现出了许多儿童旅行团。上面这首歌就是抗战时期广为流传的、由孩子剧团的成员自己创作的团歌。这个剧团成立于1937年9月上海沦陷之后,一群具有抗战意识的孩童(大部分是孤儿)自己组团,徒步旅行,自主管理,一边宣传抗战,一边迁移到武汉,然后到重庆,其中有部分成员在抗战后期到达延安。本章的讨论就是以战时两个非常重要的儿童旅行团——新安旅行团和孩子剧团为主要考察对象。"孤儿"在这里指的是那些失去父母或者父母在日常生活中缺席的儿童,就如 M. Colette Plum 指出的那样,战时大多数的儿童都不清楚他们的父母是否还活着。② 同时值得注意的是这些旅行团中的不少成员是自愿离开父母,加入到抗战的宣传队伍

---

① 孩子剧团史料编辑委员会:《在战火纷飞的年代》,北京:内部出版,1996年版,第60页。

② M. Colette Plum. Plum, *Unlikely Heirs*: *War Orphans During the Second Sino-Japanese War*,*1937-1945*,Stanford Dissertation, 2006.

当中去的。大多数逃难的儿童都来自上海,旅行则把他们带到农村。

洪长泰曾在《战争与大众文化》(*War and Popular Culture*)一书中讨论战争如何把知识分子从大城市带到农村,并因此产生了一种崭新的政治文化,促使知识分子把关注焦点从都市转移到农村。① 事实上,除了这些知识分子,儿童是另一个历经这种大规模迁移的群体。旅行成为一项重要的政治教育方式,或者说成为一种具有仪式性的教育方式,一种赋予这些将来的国家公民以责任感和思想革命的过程。更重要的是,孩子们用自己有限的知识来教育不识字的群众。这些儿童群体的一个基本特点是,他们通过讲学、出版自己的日记、演出或做兼职工作维持生计。这两个旅行团关系密切,同受陶行知(1891—1946)的"小先生"和"生活即教育"等理论的影响。他在《组织普及教育旅行团》一文中,将孩子剧团和新安旅行团都归类为普及教育旅行团,以普及教育来配合全面抗战。他们的徒步旅行把学校、家庭以及国家结合在一起,并且成为经由儿童的自我发现,让成人他者发现儿童作为理想国民潜质的重要机制。加诸这些儿童身上的用语有"小光棍"和"小主人"等称呼。值得进一步分析的是这些称呼所隐含的情绪转换:这些孩童虽身处残酷的战争时期,却拥有自力更生和享受自由的自豪感。

近几年来,不少学者开始关注国民政府对儿童的训育。美国学者高一涵借由细读中国童子军训练手册,分析中国国民党在南京十年(1927—1937)中对于公民身份以及公民训练所采取的进路与方法。在他看来,国民党努力经由广泛的训练来改造中国青年最根本的思想与实践;此一训练意在培养新一代专心服务国家与党的青年。而在这期间,童子军的公民训练结合了道德培养、政治灌输、军事操

---

① Hung Chang-Tai, *War and Popular Culture: Resistance in Modern China, 1937-1945*, Berkeley: University of California Press, 1994, pp. 270-285.

练与礼仪、卫生、生活技能等课程。① 不过在抗战时期,学校和社会的界限被打破,不少孩童徒步行走在路上。在常规的学校教育缺失的情况之下,我们怎么去看待这些孩童与国家之间的关系?针对这个问题,Colette Plum 通过对战时的孤儿院及难童教育的深入研究,讨论了孤儿院如何将孤儿树立为被牺牲的公民群体的隐喻,同时也将他们与公民教育以及潜在的劳动力合为一体。② 与这些受战时儿童福利组织规约的孤儿和难童不同,本章所讨论的大多数儿童是自己主动离开家庭和父母的庇护,也不愿意成为孤儿院或难童组织里等待被保护的弱势群体。相反,他们宁愿成为具有行动自由的孤儿,并加入了这些以自我教育及抗战宣传为己任的旅行团。

本章所讨论的这两个旅行团都公开声明自主管理,旅行中无成人帮忙,而他们的生活费用则主要来自公开演讲、在报刊上发表旅行游记以及进行表演。在旅行的过程中他们也利用有限的知识教育不识字的群众。在旅途中,这些孩童还随时写下旅行心得,发表在当时的报刊上,成为社会舆论焦点。事实上,儿童写作在抗战时是普遍的文化现象。在陶行知的大力推动下,当时儿童书局出版了一系列由儿童写作的书籍,而且这些儿童写作者通常会被贴上不同的阶级身份标签,其中包括小工人、小农民等。也就是说,儿童不再如 20 年代在冰心《寄小读者》中那样作为"小读者"被构建,而是作为战争经验的写作者被召唤。本章将把这种转变与抗战时期的文学大众化、陶行知"生活即教育"理论对儿童主体的建构及战时中国抗战宣传政策等联系起来讨论。

---

① Robert Culp, "Rethinking Governmentality: Training, Cultivation, and Cultural Citizenship in Nationalist China," *The Journal of Asian Studies*, 65:3 (Aug, 2006), pp. 529-554.

② M. Colette Plum, "Lost Childhoods in a New China: Child-Citizen-Workers at War, 1937-1945," *EJEAS* 11 (2012), pp. 237-258.

抗战时期,这些难童的经历也成为小说、戏剧以及电影的素材。① 旅行团的一些成员甚至亲自参加表演。例如,1939 年创作的《乐园进行曲》就是以孩子剧团的亲身经历为基础创作的。葛飞在讨论到 1935 年前后左翼剧运的一种转向时曾指出,随着统一战线的逐渐确立,左翼剧人开始以个人身份到工厂农村前线活动。② 戏剧大众化实践广泛地展开,而抗战时期儿童戏剧在这一时期也得到极大的发展,并成为当时"反抗性政治文化(political culture of resistance)"③的一部分。根据统计,当时有超过一百个孩子剧团出现。

在分析抗战时期这两个儿童旅行团的戏剧表演时,我将借鉴本雅明对无产阶级儿童戏剧的相关讨论。本雅明在 1928 年发表的论文《无产阶级儿童剧场计划》中集中分析了戏剧表演对孩子成长的意义④。他通过对资产阶级戏剧和无产阶级戏剧的比较分析,勾画出无产阶级儿童剧场教育的可能性。根据汉斯-捷斯莱曼阐释,本雅明对"道德教育"的理解是,无产阶级儿童本身的"集体"性质构成教育的"媒介",而不是简单的道德灌输和说教,从而将纯粹的教师的影响排除在外,这种"集体性"在很大程度上提供了对"道德的调整和更正"。⑤ "在本雅明看来,资产阶级剧院把商业利益当作主要目

---

① 例如,苏苏的小说《小赖子》就是基于新安旅行剧团的经历而创作的。
② 葛飞:《戏剧、革命与都市漩涡:1930 年代左翼剧运、剧人在上海》,北京:北京大学出版社 2008 年版,第 204 页。
③ 洪长泰曾用这个概念来形容抗战时期新兴的流行文化。更多的细节请参照 Hung Chang-Tai, *War and Popular Culture*: *Resistance in Modern China*, 1937-1945, Berkeley: University of California Press, 1994。
④ Walter Benjamin, "Program for a Proletarian Children's Theater," Trans. Susan Buck-Morss. *Performance* 1.5 (March / April 1973), pp. 28-32.
⑤ Hans-Thies Lehmann, "An Interrupted Performance: On Walter Benjamin's Idea of Children's Theatre," in Gerhard Fischer ed., '*With the Sharpened Axe of Reason*': *Approaches to Walter Benjamin*, Oxford: Berg, 1996, p. 181.

的,无产阶级儿童剧则让孩子们自由发挥,让他们意识到自己的创作能力,从而建构起自己的身份:'剧院让孩子释放出最巨大的能量。'"①另外,本雅明在他的文章中将孩子们的表演定义为"狂欢节"和一场集体活动。格哈德·菲舍尔认为,本雅明视儿童剧场为"师范学校"和"无产阶级社会存在的一部分"。其中最重要的部分是让"学生决定他们自己学什么"和"表演保证了无产阶级在公共领域的开放性,将学校/剧院融入社会……无产阶级儿童剧场需要让教育走出由家庭和国家操控的学校,让其回到属于它的社会团体"。②

本雅明对儿童戏剧产生兴趣起因于他的莫斯科旅行,在那里他目睹了情侣阿霞·拉齐丝(Asja Lacis)在20世纪20年代后期有关无产阶级剧场的工作。拉齐丝是一位戏剧导演和"俄国革命的里加",她对儿童戏剧产生了极大的兴趣,因为她希望尽一己之力帮助第一次世界大战后俄罗斯四处游荡的孤儿,将他们从精神创伤中拯救出来。苏联的例子也提醒我们思考这样一个问题:中国这两个儿童旅行团在抗战宣传的目的之外,其戏剧表演是否也对自身的战争创伤具有一定的抚慰作用?另外,值得注意的是,本雅明的"无产阶级儿童剧场"理论隐含着非常激进的无政府主义思想,它拒绝任何一种简单的政治驯服和意识形态的规训。那这种倾向是否与我们所讨论的抗战时期中国儿童剧场的兴起本身所隐含的政治意义背道而驰呢?同时,我们该如何理解这些战争难童的戏剧表演将情感抚

---

① Benjamin, Walter, "Program for a Proletarian Children's Theater," Trans. Susan Buck-Morss. *Performance* 1.5 (March / April 1973), p.28.

② Gerhard Fischer, "Benjamin's Utopia of Education as Theatrum Mundiet Vitae: On the Programme of a Proletarian Children's Theatre," In Gerhard Fischer ed., '*With the Sharpened Axe of Reason*': *Approaches to Walter Benjamin*, Oxford: Berg, 1996, pp. 201-218.

慰、自我教育、政治宣传和激发新生的革命活力等看似矛盾的元素集于一体的方式？在怎样的层面上，我们可以把这些孩童的旅行表演理解为陶行知的"生活教育"理论本身的一种实践？我们又该如何看待陶把这些孩童身体改造为其社会改革与乌托邦理想的实验场域？

陶行知的"生活即教育"理论以及他对儿童戏剧的看法，和本雅明建立在"无产阶级儿童剧场"基础上的儿童话语的区别之一，在于两者对于教师的道德训育的认知有所不同。本雅明非常反对教育场域里的道德灌输。他特别提到了无产阶级儿童剧场演出对成人与儿童之间教育与被教育关系的一种颠倒：

> 儿童剧场并不是道德教学的场所。不存在面对面的直接教化。唯一重要的是支持人通过让孩子们对剧作的题材、内容等做准备，可以有一点对孩子们的间接的教育，仅此而已。当道德的调整和补充无论如何变得必要时，孩子们是自发、集团地行动的，所以儿童剧场的演出成了真正的道德法庭——孩子们教育大人。①

同时，本雅明也特别提出儿童演出的"整体性"和"即兴"这两个重要特点，并认为"作品都不是'永恒'的，行为的瞬间才是孩子们的演技的追求，代表变迁中的艺术的剧场本身是孩子们的艺术"。② 在他看来，戏剧"作为激进情感释放，成年人永远只能旁观"。正如 Nicola Gess 在阐释本雅明的儿童戏剧理论时所说：

> 儿童在对历史进行魅力化与去魅化的辩证过程中扮演至关

---

① 〔美〕瓦尔特·本雅明：《本雅明论教育：儿童·青春·教育》，长春：吉林出版集团 2011 年版，第 94 页。
② 同上书，第 96 页。

重要的角色……对本雅明而言,儿童是一乌托邦的人物。但是,此一形象并非源自浪漫主义思潮中与自然和谐共存的实体,而是儿童"野蛮"与"原始"的体现。儿童潜在的破坏性与模仿力共同体现在儿童的游戏当中,辩证地导致个体独立性的产生。在这当中,儿童与历史和陌生事物的紧密接触,他的分解式的破坏力与稳定的新创作力都互相辩证地决定彼此的形态。①

正因为如此,本雅明对教师这一成人角色的干预作用充满了怀疑。在一定程度上可以说,本雅明"企图以马克思主义的阶级教育来替代资产阶级'道德人格',抗拒灌输意识形态的现代主义的破坏性,而且不把儿童演戏作为一种文化教养形成的手段,而是作为儿童自我形成'道德人格'的'场'"②。显然,本雅明对无产阶级儿童剧院模式中儿童与成人之间等级关系颠倒的认知,以及对儿童主动性的强调,与陶行知的教育理论有一定的契合之处,但是陶的教育理论非常强调道德模范所起的潜移默化作用。这与陶行知早年在金陵大学求学时受明代大儒王阳明的思想,特别是他的"知行合一"学说的影响有关。③ 另外,有学者指出,陶行知因为受到王阳明学说的启发,"把国家的问题还原于个人问题。在这一背景下,形成了'众人意志结合,以成社会邦国'的社会国家观"④。

---

① Nicola Gess, "Gaining Sovereignty: On the Figure of the Child in Walter Benjamin's Writing," *MLN*, vol. 125, no. 3, April, 2010 (German Issue), p.683.
② 〔美〕瓦尔特·本雅明:《本雅明论教育:儿童·青春·教育》,长春:吉林出版集团2011年版,第11页。
③ 〔美〕孔斐力:《陶行知:一位教育改革家》,见周洪宇编:《陶行知研究在海外》,北京:人民教育出版社1991年版,第48—74页。
④ 〔日〕牧野笃:《陶行知教育思想之根基——金陵大学时期对王阳明思想的解释与吸收》,周洪宇编:《陶行知研究在海外》,北京:人民教育出版社1991年版,第132页。

第一节　陶行知和他的"小先生"理论

陶行知早年曾就读于哥伦比亚大学的教育学院,他的教育理论深受其老师保罗·孟禄(Paul Monroe)、约翰·杜威(John Dewey)和威廉·H.克伯屈(William H. Kilpatrick)等人的影响。正如巴里·基南指出的,"西方的模式让他对中国教育的整个态度在20世纪20年代后期产生了巨大的变化"[①]。杜威在1919年至1921年间受邀访问中国[②]。在这两年里,杜威把他关于教育、民主、学校和社会的理论介绍给中国。他特别强调,儿童应被视为社会中的人,当孩子们对某些活动产生极大的兴趣,内心充满对成长的渴望时,他们会学得特别快。1927年,陶行知在南京建立了晓庄师范学院,基于对中国社会和政治改革的理解,陶将杜威的理论修改为"社会即学校""生活即教育"和"在实践中学习",将学校定义为改革中国社会、实现国家重建的重要场所。他将"生活即教育"视为对"教育即生活"的一个纠正,因为在他看来"教育即生活"之最大弊病是建立起社会和学校之间的高墙,"将教育和生活关在学校大门里,如同一个鸟关在笼

[①] Barry C. Keenan, *The Dewey Experiment in China: Educational Reform and the Political Power in the Early Republic*, Cambridge, Mass: Council on East Asian Studies, Harvard University; distributed by Harvard University Press, 1977, p.83.

[②] 关于目前西方英文学界对陶行知的主要研究成果,可参照 Philip A. Kuhn, "T'ao Hsing-Chih, 1891-1946, An Educational Reformer," *Harvard Papers on China* (*East Asian Studies Program of Harvard University*) 13 (1959), pp.163-195; Yusheng Yao, "Rediscovering Tao Xingzhi as an Educational and Social Revolutionary," *Twentieth Century China* 27.2 (April 2002), pp.79-120; Yusheng Yao, "The Making of a National Hero: Tao Xingzhi's Legacies in the People's Republic of China," *Review of Education, Pedagogy, and Cultural Studies* 24.2 (July-September 2002), pp.251-281。

子里的"①。他呼吁人们推翻这堵高墙,建立新式的学校,而"这种学校是以青天为顶,大地为底,二十八宿为围墙,人人都是先生都是学生都是同学"②。

陶行知也提出教、学和做三者可以合并的看法,并给"生活即教育"理论归纳了七大特征:从学校到社会,从书本到社会,从教学到社会实践,化被动为主动,从精英到大众,从忽视孩子到尊重孩子,从两维到三维。到1930年,陶进一步将生活即教育分为六组,其内容理应适用于所有学校:1.一个健康的生活;2.参加体力劳动;3.学习科学;4.艺术学习;5.社会改革;6.有计划的生活。③

1923年以后,尤其是30年代,随着战争的进一步推进,陶行知投身建立非正式的学习模式,遵循从城市到农村的主要教育运动路线的发展。同时,陶行知因受国民党的怀疑而短期流亡日本,之后就开始致力于普及教育。他选用"自动工学团"的形式,并在1932年成立了山海工学团,目的之一是摒弃书呆子教育。什么是工学团?陶将之定义为"工是工作,学是科学,团是团体"④。在他看来,"工学团是一个小工场,一个小学校,一个小社会。在这里面是包含着生产的意义,长进的意义,平等互助、自卫卫人的意义。它是将工场、学校、社会打成一片,产生一个富有生活力的新细胞"⑤。

---

① 陶行知:《生活即教育——答操震球问》,《陶行知全集》(第2卷),成都:四川教育出版社1991年版,第504—505页。
② 陶行知:《教育的新生》,《陶行知全集》(第3卷),成都:四川教育出版社1991年版,第594页。
③ 陶行知:《生活即教育》,《陶行知全集》(第2卷),成都:四川教育出版社1991年版,第7—8页。
④ 陶行知:《普及什么教育》,《陶行知全集》(第3卷),成都:四川教育出版社1991年版,第126页。本文原载于1934年2月16日《生活教育》第1卷第1期。
⑤ 同上书,第127页。

1934年1月,陶行知发起了著名的"小先生"运动,让六七岁至十五岁的孩子们将他们所学的知识教给成年人:"小孩不但教小孩,而且教大孩,教青年,教老人,教一切知识落伍的前辈。"[①]这项运动在一年之内扩散到二十三个省。在文章《如何成为小先生》中,陶行知指出,小孩子有令人难以置信的智慧和能力。在他看来,"小先生"制度可以塑造孩子们对家庭和社会的责任感,同时也可以提升他们的信心和培养集体主义精神。更重要的是,教师和学生之间的平等友好关系也可以看作民主与平等思想的体现。[②]

作为教育激进主义者,陶行知对民众的教育特别重视,尤其是农村地区的平民教育。他的"小先生"制度可以说是跨越城市和农村之间的界限,连接普通民众和知识分子的重要实验。在文章《小先生和民众教育》一文中,陶行知如此论述"小先生"所能发挥的教育功能:

> 中华民族衰老,便是社会教人变老,教小孩子做小老翁。用小先生教人便不同了,大人跟小孩学,无形中得到一种少年精神,个个变为老少年。本来,大人者,不失其赤子之心者也。[③]

陶行知强调孩童可以作为知识分子与普通民众之间的有效中间媒介。这无疑提醒我们,"小先生"制度也许是了解抗战时期大众教育的一个重要切入点。他认为"小先生"制度是推广普遍教育的有效途径,让更多普通民众有机会受教育,使知识变为公有。"小先生"就犹如电线那样,能够把触角伸到社会的最底层,把学校和家庭联系起来,建立一个广泛的生活教育网和文化网,使社会和学校之间的沟

---

① 陶行知:《教育的新生》,《陶行知全集》(第3卷),成都:四川教育出版社1991年版,第596页。
② 陶行知:《怎样做小先生》,同上书,第223—242页。
③ 陶行知:《小先生与民众教育》,同上书,第305页。

通变得更顺畅。

陶行知所谓的"中华民族衰老"的观点与他一直以来倡导成人儿童化的主张一脉相承。1935年,他写了一篇题为《儿童世界》的文章,建议成人应该经历一次重生,再次加入儿童的世界。在他看来,"小先生"能复兴中国的原因之一,就是能让衰老的中国重新拥有"新兴的少年精神"。另外,这篇文章也反映了知识分子对待小难民和孤儿的心态,他们意识到儿童的年龄及天真可能恰恰是这些孩童向群众宣传抗日的优势所在。1936年,陶行知提议抗战时期"小先生"的工作主要是向普通民众灌输国难的知识。换言之,"小先生"对普通民众进行国难知识的教育,远比灌输一般常识和教以识字能力更为重要。按照陶行知的理念,国家应该经过重组,让每个社会单位,不管是家庭、学校还是工厂,都转化为生产、学习和互助的群体。同时,陶行知也不断寻求为贫穷、落后和人口众多的中国提供普遍教育的方案。在这个过程中,他特别强调了让儿童以"小先生"的身份为妇女和农民提供教育的好处。陶行知经常用"细胞"这个概念来形容个人或者某些小范围内尝试的积累性作用。例如他在1933年12月10日送别新安旅行团时的谈话中,提出了"细胞分裂的教育办法"的概念[1],并认为要实现普遍教育必须用此种办法。他倡议先做一些试点工作,然后"再教小孩子自己把儿童世界的细胞造起来献给大众的儿童"[2]。

陶行知的"小先生"理论"意味着学习不仅单靠上课还可以通过

---

[1] 陶行知:《细胞分裂的教育办法》,《陶行知全集》(第3卷),成都:四川教育出版社1991年版,第558页。

[2] 陶行知:《儿童的世界》,同上书,第648页。

积极参与活动,这无疑改变了许多教师的教学方法"①。这对传统意义上的师生等级关系提出了挑战和质疑,同时也赋予年轻一代一个共同的身份。孩子们在战时的公开演讲、写作、合唱团或戏剧表演都变得政治化,并且转变为有效的宣传工具,新安旅行团的"小先生"对农村大众尤其是家庭主妇的教育效果尤为显著。这些艺术活动强调观众的自愿参与性,战争宣传是一个艺术的过程,也可完成对孩子们集体性的塑造。

陶行知在1924年提出"艺术精神"理念的时候,并没有给出一个明确的定义,更多的是把它作为与其他两个精神——科学精神和大丈夫精神平行的理念:

> 我们应当秉着美术的精神,去运用科学发明的结果,来支配环境,使他们现出和谐的气象。我们要有欣赏性的改造,不要有恐怖性鬼脸式的改造。换句话说,我们改造环境,要有美术的精神。②

强调"艺术价值"作为生活即教育的目标之一与陶行知的浪漫气质是分不开的,艺术和信仰在变革中的巨大力量让陶行知对他们产生了极大的兴趣。陶行知写故事和诗歌,也曾做过导演,甚至演过话剧。在他看来,艺术不仅仅是美的感觉,也有助于维持自身品性,代表了想象各种形式美学的能力。在晓庄,陶行知采用各种娱乐艺术形式特别是喜剧进行教育。其实早在1918年,陶在《戏剧与教育》一文中就已经专门讨论了戏剧对表演者和观众的教育作用。在他看

---

① Barry C. Keenan, *The Dewey Experiment in China: Educational Reform and Political Power in the Early Republic*, Cambridge, Mass.: Council on East Asian Studies, Harvard University: distributed by Harvard University Press, 1977, p.87.
② 陶行知:《南京安徽公学办学旨趣》,《陶行知全集》(第1卷),成都:四川教育出版社1991年版,第45页。

来,戏剧这种艺术形式可以给表演者提供如下益处:戏剧的游戏性意味着它没有任何限制,可以用来表达情感,并发展自己,平衡各种身体语言。更重要的是,陶行知强调戏剧演出是"工分而力合",特别适合"以适群为目的"的教育。而对于观众来说,戏剧也是一种健康的娱乐,为"正当之消遣";同时,戏剧演出也可以很容易地唤起了他们的有力回应,并培养观众在生活中的参与意识。① 换句话说,戏剧能够帮助个人养成融入集体的情感意识。这样的特点非常适合教育和宣传,并且与陶行知所提倡的学校与生活结合的教育思想相吻合。

第二节 新安旅行团:旅行、小先生和战争

一、社会即学校

早在 1929 年,陶行知就在江苏省淮安县建立了新安小学以实践他的"生活教育"理论。最初学校只有十二名学生。1933 年,校长汪达之(1903—1980)组织了七名年龄在十岁和十六岁之间的学生前往上海"游学"(图 3-1),他们大多是"受家庭穷窘逼迫的不幸的孩子"②。整个旅程持续了大约五十天,陶行知亲自设计了这些孩童在上海访问的路线,并推荐了十种不同风格的地方,包括"帝国主义侵略证据的路线""帝国主义暴力痕迹""中国资本主义的发展""卡尔·哈根贝克的马戏团""社会教育和学术界的机构""社会底层的生活空间",等等。③ 这样的选择和推荐表明了陶行知希望旅行团成

---

① 陶行知:《戏剧与教育》,《陶行知全集》(第 1 卷),成都:四川教育出版社 1991 版,第 282—283 页。
② 《我校为儿童旅行团宣言》,见新安旅行团:《我们的旅行记》,上海:儿童书局 1935 年版,第 18 页。
③ 《为新安小学儿童旅行团拟的计划》,同上书,第 17—22 页。

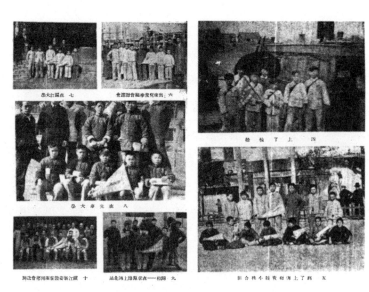

图 3－1　新安儿童旅行团“游学”

團員一覽

左義華　靖秉鐸
程昌林　劉昭朗
靖秉銓　楊永鑫　張俊卿

職務一覽

交際	楊永鑫
賬務	張俊卿
醫藥	左義華
行李	劉昭朗
紀錄	劉昭朗　程昌林
主席	輪流擔任

旅行生活公約

一、每天開晨會、夕會各一次
二、每天早操晚操各一次
三、每天寫日記一篇
四、每天刷牙、漱口、洗臉各一次
五、每天大便一次
六、每天喝白開水數次
七、不得吃雜食
八、不得無故隨意離開團體
本公約得隨時修正
本公約自啓程日實行
參觀日程另定

图 3－2　新安儿童旅行团职务及生活公约

员对上海这个现代大都市的历史和社会现状有一个比较全面的认识。根据旅行公约（图 3－2），孩童在旅途中主要培养自律的习惯以及学习怎样过集体生活。事实上，他们的日常生活处于一种严密的规约当中。旅行团的成员分为不同的组别，而每组都选举产生一位为成员的行为负责的领导者。如果旅行当中有任何问题出现，成员都要聚集在一起讨论。新安旅行团旅行当中纪律严明的集体生活、积极的社会服务以及丰富的参观活动都是为了把这些孩童培训成为负责任的公民。

1935年10月10日,由七个孩子组成的新安旅行团在"生活即教育"的口号下开始了徒步旅行。虽然他们1933年的那次旅行是从农村到大都市上海,但在那之后,他们绝大部分时间都是穿梭在农村地区和战争前线。从1935年到1952年十七年之间,这一旅行团足迹遍布二十二个省份,最终发展成为拥有超过七百个成员的大剧团。他们起步于苏北,前往南京、上海和北京。在北京,他们参加了西北战时服务团。之后,他们又前往武汉,随着战争的发展,转移到中国西南地区,包括贵州、云南等省。1940年国共合作出现分裂以后,旅行团又回到了他们旅行的起点:当时新四军的中心苏北。在旅行过程中,每当抵达一处,成员通常会写下他们的经历并向儿童期刊、当地报纸以及诸如《新华日报》等具有全国性影响的报纸投稿。剧团在抗日宣传中也尝试过不同的文化活动,包括发送宣传单、举办团体歌咏比赛、在乡村和街头发表演讲、戏剧演出、张贴大字报、编辑墙报和卖报纸,等等。在给新安旅行团成员的一封信中,陶行知极力赞扬剧团的实践印证了他的看法——"孩子们力量是强大的"①。

新安旅行团曾为他们的长途跋涉作了一个新的声明:

> 生活教育,不以形式的学校为学校,而以社会为学校。社会即学校,解放了狭隘的学校、教师和学生。知识是无所不在,而随时随地可以取得。以知识造成特殊地位的时代,是要随着教育普及而成过去了……我们相信转换新的民族危机,是要有新的教育力量来培养。我们不怕艰难,努力实验生活教育的理论,就是要找出新的适应需要的东西。②

---

① 这是一封陶行知在1940年7月写给新安旅行团的信,见《行知书信集》,安徽:安徽教育出版社1983年版,第253页。
② 《淮安新安小学为实验基本学生长途修学旅行团宣言》,《生活教育》第2卷第19章,1935年版,第30—32页。

在这样的理念之下,所有的旅行都被阐释为一种团体精神的体现:

> 本实验"社会即学校"的原则,以启发自觉自信的力量,并建筑团体生活的基础,以发展团体生活的精神,振作衰颓的老死不相往来的民族生活的现状。①

正如他们所声称的,**团体精神**作为抗战时期亟需肯定的美德,也是这些孩童旅行的核心目的。孩子们的时间被严格限定,每个时间段都被安排不同的活动,尤其是每天早上和晚上见面开集体组会成了他们保证集体生活顺利进行的重要途径。另一个重要目的是普及国难教育,这种普及特别要面向农村中对民族危机比较淡漠的民众。第三个目的是帮助儿童了解世界以拓宽他们的视野。

《儿童工作讲话》一书出版于1942年9月20日,是新安旅行团到达新四军军部和盐阜区后根据当时的革命形势和工作需要编印的。全书共十讲,分别是:中国的儿童、根据地的儿童工作、怎样组织儿童、怎样领导儿童、儿童干部、儿童团的工作、改善儿童生活、动员儿童参战、儿童团与学校关系和儿童工作的作风。该书不仅从理论上指导儿童工作,而且在实践工作中教导儿童在抗战中做什么工作,指出直接的抗敌除奸工作有三项:"1. 轮流盘查放哨,防止汉奸土匪跑到根据地来破坏,尤其是在夏收、秋收和战况紧张的时候;2. 侦探敌人军情,到敌人据点内打听军情,报告给军队和政府;3. 帮助政府和军队送信和带路。"此外还有宣传动员与慰劳、协助政府工作等。针对儿童的特点,在怎样做中提出了五个具体的要求:自愿去做;多采用集体的方式;进行突击和比赛的方式;联系小学教师、农救会和乡长

---

① 中国国家博物馆编:《民族小号手:西南旅行团史料选》,北京:春秋出版社1989年版,第9页。

等帮助配合;最重要的是工作的时候要认真、积极、耐心和胆大。①

新安旅行团的成员最终把他们在旅行中所写的日记以及当时公开发表的作品结集成书,题目为《我们的旅行记》,1935 年由儿童书局出版。这本书主要记录了孩子们在上海的所见所闻。值得一提的是,这一年也是国民政府为积极倡导全社会关注儿童,尤其是贫困儿童而设立的儿童年。陶行知特别为这本书题字写序,认为这是一本"美妙的书",一本生活教育的书,一本关于儿童文学和宣扬建立孩子们的世界的书。②

在新安旅行团引起社会和媒体的广泛关注之后,儿童旅行团成为当时的一种潮流。一个典型的例子是 1937 年也出现了西湖儿童旅行团,一群来自杭州的孩童自行组团在上海旅行七天。他们可以说是在新安旅行团的感召下产生的,整个旅行的目的、组织公约和参观景点与新安旅行团都有很大的重合之处。此次旅行团也是采取"自动组织"和"自治自理"的方法,而且在旅行的最后还组织了一次成绩展览会。另外,生活公约明确提出:"只有团体的行动,没有个人的自由。"③成员的年龄在十一岁到十五岁之间,一共十个孩子,都来自杭州的乡下。根据他们出发前的宣言,可以看出他们"到上海去"旅行的主要动力来自于对"笼子似的学校"和"闭塞的山村"的抗拒,试图"跑进活的学校里,学习种种活的知识",以"广大的社会,做我们的学校,以广大的群众,做我们的先生"。④

西湖儿童旅行团的成员自称"穷孩子",并以日记的方式把做小

---

① 《抗战时期的新安旅行团与〈儿童工作讲话〉珍档解读》,《中国档案报》2012 年 6 月 8 日总第 2316 期,第 3 页。
② 陶行知:《前言》,见新安旅游团:《我们的旅行记》,上海:儿童书局 1935 年版,第 1—3 页。
③ 西湖儿童旅行团编著:《西湖儿童旅行记》,南京:正中书局 1937 年版,第 17 页。
④ 同上书,第 19 页。

先生的经历写下出版,以获得旅行经费。这本名为《西湖八小孩的日记》得到陶行知的推荐,最终由儿童书局出版。同时,他们也将旅行所感记录下来并集结出版《西湖儿童旅行记》。在序言中,他们提起了此次旅行的重要意义:

> 经验已告诉我们,旅行是很有意义的:它可以使我们获得丰富的知识,它可以使我们知道大众的疾苦,它又可以使我们明白帝国主义者侵略我们的痕迹和路线。它还可以告诉我们我国有着多少宝藏以及帝国主义者为什么侵略我国的大道理,它更可以鼓起我们复兴民族的热情,坚定我们救亡图存的决心。①

总的来说,这些孩子所写的作品,对陶行知的"生活教育"理论起着重要的支持作用。陶行知总是鼓励孩子写作,在他的推动下,儿童书局出版了一系列由儿童自己写的小册子。② 这些小册子主题涵盖广泛,但值得特别注意的是他们根据当"小先生"的经历所写的作品,例如《小先生游记》和《小先生日记》。虽然很难确定这些小册子是否真的由孩童所写,但最重要的是,这些被定义为儿童所写的书本涉及不同阶层儿童的生活。换言之,儿童的概念及定义没有被单一及固定化。同时,这些儿童写作也显示,战时孩童从建设性和积极性而不是简单地从受害者的角度去描写创伤性经验。

第三节 战时的孩子剧团和儿童戏剧

如新安旅行团一样,孩子剧团在抗战时期也广为人知。在剧团

---

① 西湖儿童旅行团编著:《西湖儿童旅行记》,南京:正中书局1937年版,第1页。
② 根据《生活教育》杂志1935年第10卷中的一个广告,1935年的儿童年,儿童书店出版了四种儿童的游记和十九本儿童日记。这里只列出了几个:《一个小工人的日记》《一个小农人的日记》《一个乡村小学生的日记》和《小先生的日记》。

的成立声明中,他们强调,旅行是他们自己的选择,并将之与那些被父母逼迫流浪的战争难民区分开来:

> 我们在这民族战争的年代,儿童是应该拿出力量来的。我们要学习苏联的少年先锋队。我们要学习中国过去的儿童团。为这一个伟大的时代,创造出儿童们更新的成绩来。我们原是一些流浪儿,原是一些不愿同爸爸妈妈逃难的孩子。这时候无所谓家乡,无所谓学校,无所谓爸妈。我们把全中华民族的土地作为我们的课堂,我们把全中华民族的大人们作为我们的爸妈。我们要这样工作下去,我们要这样学习下去,让我们在敌人的炮火下生长起来,让我们在全中华民族的解放中生长起来。①

从以上宣言中可以看出,传统意义上的家庭和学校被解构,或者说,在这个特别的战争时期,这些社会空间的边界和限制被无限扩大。这些孩童也因此成为国家的儿童,而不再只是传统意义上家庭中的一分子。此外,这些孩子认为战争是自己成长过程中重要且具有建构性意义的参与者。难童和孤儿通过戏剧演出等参与抗战宣传,从而向普通民众证明自己能够独立,并为国家效力。"在痛苦和灾难中成长"是这个时期的新闻媒体描述这群孩子时的重要形容词。②

孩子剧团成员的年龄大概是从八岁到十五岁,主要是由一群活跃在上海街道、孤儿院、医院、学校和工厂做宣传工作的难童组成。他们为上海市民、受伤的抗日将领和难民进行各种演出,受到广泛的欢迎。1937年12月,上海被日本占领,在共产党的帮助下,剧团分成五个小组,开始了他们从上海到武汉再到重庆的漫长旅程。在讨论孩子剧团的时候,地理空间的意义常被强调,正如《孩子剧团:从

---

① 孩子剧团:《孩子剧团:从上海到武汉》,汉口:大陆书店1938年版,第18页。
② 《大时代的孩子们:在苦难中成长起来》,《在战火纷飞的年代》,北京:内部出版,1996年版,第92—93页。最初发表于《新华日报》1938年1月24日。

上海到武汉》①一书的标题不仅显示这些孩童是从沿海走向内地,也暗示着这样漫长的徒步旅行对于他们成长的教育意义和政治内涵。在1937年至1940年间,孩子剧团徒步旅行七个省份,包括江苏、河南、湖北、湖南、广西、贵州、四川,整个行程超过两万公里(图3-3)。

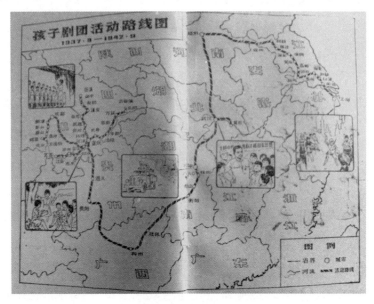

图3-3 孩子剧团活动路线图

他们演出总共超过三百七十次,其中包括十六个话剧、两百多首歌曲。成员的数目也从大约二十人发展到后来的超过六百人。这些年幼的成员将这三年描述为"战时的紧张的生活,给了我们一种奇怪的、难以形容的感觉"②。对于这些难童来说,这样的徒步旅行和抗战宣传超越了狭隘的在战争中求生的意义:它成为一个自我教育、启蒙同时也是救国的过程。此外,旅行本身也使这些剧团成员(不少是城市孩子)更接近农村的生活方式,给了他们与普通民众拉近距

---

① 孩子剧团:《孩子剧团:从上海到武汉》,汉口:大陆书店1938年版。
② 林牧:《三年来的孩子剧团:纪念孩子剧团的三周年》,《在战火纷飞的年代》,北京:内部出版,1996年版,第201页。最初发表于《抗战儿童》第1卷第6期。

离的机会。

团长吴新稼在为《孩子剧团：从上海到武汉》所写的《代序》中指出，孩子剧团在旅行中"尝试着新提出的集体主义，自我教育；他们打破一切的拘束，自己管理自己"[1]。《孩子剧团》的成员通常以"贫苦孩子"来标示自己的身份，强调自律和集体生活。每天的生活基本上比较严格地按照生活秩序表来进行，按时记日记、读书和参加座谈会，而他们参照学习的对象是苏联的少年先锋队。[2] 孩子剧团包括剧务部（分道具、服装和效果）、一般工作部（分交际、演讲和壁报）、生活部（读书、图书和健身）以及总务部，由这些部门负责会计、行李和伙食等。

1938年1月11日，剧团到达武汉后即被纳入国民党政府军事委员会第三厅。当时第三厅的主要负责人之一郭沫若（1892—1978）举行了盛大的欢迎宴会，一些重要的共产党领导人如周恩来（1898—1976）、董必武（1886—1975）和邓颖超（1904—1992）参加了此次活动。在欢迎会上，周恩来对剧团的旅行表演给予了肯定：

> 儿童是社会力量的一部分，是抗日斗争中一支小生力军，眼前的事实，证明了这一点。你们和我们队伍中的小战士不同，他们依靠了大集团的帮助，增长了自己的能力，你们是在人们瞧不起的环境中，依靠自己的团结、斗争出来的……我送你们救国、革命、创造三种精神，你们要一手打倒日本强盗，一手创造新中国。[3]

当时第三厅的一些重要文化人士，例如洪深和冼星海，都曾给这些成员上过课，而郑君里也曾担任过艺术指导员。他们在汉口公演

---

[1] 孩子剧团：《孩子剧团：从上海到武汉》，汉口：大陆书店1938年版，第1页。
[2] 同上书，第18页。
[3] 儿童艺术剧院：《中国儿童戏剧史》，北京：中国戏剧出版社2003年版，第46页。

了抗战话剧《街头》《捉汉奸》以及《帮助咱们的游击队》。

孩子剧团的成员主要以三种方式参加抗战宣传：话剧表演、担当"小先生"和合唱。① 此外，孩子们也写信给外国友人，以说服他们来关心和支持中国的抗战。例如，1940年的新年前夕，孩子剧团通过广播为苏联的听众演唱革命歌曲。这个剧团被认为是"抗战的血泊中产生的一朵奇花"而深获肯定："二十二个小小的灵魂开始确实地认清了他们那小小国民的责任，开始坚强地要在这大时代中成长，开始以铁的纪律锻炼自己，大踏步地走上救亡岗位。"②

当时的舆论不断强调孩子可以在抗战时发挥重要的作用。例如，一篇题为《儿童在抗战中的力量》的文章就指出，轻视儿童在战争中的作用或者将孩子看成战争中的负担的想法是错误的。为了证明他的论点，作者先以苏联的少年先锋队为例，紧接着又举出中国类似的例子，例如在边区的儿童团，还有1931年"八一三"上海抗战时在战地服务的童子军。在此基础上，作者进一步提出，"儿童的生活是不能和整个社会的生活分离的"，"儿童必须从大人的手掌里解放出来，直接参加整个民族解放的战斗"。③ 而战时出现的这些儿童剧团被认为是学校和战争宣传的完美结合："这是一个小小的儿童救国团体。这是一所学校。这是一所学校化的救亡团体。这是一所救亡工作化的学校。"④

抗战也促进了儿童话剧的发展⑤。在民国早年，儿童剧主要包括学校戏剧，用来教育新一代的现代公民，但此时儿童剧已成为以抗

---

① 本杂志经常介绍做宣传工作的方式。例如，《怎样做街头宣传》一文中介绍了如何选择地方、如何调用观众以及如何做演讲。
② 茅盾：《记孩子剧团》，《少年先锋》第1卷第2期，1938年3月6日。
③ 林立天：《儿童在抗战中的力量》。最初发表于《救亡日报》1938年4月8日。
④ 汉：《介绍孩子剧团》，《战时教育》第1卷第2期，1938年1月发行。
⑤ 张枣：《抗战中的儿童戏剧》，《戏剧春秋》第1卷，1940年11月1日。

战宣传为目的的街头表演,针对的主要是不识字的群众。① 戏剧并不仅仅被视为一种艺术形式,用当时评论者的话来说,戏剧是"政治,教育和艺术的结合"②。现代剧作家许幸之在1938年10月发表的《论抗战中的儿童戏剧》一文中提出:

> 一切现实的对抗直接间接有利的题材,一切因这次解放斗争中所产生的故事或罗曼司,一切从历史上,童话或神话上所采取来的题材,都可以把他们编制成完美的儿童戏剧。

说起抗战时期的儿童戏剧,就必须提及中国话剧发展史上举足轻重的人物熊佛西。熊佛西在燕京大学学习西洋文学,之后又远渡重洋到美国哥伦比亚大学学习戏剧理论。在生前大部分时间,熊佛西努力改革以城市为基地、由西方传入的话剧表演形式,以适应中国特定的政治及历史需要。在抗战期间,他大力支持现代话剧在农村的普及,并进行各种话剧实验,尝试各种方式以打破城乡、表演者和观众之间的界限。他也把话剧作为在定县推行乡村建设运动的重要工具,努力使村民变成"活跃,聪明,富有同情心的成员"③。由他编写剧本并执导的话剧《儿童世界》可看作其中的一个经典案例。

---

① 安德鲁·琼斯仔细研究了黎锦晖作为先驱者对中国儿童剧发展的贡献:"他的努力推广中国普通话在国家的普及,并让语文课本遍布中国各地。他专门推行儿童读物,是《小朋友》杂志的第一编辑。这是在小朋友读物,他出版了12部儿童歌剧,这一系列旨在促进审美教育、好公民以及使用普通话作为国家通用语言。"见〔美〕安德鲁·F. 琼斯:《黄色音乐:媒体文化与殖民现代性在中国爵士时代》(*Yellow Music: Media Culture and Colonial Modernity in the Chinese Jazz Age*),达勒姆和伦敦:杜克大学出版社2001年版,第75页。
② Ibid., p.10.
③ 欲了解更多详情,请参阅 Zhang Yu, "Visual and Theatrical Constructs of Modern Life in the Countryside: James Yen, Xiong Foxi, and the Rural Reconstruction Movement in Ding County," *Modern Chinese Literature and Culture*, 25:1 (Spring 2013), pp. 47-95。

1938年,四川教育厅庆祝抗战后首个儿童节而举行公开演出,他们邀请平教会抗战剧团指导全市将近三万小学儿童公演熊佛西编写的《儿童世界》,并由杨村彬、卢浚以及任致嵘三人负责一切演出设计。剧中儿童被视为"抗战的武器"①。

《战时戏剧》期刊专门为此次演出出版了一期特刊,以一篇阐释抗战期间戏剧和儿童教育关系的文章《战时儿童教育与戏剧》打头。在作者看来,战时的儿童教育应有一个新的教育方法,而不只是常识的灌输。战时教育应该"使儿童去参加实际的社会活动,使他们有活动力,有组织力,有团结力"。戏剧正是对儿童进行此类教育的最适合的工具,尤其是考虑到儿童强大的模仿能力。另外,戏剧不仅可以教育和组织台下的观众,也同时包括那些舞台上的演员。总的来说,戏剧表演将教育活动、社会集体活动和抗战活动等结合在一起。②

熊佛西则认为,戏剧"不是一个平常的戏剧表演",而是"一个教育活动,一个有计划有内容有组织的教育活动。这是精心策划具有丰富的内涵、组织好的教育活动"。在此基础上,他把这次大型的儿童表演定义为"一个革命的教育活动"。③ 他批评通常的教育"太死",尤其体现在课程设置脱离生活本身,而好的教育不仅应该适应当前抗战的社会需要,同时还要"积极的领导生活"。他也认为此次戏剧表演是"中国儿童抗敌示威的一个大运动",凸显了孩子的民族主义意识。熊佛西直接把组织儿童进行抗战动员定义为一种强烈的仇日情绪的灌输:"教他们仇日,教他们抗日!这是抵抗日本侵略的最基本的方法!"在这一理解基础上,他把此次大型的儿童戏剧表演

---

① 杨村彬:《儿童节成都儿童抗敌活动》,《战时戏剧》1938年第1卷第3期,第8页。
② 周彦:《战时儿童教育与戏剧》,《战时戏剧》1938年第2卷第3期,第8页。
③ 熊佛西:《儿童世界序》,《文艺月刊》1937年第1卷,第4—5页。

定性为"我们的'最后一课'"。

特刊也出版了杨村彬所写的一篇长达七页的评论文章。杨村彬曾与熊佛西一同在河北省定县进行戏剧实验,也是中国戏剧发展历史上的重要人物。在文章一开始,杨就指出"这不是戏,这是儿童的抗敌活动",并指出这是为了回应一些人对于此次演出的疑问,例如能否有足够大的舞台来容纳三万人的演出以及儿童的表演能力能否胜任等。他明确指出戏剧是生活中的一种游戏,"是人类生存竞争的一种武器,他的方式是无限定的集团活动"。在此基础上他提出"人人是演员,人人是旁观者,戏剧即生活,到处是剧场"。① 联系到抗战的大背景,杨认为如果把戏剧当成武器,平时"戏剧是生存竞争的武器,战时戏剧该是抗战的武器"。在这样的理解之下,儿童剧被认为是一个与其他戏剧如"兵"戏、"工人戏"和农民戏剧并立的独立流派:"以抗战为中心,以儿童表演给儿童看为主,在学校乃至走出学校来表演。"他提到自己在熊佛西创作这个剧本时曾提了些建议,因此十分了解这部戏剧的产生过程。这一出戏不仅是专门为儿童编写的,也是一个新的实验,旨在创造"一个为新式演出法演出的新型剧本"。②

事实上,这种力求创新的演出方式与戏剧实验可以一直追溯到战前在定县进行的农民戏剧实验。由于农民戏的重建仍然需要保留旧的民俗形式,创造全新的戏剧形式可能无法达成。杨明确指出,新式戏剧的表现形式只有一个重要特征:表演者和观众之间没有任何区别。为此,他建议在开阔的场地或在大街上,而不是在封闭式的剧院内表演。这次《儿童世界》的演出有万人以上参与,因此,为这样宏大的演出挑选一个合适的场所成为最具挑战性的难题。在他看

---

① 熊佛西:《儿童世界序》,《文艺月刊》1937年第1卷,第4—5页。
② 同上书,第5页。

来,演出的地方需要满足一些要求:首先,能容纳大量的人数,使观众有参与感而不是仅仅作为一名旁观者;其次,要有足够大的活动空间,使全剧场化为一个大舞台。为了满足这些要求,他们最终设计了一个类似大轮盘的圆形剧场,而整场表演则放在剧场中心。这样的设计容易促使观众产生一种归属感,并引导所有观众的注意力指向一个中心。在这样的情境下,演员与观众密切混合,"较之镜框式舞台内从一面看的演员更为生动,更为动人"。也就是说,整个在圆形剧场的演出过程就如参加一个圆桌会议。

戏剧的第二部分则转移到路边以游行的方式进行,其目的是克服舞台空间的限制。所有的表演者被分成七大组,每人根据自己的角色穿着不同的服饰并演唱不同主题的歌曲。另外,城市各地也设置了一些演出地点,不同的群体可散发传单给民众。在每个演出场地,每组表演团体都轮流进行不超过五分钟的演出。杨指出,游行和街头表演的结合可能将整个城市变成一个大舞台,并且所有在街道上的市民都可能变成表演者,因此这也符合戏剧宣传抗战的功能。杨村彬承认这种新型的街头表演的灵感受到古代的希腊剧场、罗马的斗兽场和苏俄最激进青年演出者的剧场等影响,但比较起来,受中国古代祈神的祭坛启发最大。也因此,杨将这个新式剧场设计定名为"祭坛式剧场"。整个表演主要由歌唱组成,整体效果更像是一部歌剧不是话剧。考虑到表演者大多是孩童,唱歌主要以合唱的方式进行,而不是独唱。杨认为这种演出形式的新颖之处在于它将政治、教育和艺术结合在一起。其实,《儿童世界》的故事情节比较简单,主要教导中国孩子使用中国的玩具,而不是外国制造的玩具。整个剧本没有主要描写个别儿童,儿童以群体的方式出现,并且整个故事情节正如标题所示,侧重于儿童世界,而成人只演一些小角色。

在这样的演出过程中,孩子以及广大民众,无论是表演者还是观众,都被塑造为新的国家公民和政治主体。就像张宇对熊佛西在定县的农村戏剧实验进行研究时指出的,观众的参与突出了群众在建构一个共同的群体时,在审美经验的层面所表现出来的理智与情感的融合。在这个过程中,他们同时表现出对彼此的好感和同情。这种集体认同可通过观看、感受和行动塑造。这也有助于营造团队意识和进行情感上的教育。对熊佛西来说,两者都是把群众培养成公民的工作中不可或缺的元素。[1]

如果我们把熊佛西对儿童剧的实验和杨村彬的解释相互结合,可以看出他们在努力消解表演者和观众之间的界限,模糊想象和现实之间的区别,并与陶行知认为戏剧是教育儿童的有效工具以及学校和社会应融为一体的看法有不少相似之处。另外,在30年代,苏联的儿童戏剧已经在中国有一定的影响。最典型的代表是葛一虹在1939年所编译的《苏联儿童戏剧》一书。葛一虹在为该书所写的前记中,谈起该书的起因,提到"大约在一年以前我在武汉有一个儿童剧团要我去和他们说话,并且指定要讲苏联儿童戏剧。为了应付这次讲演,于是尽可能的收集了一些材料。后来到了重庆,又有一个儿童团体也向我作了这样的要求"[2]。根据当时的新闻报道,孩子剧团明确地把苏联的少年先锋队当成自己学习的榜样。[3] 当时不同评论者也把孩子剧团参加抗战与苏联内战时期苏联儿童帮助红军作战相互比较[4]。

---

[1] Zhang Yu, "Visual and Theatrical Constructs of Modern Life in the Countryside: James Yen, Xiong Foxi, and the Rural Reconstruction Movement in Ding County," *Modern Chinese Literature and Culture*, 25:1 (Spring 2013), p.84.

[2] 葛一虹:《前记》,《苏联儿童戏剧》,上海:上海杂志公司1939年版,第1页。

[3] 《告别上海》,见孩子剧团史料编辑委员会编:《在战火纷飞的年代》,北京:内部出版,1996年版,第80页。最初发表于上海《救亡日报》1937年11月15日。

[4] 戈宝权:《写在孩子剧团公演之前》,同上书,第185页。最初发表于《新华日报》1939年1月25日。

根据孩子剧团成员吴莆生的回忆,孩子剧团从 1937 年 9 月到 1942 年 9 月期间,共演出二十多个戏剧,主要剧目包括《捉汉奸》《仁丹胡子》《街头》《在火线上》《放下你的辫子》《帮助咱们的游击队》《团结起来》《乐园进行曲》及《秃秃大王》等。其中不少作品篇幅都比较短小,而且往往是独幕剧,故事情节相对比较简单。内容上主要是关于孩童如何成为抗战宣传的主力军,包括帮助识别叛徒和鼓励当时教育水平比较低下的乡村民众积极加入抗战。① 在独幕剧中,《帮助咱们的游击队》经常上演,场景设置在华北农村,讲述了一群乡村的孩童如何帮助一位受伤的游击队伤员隐藏起来避开日本兵的搜寻,最后齐心合力帮助大人击败日军。《捉汉奸》这个剧本的场景也设置在某个村庄,讲述了一群农村的孩子如何找到向村里饮用水投毒的叛徒。在这些剧本里,孩童多是以群体的方式出现,而故事场景通常设置在农村地区。

与抗日小故事结合比较多的是政治口号的提出,大多数剧本的结尾通常是通过政治口号式的歌曲合唱鼓励观众加入抗战。根据剧团成员的回忆录,他们经常在某个村庄的学校甚至是道路等空旷的地方演出短剧,而观众则围成一圈看戏。这种模糊了现实与舞台界限的演出方式容易使成人观众融入剧情与孩童的表演中,从而被召唤出某种政治激情。正如当时一位评论者所指出的:

> 一切化装、布景也都非常简单,这非但不是缺陷,相反的,却成了独有的一种优长的特点,造成一个粗朴的特致的作风,朴实、粗猛而有力。因为有时精致的布景,太过做作的化装,反而伤触了戏剧本身的美善和力量。他们表演的技术,固然也不免有些幼稚,然而,正因此使他们在舞台上的戏,演成自由的,活泼

---

① 孩子剧团在这一时期的演出剧本已经大部分收集在陈默、曹大庆编:《孩子剧团抗战儿童佳作选》,上海:少年儿童出版社 1995 年版。

的,生动的富有朝气和生命力的戏,绝对没有一般舞台上所有的戏剧制式化的拘束和板滞。他们的戏使观众鼓舞兴奋,乐观进取。他们的戏是光明的,斗争的,前进的。看了他们的戏,不会象看了旁的戏一样,看了就完了,他使观众注入一种长久而深刻的印象,而潜发一种新力。①

在与观众共鸣的方面,剧团成员自己曾有如下的描述:

> 在唐家闸我们工作了四天,演出了八九个剧,每一场有戏剧同演讲,歌咏等。每一次观众的情绪都很高涨,当演出放下你的鞭子或捉汉奸的时候,往往台上台下打成一片,台上演员演到哭的时候,台下的观众也跟着哭,台上笑的时候,他们也跟着大笑,情形真是紧张极了。当演讲人讲敌人泽阳残暴的时候,大家咬牙切齿的非常憎恨。②

论及孩子剧团的意义,当时的一篇评论曾指出,由孩子来演出并让儿童观看的话剧对于儿童的戏剧教育效果,会远远大于成人为儿童演出的效果。作者提出的理由是儿童的心理与成人不一样,"要儿童自己演自己的戏,才比较能够影响他们的意识"。他也提出孩子剧团在中国大有提倡与鼓励的必要:"希望全国普遍的组织起来,以增加抗战种子效力。"③

后来由于国内政治形势的一系列变更,孩子剧团很快离开武汉,在1939年的春天来到国民党政府的"战时陪都"——重庆,直至1942年9月间,国民党政府的政治部以"改组"的名义撤换了孩子剧

---

① 辛汉:《充满了光明和活力——上海孩子剧团在郑公演》,见孩子剧团史料编辑委员会编:《在战火纷飞的年代》,北京:内部出版,1996年版,第84页。
② 孩子剧团:《孩子剧团:从上海到武汉》,汉口:大陆书店1938年版,第22页。
③ 《新民报评论》,见孩子剧团史料编辑委员会编:《在战火纷飞的年代》,北京:内部出版,1996年版,第114—15页。最初发表于《新民报》1938年3月26日。

团的主要骨干。在重庆的这三年,孩子剧团演出了许多重要剧目。其中一个典型的例子是1939年根据孩子剧团成员现实经历所编写的多幕剧《乐园进行曲》。石凌鹤(1906—1995)最初将剧本定名为《战斗吧!孩子们!》,而郭沫若则将之改为《乐园进行曲》。此剧于1941年的春天在重庆连续演出了一个月。洪深(1894—1955)也对此剧的演出提出了非常具体的指导性意见。在这篇很细致深入的演出说明中,他把全剧的发展定义为"从惨厉、凄凉、沉痛、紧张到明朗,正象征战斗儿童之进步的过程,而尾声的明媚春光,自然是他们所追求的和平康乐的景象了"。在此基础上,他特别指出:"那末第四幕便是剧的终点,一定要使其非常热闹,使其顶点超过以前任何一幕的高潮,作为全剧的最高峰,给观众以强烈的印象与兴奋。"①

这个长剧包括六幕,内容包括战争期间难民儿童的死亡阴影、孤儿院的阴暗面,更重要的是这些难童如何成长为积极参与抗战的一员。全剧的最后一幕代表了整个剧情一种乌托邦式的升华。时间是抗战胜利后,而地点设置在一个假想的"新王国",其中有四组儿童分别穿着工人、农民、学生和军人的服装,以象征这四个阶级。舞台布景创造了一个"灿烂的天上人间":

> 远处是一片汪洋大海,海的前面是一座城堡。城堡里面是最新式的高大建筑物和层层垒垒的工场,许多烟囱里涌出浓烟,城堡外面围绕着广大的田野,油绿色和黄金色的农作物,交织着整齐的行列,千万朵红花开遍枝头,双双紫燕,在柳梢飞舞。②

借由不同儿童群体的歌声,尾声生动地展示了民众或在工厂工作,或

---

① 洪深:《〈乐园进行曲〉演出说明》,《孩子剧团抗战儿童戏剧佳作选》,上海:少年儿童出版社1995年版,第43页。
② 陈模、曹大庆编:《孩子剧团抗战儿童戏剧佳作选》,上海:少年儿童出版社1995年版,第169页。

在田间劳作,或在战场抗敌的图景。尾声部分有将近六十位孩童参加,场面宏大,也因此在当时被一家报纸描述为象征着"在胜利的新国度里的国民生活,同时也是我国新型的儿童大歌剧的创始"①。洪深也用 Grand Opera(大歌剧)来形容这个尾声②。

在孩子剧团的全部戏剧表演中,石凌鹤起了非常重要的演出指导作用。在他看来,这些孩童虽然没有接受过任何严格的专业训练因而在演出方面并不十分专业,但他们有真挚充沛的情感,而这才是最重要的。③ 有一份报告特别提到了这些孩子学习如何通过跳舞模仿农民的一些行为,如种植、收获和浇水。用作者的话来说,"每个动作都表现了劳动的美,不是肉感的而是劳动的形象化"④。一位评论家也指出,结局似乎没有相关故事,而主要是为了宣布一个新的幸福世界的来临,因此充满舞蹈和歌唱而不是对话。在一定程度上,这可以帮助我们理解这样一个象征性的和非叙事的"大歌剧"结尾为什么会吸引了中国的知识分子。正是因为剧中集体儿童的想象、梦想、幻想和现实之间边界的模糊,一个愿望及其满足的表情才交织成为可能,并使新中国的一个乌托邦式的愿景应运而生。

值得一提的是,石凌鹤在多年以后念念不忘的还是本剧最后的歌舞场面:"联想到在这前段是工人劳动,后段是学生上学,都是载歌载舞,围绕和仰望红旗高高升起,融和台下热烈的观众鼓掌欢呼,到今天仍然让老汉记忆犹新。特别要感谢这位朝鲜的作曲家韩悠韩

---

① 奚立德:《〈乐园进行曲〉排演日记》,见孩子剧团史料编辑委员会编:《在战火纷飞的年代》,北京:内部出版,1996 年版,第 224 页。
② 洪深:《〈乐园进行曲〉排演日记》,同上书,第 220 页。最初发表于《抗战艺术》1941 年第 1 卷第 5 期。
③ 世凌河:《关于〈乐园进行曲〉》,同上书,第 222 页。最初发表于《新蜀报》1941 年 3 月 27 日。
④ 奚立德:《〈乐园进行曲〉排演日记》,同上书,第 224 页。

和马思聪的临场指挥。"① 孩子作为乌托邦式人物的功能在此可以清楚地看到。

在当时,这些旅行团确实引起过不少的争议。② 其中重要的反对意见之一是这些旅行纯粹是浪费时间而使学生没有接受课堂教育的机会。有人批评孩子剧团是"戏班子""跑码头",一天到晚只是演戏而不读书。③ 著名教育家董任坚批判陶行知说这些剧团对待孩子们的教育就像儿戏。针对这样的批评,陶行知写了一篇名为《儿戏与儿教》的文章。他强调,这些剧团中的儿童成员都来自贫穷家庭,而旅行则提供了一个机会,让他们了解世界。在陶看来,这些剧团展示了贫困儿童的力量。④ 1938 年 10 月,陶在会见了蒋介石之后对难民儿童发表了讲话,宣扬了保护难民儿童的重要性。他认为,保护难童是一种慈善行为,其重要性可能等同于士兵保卫国家。在 1934 年的某文章中,他还认为当时的媒体上全都是城市儿童的新闻,因而大力呼吁多多关注工人及农民家庭出身的孩童。⑤ 针对当时一些人对这两个旅行团的批评,陶行知还写有《儿童与少年教育问题》,对如上所说的批评做了更为具体和直接的回应。他批评将教育单一理解为传统的书本教育的看法,并提出孩子剧团与新安旅行团的教育"能叫参加的儿童和少年懂得生活,懂得个人与集体的关系,懂得个人对于民族国家应有的贡献"。而在他看来,这样的教育是一个好的起点,"学校里面的许多知识教育应该在这种基础上继续开展"。

---

① 石凌鹤:《祝贺〈孩子剧团抗战儿童戏剧佳作选〉出版》,陈模、曹大庆编:《孩子剧团抗战儿童戏剧佳作选》,上海:少年儿童出版社 1995 年版,第 7 页。
② 吕兴豆编:《民族号手:新安旅行团史料选》,北京:春秋出版社 1989 年版,第 38 页。最初发表于《新江苏日报》1935 年 10 月 15 日。
③ 《看我们一群小光棍,看我们一群小主人》,《新民报》1939 年 1 月 10 日。
④ 陶行知:《儿戏与儿教》,《生活教育》1935 年第 1 卷第 7 期。
⑤ 陶行知:《从今年的儿童节到明年的儿童节》,《生活教育》1934 年第 1 卷第 5 期。

结　论

　　一般来说，"孤儿"的概念经常使家庭及国家、话语和写作之间的界限变得模糊，或者说孤儿具备"似是而非"的功能：这些难民儿童一方面构成对社会的潜在威胁，例如孩子有可能成为受日本人控制的小叛徒，但另一方面，孩子也被认为是中国复兴的重要组成部分，特别是在战争时期。由于战争和国家的因素，儿童此时成为高度政治化的关键人群。穷人家的孩子连接着他们的父母、文盲、知识分子，甚至也联系着国家。陶行知提出"小先生"理论，让孩子们承担教育者或救世主角色的同时，也将他们建构为一个需要被教育的群体。值得一提的是，这时候有不少孩童是主动离开自己父母的保护、自愿参加孩子剧团从而成为"孤儿"的。这些旅行团的成员在战争结束以后也没有再回到自己的家庭，许多人去了延安或江苏省北部继续革命。

　　儿童戏剧在此期间经历了一些根本性的变化。战争期间，教育和政治宣传的相互交织成为孩子们当时文艺演出最突出的特点。陶行知的"小先生"理论重新定义了学校和教育，很大程度上修改了他的美国导师杜威以学校为重点的教育理念，将学习的范围扩大到社会整体，内容包括教育不识字的群众和对农村生活的体验。"小先生"理论的核心是一种远远超越了传统师生等级的新型师生关系：新型的学校采用非儒家的教学方式，打破传统已开化的成人和要被开化的儿童之间的关系，并致力于培育新型儿童和文盲群众之间的联系。更重要的是，这些儿童剧非常强调孩子作为集体的存在，这一点在我们前面讨论到的有将近三万名儿童参与演出的《儿童世界》一剧中特别突出。

　　儿童的概念在抗战时期是强有力的政治文化符号，通过旅行以及政治工作增加了丰富的社会和政治意义。事实上,他们作为战争的受害者和牺牲者,和他们作为国家和社会的潜在威胁的形象是矛盾统一的。抗战期间,在有关难童,尤其是那些来自农村家庭和街头的孩子的论述中,核心问题是如何通过革命、教育和社会体制改革等方式使这些孩子成为国家的有用公民。正如陶行知为新安小学旅行团题写的诗句:"没有父母带;先生也不在。谁说小孩小?划分新时代。"① 本章所讨论的两个旅行团及其文化活动,代表着儿童的自我期待与被期待进入了一个新的视野。

显然,这些孩童旅行团的话剧演出起到了"抗日救亡"的政治宣传作用。孩子剧团在1938年4月之后被收编为政治部第三厅的一部分,从而使得原来的集体生活逐渐变得半军事化。这些参加演出的孩童多数未受过正规的戏剧训练,可以说是业余演员。在周恩来对孩子剧团所提出的"救国、革命、创造"三个主要宗旨中,这些孩童演出中所呈现出的"救国"和"革命"意义之间的纠缠关系,是值得进一步探讨的课题。

更值得思考的是,陶行知的"生活教育"理论以及"小先生"制度似乎不完全归属于国民党与共产党的任何一方,而是与两者都保持了一定的距离。虽然陶行知的"小先生"制度在边区以及之后的解放区得到了很大的推行,而且不少边区教育部的成员也是陶的"生活教育"理论的追随者,但是陶并没有完全成为共产主义教育体系的追随者。在陶行知的"生活教育"理论中,他真正注重的是通过完善个人来达到社会的改善以及国家的进步。陶总是强调要解放孩童的头脑,让他们在自我教育中完成个人的成长和价值的实现。

---

① 陶行知:《划分时代之新安小学儿童自动旅行团——给汪达之君的信》,《陶行知全集》(第3卷),成都:四川教育出版社1991年版,第215页。

第四章 "三毛"和战后的"怪诞"记忆：
重读张乐平的三毛漫画

关于漫画这一艺术种类在抗战时期的发展和作用，洪长泰在他的专著《战争与大众文化》①中有全面深入的讨论。在洪看来，从1937年到1945年，漫画，如话剧一样，不仅仅是一种艺术形式，而且是有效的教育工具和政治灌输的强大媒介。同时漫画也是那个时代的记录者，是一场具有毁灭性的冲突的见证者。在所有的宣传形式中，漫画是最有说服力的一种艺术形式。谈起以儿童为主角的漫画创作，张乐平的三毛漫画系列可以说是家喻户晓。从他最早发表在1935年7月28日上海《晨报》上的"三毛系列"算起，到1937—1946年之间的十年空缺，直至1946年张乐平重新拾起"三毛"而创作的长篇连环漫画《三毛从军记》和《三毛流浪记》，再到1949年以后的《三毛解放记》和《三毛新生记》，"三毛"某种程度上成为中国"儿童相"最有代表性，也是生命力最为长久的一个。在这前后几十年中，三毛的形象也经历了很大的变化。虽然三毛给人最直观的记忆是一个可怜的流浪儿童形象，但在张乐平第一次创作这个人物时，三毛其实并不是孤儿，而是来自上海一个中产阶级普通家庭的顽童，天真又可爱，充满童趣。那三毛是怎样从当初一个都市顽童逐渐演变为来

---

① Chang-Tai Hung, *War and Popular Culture: Resistance in Modern China, 1937-1945*, Berkeley: University of California Press, 1994.

自农村并在上海大街上流浪的孤儿呢？尤其值得一提的是，当时担任救亡漫画宣传队副领队的张乐平在 1937 年离开上海后，也随即中止了三毛的创作，直到抗战结束回到上海他才又重新画三毛。Laura Pozzi 在讨论抗战时期漫画中的儿童形象时①，曾谈及张乐平在这个时期所创作的漫画中，儿童是其抗战宣传所借助的重要媒介，其中多数是作为战争的无辜受害者出现。但即使是这样，也极少有与三毛相关的儿童漫画。那么值得追问的是：如何看待抗战时期三毛形象的缺失和抗战结束后三毛的回归及其不断的被改写？

进行以儿童为主角的漫画创作，张乐平显然不是第一个。丰子恺②在差不多同一时期也创作发表了一系列以儿童为中心的漫画作品。人类学学者安·阿纳格诺斯特（Ann Anagnost）的英文论文《中国儿童与国家超越性》（"Children and National Transcendence in China"）③在考察民国时期的儿童身体与民族意识兴起之间的关系时，从鲁迅的杂文《上海的儿童》到丰子恺的儿童漫画，详细考察了在这一时期儿童是如何被描述及看待的（the act of looking at the child），以及儿童为何成为各种企图超越中国半殖民地困境的欲望投射点（a certain fetishism of the gaze）。作者在分析中凸显丰子恺漫画的中西混合性（the hybrid quality），指出丰的漫画不仅代表着一种具有普

---

① Laura Pozzi, "Chinese Children Rise Up! Representations of Children in the Work of the Cartoon Propaganda Corps during the Second Sino-Japanese War," *Cross-Currents*: *East Asian History and Culture Review* 13 (Dec. 2014), pp. 99-133.

② 关于丰子恺的儿童漫画，可以参考 Geremie R. Barme, *An Artistic Exile*: *A Life of Feng Zikai (1898-1975)* (Berkeley: University of California Press, 2002) 中第五章的精彩分析。

③ Ann Anagnost, "Children and National Transcendence in China," *Constructing China*: *The Interaction of Culture and Economics*, edited by Kenneth G. Lieberthal, Shuen-fu Lin, and Ernest P. Young, Ann Arbor: Center for Chinese Studies, University of Michigan, 1997.

遍性的关于儿童的想象,同时还是现代的和中国的,或者简单地说,这些儿童的形象包含着近现代中国历史,尤其是中国半殖民地历史处境所带来的独有之处。鲁迅就曾经提起对中国印给儿童看的画本的感受:

> 现在总算中国也有印给儿童看的画本了,其中的主角自然是儿童,然而画中人物,大抵倘不是带着横暴冥顽的气味,甚而至于流氓模样的,过度的恶作剧的顽童,就是钩头耸背,低眉顺眼,一幅死板板的脸相的所谓"好孩子"。这虽然由于画家本领的欠缺,但也是取儿童为范本的,而从此又以作供给儿童仿效的范本。我们试一看别国的儿童画罢,英国沉着,德国粗豪,俄国雄厚,法国漂亮,日本聪明,都没有一点中国似的疲惫的气象。观民风是不但可以由诗文,也可以由图画,而且可以由不为人们所重的儿童画的。①

鲁迅的这段话以《上海的儿童》为题,并把"儿童画"的特征与国家民族的"气象"联系在一起,不仅点明了"儿童画"所具有的特殊文化意义,而且提出了关于中国"儿童相"的两个主要特征,尤其是前者,不禁让人往张乐平的流浪儿"三毛"身上想。

张乐平的三毛从上世纪30年代产生后,一直到90年代,都保持同一孩童身体,而在其社会身份和所附着的各种政治寓意上却保持了多样性和生长性。换言之,正如孩童的身体一样,张乐平的三毛永远处于一种流动的发展之中(becoming),而不具有一种完成性。如前所述,三毛一开始是一个中产阶级家庭出身的顽童形象,在1949年以后,"三毛"形象则成了模范的"好儿童",这种种形象特征在"三

---

① 鲁迅:《上海的儿童》,《鲁迅全集》(第4卷),北京:人民文学出版社1981年版,第565—566页。最初发表于1933年9月15日《申报》月刊第2卷第9号,署名洛文。

毛"一人身上巧妙地混合。当时《大公报》的主编王芸生(正是他促成了《三毛流浪记》的产生)在1948年的序言里这样评价流浪儿三毛：

> 三毛不是孤独的。他是多数中国孩子命运的象征，也是多数贫苦良善中国人民的命运象征。我们的现社会，对多数孩子是残忍的，对多数贫苦善良的人民又何尝不是残忍的？《三毛流浪记》不但揭露了人间的冷酷、残忍、丑恶、诈欺与不平，更可宝贵的是，是它还在刺激着每个善良人类的同情心，尤其是在培养着千千万万孩子们的天真同情心！
>
> 把这份同情心培养长大，它会形成一种正义的力量，平人间的不平，改造我们的社会。——去掉一切冷酷、残忍、诈欺与不平，发扬温暖、仁慈、良善、真理与公道！三毛奋斗吧！在你流浪的一串脚印上，可能踢翻人间的不平，启示人类的光明。①

这段评价的焦点在于三毛和中国普遍民众之间所建立的一种寓言式的关系以及"同情"这种情感在二者之间所起的作用。由此可见，三毛虽是一个儿童漫画形象，但其所可能负载的意义要远远超过漫画史本身。

第一节　早期都市顽童三毛的诞生：
　　　　张乐平漫画与摩登上海

　　漫画在上世纪30年代的上海达到一个全盛时期，几乎所有有影响的报章杂志都经常刊登漫画作品，有的还专门附有漫画副刊或辟有漫画专栏。张乐平虽然以创作三毛漫画出名，但之前他已经创作

---

① 王芸生:《读〈三毛流浪记〉》，《三毛流浪记》在1948年第一次出单行本时的序言。

出了一系列描写上海都市风情的漫画作品。或者说,上海从一开始就是其漫画最重要的主题之一。张乐平十五岁从海盐来到上海郊区的一家木行当学徒。后来,他进过私立美术学校,在印刷厂当过练习生,同时在广告公司做过绘制广告画和加工来稿的工作,也曾进过三友实业社当绘图员。张乐平还画过一些时装设计画,曾经与叶浅予合作画《明光麻纱》时装设计书。30年代初期,他经常在《时代漫画》①等刊物上发表漫画作品,逐渐成为上海漫画界较有影响的人之一。与当时已经很有名的丰子恺富有人文气息的作品相比,张乐平的作品与时局联系比较紧密,并且市井风味相对更明显。张乐平由此成了30年代上海滩颇有名气的三位专职漫画家之一。② 在一组以"都市风情"为主题的漫画中,舞厅的舞女、黄包车夫、街头的乞丐及上海城市里的一些社会现象,如老夫少妻、电影院里的幽默小插曲等,都一一被生动地勾勒出来。1935年三毛的诞生,更确立了张乐平在漫画界的地位。与当时广为流传的漫画人物如叶浅予的"王先生""小陈"和高龙生的"阿斗"相比,以儿童身份出现的"三毛"产生了"另一种旨趣"③。

目前可以发现的最早的三毛系列发表在1935年7月28日的上

---

① 《时代漫画》月刊创刊于1934年1月,由鲁少飞主编。与之前的《上海泼克》《上海漫画》相比更显得栏目众多,内容丰富,图文并茂。根据毕克官和黄远林编著的《中国漫画史》所述,《时代漫画》以相当多的篇幅,甚至有时以主要篇幅发表庸俗甚而色情的作品。当时的主编解释是为了避开当局的出版检查,也为了争取更广泛的读者群,使刊物尽可能地延长出版寿命,不得不在内容上打主意,大量发表迎合小市民口味的内容消极的作品。《时代漫画》出版时间长达三年,发行数字达一万本,超过了同时期的其他漫画刊物。

② 上世纪30年代,大部分漫画家都是兼职的,年轻的张乐平与胡考、陆志庠成了上海滩颇有名气的三位专职漫画家。

③ 汪子美:《天真的三毛打了畸形社会的耳光》,转引自张乐平:《我的漫画生活》,北京:中国旅游出版社2007年版,第20页。原载《上海漫画》1936年6月第2期。

海《晨报》副刊《图画晨报》上①。这个时期的三毛还是"一个顽皮的及天真的来自上海普通家庭的小男孩"②。这组作品没有统一的情节,多取材于都市日常生活的一些细节。漫画的幽默效果主要来自三毛作为都市小顽童对大人一些动作的简单和不带任何理解的模仿或者学习:

> "三毛"是以儿童的天真向社会的不满状态投以讽刺。儿童的天真、率直、热情、单纯,在社会化的成人视之为胡闹、无理;实则儿童坦白的行动发于人情自然,而成人社会化的虚伪反渐远离人性。"三毛"的作者便以这种观念作中心,利用"三毛"的天真、率直,向畸形矛盾的社会现状打耳光。在正面上我们看见"三毛"是可怜可笑,被嘲笑,幼稚,不通世故;在反面这正是畸形社会之黑暗矛盾所以不容于儿童的天真无邪者。③

汪子美的这段话在儿童与成人之间构建了一种比较强烈的二元对立,并传达出在晚清时就有了萌芽而在"五四"时期得到进一步发展的"儿童崇拜"。从三毛所处的布满现代电器的家庭场景来判断,在这个时期,张乐平所塑造的三毛并不是孤儿,而是来自上海一个普通的中产阶级家庭,生活还比较优裕。漫画内容多描写父子之间饱含趣味的互动。比如在以"学司马光"为题的一篇漫画中,三毛在听了父亲讲的司马光砸缸救人的故事之后,立刻把手中的皮球扔进了旁边一水缸,然后再扔一石头把缸砸碎,惹得旁边的父亲目瞪口呆。

---

① 当时是因为发表连环漫画《王先生》的漫画家叶浅予生病,张乐平才在该报发表了两幅三毛漫画,以补《王先生》之缺,这就是现在大家能看到的最早的三毛。

② 上海大可童文化有限公司编:《不朽的三毛》,《三毛之父张乐平:三毛诞生七十周年纪念》,上海:上海人民出版社 2005 年版。

③ 汪子美:《天真的三毛打了畸形社会的耳光》,转引自张乐平:《我的漫画生活》,北京:中国旅游出版社 2007 年版,第 20 页。原载《上海漫画》1936 年 6 月第 2 期。

图 4-1 《爱国未遂》(张乐平绘)

随着时间的推移,30 年代的三毛漫画创作中政治意味逐渐增强。例如,在一篇以《爱国未遂》(图 4-1)为题的漫画中,最开始是三毛在大街上看见了一张政治宣传单。宣传单上画着一只凶猛的大老虎正对着中国的地图张着血盆大口,而旁边是一首小诗:"国难严重,凡我同胞,一心一德,匡救时难。"在接下来的几幅图中,三毛带着一队手拿大刀的儿童把宣传单从墙上撕下来,并用他们的刀把老虎刺穿。这组漫画的最后一张图是这些儿童被锁进一个大笼子里在街上示众,旁边写着"捣乱分子特此示众"。这一组漫画很明显是在暗示 1936 年日本开始对中国虎视眈眈。不过总的来说,在 30 年代中期的这一系列漫画中,三毛依旧是一个天真可爱的儿童,而且整个调子也是以幽默轻松为主。虽然这组漫画隐含着不少现实的政治意义,但是整个叙述还是在儿童游戏的框架里进行。当然,这里的三毛跟之前的父子之间的幽默有所不同,警察的加入、未遂的爱国行动(虽然有孩童游戏的影子)、示众的笼子都传递出三毛这个形象与当时社会的不稳定关系。汪子美在评价三毛的形象所呈现出来的多元性时说:"如果'三毛'作儿童的读物,则不失为一种很好的儿童教训。普通儿童图画读物,给予儿童的都不离童话境中之幻美神异,引领儿童到饼干、糖果、鲜花、小鸟的境域中去,那是属于陶冶性情方面的教育。而'三毛'

在儿童眼中则成为质疑、不满、理性的刺激。这便是效果。"①

这个系列后期出现的一篇作品尤其值得注意。它跟前面通常以三到四幅图合成一组不同,只有一幅大的图,上面写着"所有的三毛一起到前线"(图4-2)。漫画里是两个三毛举着一张大旗带领着一个队列的三毛往前行进,其中每个三毛肩上都背着一杆枪。旁边同时还走着一位装扮类似长官的三毛运送着一组大炮。这幅三毛漫画暗示着几个比较重要的变化:首先三毛不再是早期那个天真可爱的城市小男孩,而变成了士兵形象。这张漫画很容易让我们联想到张乐平在40年代创作的连环漫画《三毛从军记》;关于儿童参军的主题,本书前面已讨论了童子军和新安旅行团的个案。抗战以来,儿童接受相关的军事训练以及被鼓励加入各种抗战宣传的现象并不少见。但值得进一步思考的是,这里的三毛可能不一定仅仅限于儿童。

图4-2 "所有的三毛一起到前线"(张乐平绘)

---

① 汪子美:《天真的三毛打了畸形社会的耳光》,转引自张乐平:《我的漫画生活》,北京:中国旅游出版社2007年版,第20页。原载《上海漫画》1936年6月第2期。

这幅漫画标题为"所有的三毛一起到前线",从近乎全部一致的形象来看,我们无法辨别年龄、性别和阶级。三毛以士兵的形象出现呼应了当时的历史背景,并且这里三毛表情严肃,似乎无法与先前调皮的男孩以及《三毛从军记》当中具有一定喜剧色彩的"那个"三毛互相重合;更重要的是,三毛不再是单独的个人,而是成为一个集体——这应该是张乐平第一次把三毛复数化。这样"复数化"的处理办法或者说把三毛变成一个集体指称的符号强化了"三毛"作为一个抽象的政治载体的意义。从个体的三毛转化成集体的三毛,张乐平对这样一个比较突兀的转变并没有给予充分的解释和说明,但标题中的"上前线"似乎可以理解为其中的重要因素。国难当头,人人有责,所以三毛也幻化成"全部"的指称。联系到后来几十年间出现的多种三毛漫画系列里不同的三毛形象,这篇可以看作张乐平在创作思维上一个值得注意的转折点。

1936年为筹组全国漫画家协会,有七位知名漫画家先行被推定为漫画家协会上海方面的筹备委员,张乐平是其中最年轻的一个。1937年抗战爆发,当时二十七岁的张乐平与上海一些漫画同仁组成了"抗战漫画宣传队"并任副领队,带队辗转苏、鄂、湘、徽、浙、赣、闽、粤、桂诸地,沿途以绘画形式向民众宣传抗日。1939年,张乐平担任漫画宣传队队长,赴东南战区不断巡回展出抗日漫画,负责编印《抗战漫画旬刊》,并在《前线日报》上主编副刊"星期漫画"。第二年,又在金华参加进步画刊《刀与笔》的筹备与编辑工作。他一直在东南地区坚持抗日作品的创作和宣传,直到抗战胜利。1945年,张乐平从广东重返上海。在1936年至1945年离开上海的将近十年间,除了零散的几篇与抗日相关的三毛漫画外,张乐平几乎没有再创作相关题材。其中一幅画的是三毛为了说服军队长官同意吸收他入伍,特意用一把大刀连砍了三棵大树;另外三幅主要围绕三毛在父母被日本人杀害后成为一个孤儿,以及通过讲述自己的悲惨经历来劝服全村的人加入抗日队伍的故事展开。特别值得注意的是，在这几幅漫画中，先前的来自城市的三毛已经变成一个农村儿童。事实上，张乐平这几幅漫画预示了他在40年代的两本连环漫画系列：一本是1946年在上海《申报》上发表的《三毛从军记》①；另一本是1947年至1948年间创作并发表在《大公报》上的《三毛流浪记》。

《三毛从军记》讲述的是三毛在国民党队伍里的种种经历，所以在1949年以后由于政治原因一直没有再版，也很少被提起，直到1983年才重新出版，再次引起人们的注意。《三毛从军记》是张乐平第一次创作长篇连环漫画，而这个系列的幽默和滑稽主要来自三毛性格上的一种不完美，所以总的来说调子是很轻松的，没有包含太多的社会批评。在一次与台湾作家三毛谈起自己的作品时，张乐平向她承认自己从个人喜好上更偏向《三毛从军记》，因为它"比较艺术"②。张乐平在《三毛从军记》的序言中如是说：

> 三毛是十年前的人物，按理十年之后，该已长成一表人才了，但是我现在仍旧画三毛，而且画老样子的三毛，其原因便是我觉得三毛的生活环境，十年之中一成未变，十年前的三毛拾垃圾睡马路，十年后的三毛依然不见进步，其精神上稍有不同之点，便是十年后的三毛学起大人模样在马路上兜生意，抽美国香烟屁股，喊"哈罗！乔埃"了，三毛的问题既然如此的多，因此我觉得画不完，写不尽。
>
> "从军记"在八九年前是个新鲜动人的题目，但是八九年后便是乏味的老调了，弹老调不讨人欢喜自是理由以内的事情，不

---

① 《三毛从军记》最早连载于1946年5月12日至10月4日的《申报》，1947年出版单行本，又补充了当时没有收录进去的六张原稿。
② 陈平(三毛)：《写那不朽的小三毛——以及张乐平大师》，写于1989年6月2日，转引自《三毛从军记》，北京：少年儿童出版社2000年版。

过我鉴于八年之中男女老少人人参战,三毛如不参战,在情理上讲,有点不通,所以不管三七二十一,任他合格不合格,决定要他报名当兵。冲动之下,不免毛病百出,譬如从三毛的年纪上讲,投效从征,本不大合理,如其故作渲染,便不近人情,假若说一无勇气,也未免有失从军本义,因此在军营之中,如何恰当地安排这个脚色实在困难,不得已之余,我又把三毛画成丑角了。历年以来,我最感伤心的便是有意无意都将天真未凿的三毛画成了小丑一路的角色,三毛的问题虽多,但此问题责任不在三毛本人。我天天画三毛,天天发现三毛的顽劣缺点,因此盼望三毛的生活环境能改善的心情也特别殷切。①

这两段话中比较有意思的是张乐平用"长不大"来形容自己笔下的三毛。当张乐平在 1946 年重新开始创作三毛系列时,离 1935 年已过十年。三毛形象"十年之中一成未变",本身就是一件很怪诞的事情,引文中提到三毛作为儿童可能不符合当时从军的年龄规定,这说明作者很清楚地意识到,如果从生理学的定义出发,三毛的"长不大"会成为一个必须解答的问题。关于这一点,张乐平用了相当的篇幅来解释其中的原因。他把理由归之于社会的原因,认为"社会环境"不变,三毛也不可能长大。换言之,张乐平在这里已经不是从生理学意义上而是从政治学意义上来解释"长大"一词。考虑到解放后三毛的年龄一直成为争议的焦点,张乐平此处的一段阐释尤其意味深长。上面引文中另一处谈到年龄,是关于三毛作为儿童是否符合当时从军的年龄规定,显然又是从生理学定义上来讨论的。同时,张自己也意识到三毛是一个具有性格缺点的人物,甚至用"丑角"或"小丑"来形容他。在《三毛从军记》中,记录的多是三毛在抗

---

① 张乐平:《自序》,写于 1947 年 1 月,转引自《三毛从军记》,北京:少年儿童出版社 2000 年版。

日战争期间如何加入国民党军队,并利用他作为儿童所特有的机智和天真立下种种功勋而成为一位英雄。

与张乐平30年代的三毛漫画创作中比较注重日常生活的特点相比,《三毛从军记》代表着他40年代比较大的一个改变。张乐平开始用三毛这个小孩的眼光来呈现国民党的军营生活及抗日这样与国家民族相关的政治命题,这可能与他曾在抗战期间从事抗日宣传的政治活动密切相关。但总的来说,漫画内容更多的还是以三毛作为儿童因为年龄、身高或其他身体上的特征而导致的在军营中令人发笑的经历为主。例如,《三毛从军记》第一篇就是写身材矮小的三毛为了符合"十八岁"的入伍年龄要求,特意在两腿绑上类似高跷的工具以达到增高的目的,并穿上宽大的衣裤加以掩饰,最终成功地蒙混过关。此外还有三毛如何藏到稻草人身体里打日本鬼子和误把酒瓶当作手榴弹等充满幽默色彩的情节。尽管都是士兵形象,从军的三毛形象却跟我们之前所分析的《所有的三毛一起到前线》这幅漫画里的形象有较大区别。在《三毛从军记》中,三毛是很突出的"这一个"的形象,与漫画中所呈现的其他成人将士非常不同。综上所述,《三毛从军记》中的三毛处于成人的"油滑"与儿童的"天真"之间,在英雄和"丑角"之间徘徊,充满含混性和暧昧,或者用张乐平自己的话来说——更具"艺术性"。

《三毛从军记》最后一组漫画(图4-3)描绘的是三毛因自己的名字出现在第一期复员名单上而不得不脱下军装。其中最末尾的画面中间是两条小路组成的大大的"V"字结构(某种程度上也可以理解为英文单词胜利victory的首字母),顶端站着的是搔着头一脸困惑的退伍后的三毛,而路两旁是密布的十字架,代表的是坟墓和死亡。两条路的尽头分别是几根东倒西歪的枯树所代表的破败的农村和结着蜘蛛网的高楼大厦所象征的萧索的战后上海。整个画面中,远处的地平线被设置得非常高,从而造成一种视觉效果,即瘦骨伶仃

图 4-3 《三毛从军记》最后一组漫画

的三毛好似藏在地底坟墓中的一个居无定所的"鬼魂"。一个非常吊诡的存在是:在重重的十字架中,这个"鬼魂"现在要浮出地面重新归来,那他将何去何从? 是一种可能的救赎还是更深的沦落? 联系张乐平最初创作这个人物形象时,三毛是上海里弄里一户平常人家的都市顽皮男孩,那么经过战争的磨难,尤其是军营中一番生与死的洗礼后,他要重新归来,眼前的两条道路,他要选择哪一个? 张乐平提出了当时一个很重要的历史和政治命题,如果我们以他之后所创作的《三毛流浪记》为准,那他最后提供的一种回答似乎是三毛重新回到上海,并成为一个无家可归的流浪儿童。

《三毛从军记》创作于 1947 年。在抗日战争正式爆发后的十年,张乐平重新讲述了三毛抗日期间在国民党军营中的从军生活。即使他自称这个主题是个"乏味的老调",不再新鲜,但依然执着于讲述这个十年不变的三毛身上所发生的故事。三毛就像是个鬼魂式的存在,不断地回归,那么这个定格于抗战八年中的《三毛从军记》能带回怎样的记忆? 我们之前的章节谈到儿童抗战期间日常生活的军事化,谈到如新安旅行团及孩子剧团那样集逃难、抗战宣传与自我教育于一身的旅行,可是在张乐平的笔下,抗战时期的三毛在军营中发生的却是一些啼笑皆非的故事。更重要的是,这个从军的三毛没有作为抗战英雄而存在,而是如他自己所说——是个"丑角"式的形象。台湾著名作家三毛曾在谈及《三毛从军记》里的三毛形象时作出如下点评:"那历史伤痕的说明,尽在泪笑中。"[1]那什么是"历史伤痕"?是战争所带给人的创伤性记忆吗?Cathy Caruth 在研究创伤(trauma)理论时曾经指出,不是经验本身而是对经验的记忆产生了创伤效果。她认为在经历创伤经验和叙述创伤之间总有一种时间差,作为一种反思的过程,创伤将过去与现在通过书写和想象进行联系。[2] 张乐平的《三毛从军记》可否看作这样一种具有滞后性特征的对战争中儿童创伤的反思?

第二节 连环漫画《三毛流浪记》的诞生

张乐平在1947年和1948年创作了《三毛流浪记》。根据他自己的回忆,在1947年初的一个夜晚,北风卷着大雪,呼呼地刮着,天气冷极了。他回家的时候,在一个弄堂口看到三个流浪儿童,他们紧紧地围在一起,围着一堆火取暖。他在他们跟前站了好久,心里很难过,但是那时他自己的生活也很苦,没有能力帮助他们。回家以后,他躺在床上睡不着觉,心里老想着那三个流浪儿童,他们究竟能不能熬过这一夜呢?第二天早上,他又走过那个弄堂口,三个流浪儿童中

---

[1] 陈平(三毛):《写那不朽的小三毛——以及张乐平大师》,写于1989年6月2日,转引自《三毛从军记》,北京:少年儿童出版社2000年版。

[2] Cathy Caruth, *Unclaimed Experience*: *Trauma*, *Narrative*, *and History*, Baltimore: Johns Hopkins University Press, 1996, p.17.

已经有两个冻死了。① 这件事触动了张乐平,并促使他把三毛塑造成一个流浪儿童的形象。1947年5月,《大公报》"现代儿童"副刊编辑陈伟球跟该报总编辑王芸生商量邀请张乐平画几幅漫画连载。王芸生表示赞同,认为可以请张乐平画一套类似《三毛从军记》题材的漫画,并给张乐平写了一个便条,介绍编辑去约稿。张乐平收到约稿的邀请之后,表示他已有流浪中的三毛的构思,答应画一套"三毛"的系列漫画。为了了解更多的街上儿童,张乐平还特意穿上破烂的衣服跑到流浪儿童聚集的地方。他经常给他们一些食物,并逐渐跟这些贫穷的儿童交上了朋友。尤其值得一提的是,《三毛流浪记》的漫画系列最终发表在《大公报》的"社会新闻"专栏而不是儿童专栏。三毛在大街上的流浪经历也是张乐平在战争时期四处漂泊生活的一种自我写照。连环漫画《三毛流浪记》②出来后广受欢迎③,也许正是因为它迎合了当时大多数中国普通民众战后的一种心理历程。

1948年王芸生在给单行本《三毛流浪记》作序时,一开始就从它与《三毛从军记》的不同谈起:

> 《三毛流浪记》是接着《三毛从军记》画的,但张乐平先生的

---

① 张乐平:《永做画坛孺子牛》,《文汇报》1981年6月6日。
② 《三毛流浪记》自1947年6月15日至1948年12月30日在上海《大公报》上连载,其中有几次因张乐平生病而中止;1949年1月7日和4月4日又发表了最后两幅,前后共刊出二百五十六幅。天津《大公报》于1948年3月16日开始连载,香港《大公报》于1948年4月15日开始连载。
③ 1947年11月29日《大公报》刊载了一位有七个孩子的母亲的来信,信上说:"最近的《人非草木》《还有好人》等,反映出我家里的应时景物,竟引起了我孩子们的喧扰,弄得大毛、二毛啼笑皆非,呆住了半天不吃粥;三毛、四毛都涨红了脸,情愿拿出自己仅有的五颜六色绒线背心转送给他;五毛也拿着空的酱油瓶奔过来代他赔偿店主。"

笔锋却完全改变了。"从军记"里的三毛,虽然很顽皮,但他所表现的,差不多都是英雄型的,是常人所不及的特殊人物。"流浪记"里的三毛,就完全不同了。他一出现,就是孤苦伶仃,辗转流浪。①

在《三毛流浪记》系列最开始的篇目如《弹簧门外》讲的是从乡下来的三毛对大城市的"弹簧门"不适应,鼻子被撞破流血的情形;再如《也是平的》是说三毛以为摩登都市女郎穿高跟鞋是因为脚型本身就是高跟的样子,最后惊讶地发现那些脚也是平的,等等。即使如此,漫画的大部分内容还是具有比较强烈的社会批判意识。漫画开始时三毛是从乡下出来的一个可怜的孤儿,跑到上海来希望赚钱发财。可惜的是,这样的美梦很快就破灭了。整个《三毛流浪记》连环漫画主要围绕三毛怎样在上海的大街上努力谋生展开,其中包括推三轮车、捡烟头,还有在一个印刷厂当学徒工,以及在一个有钱人家当小佣人的种种故事。比较典型的一个例子是一篇题为《两个世界》的漫画。一片玻璃隔离了两个世界,玻璃的这一边是装饰辉煌,铺着地毯、放着加热器的有钱人家的客厅,当中一个斜靠在沙发上的男人右手拿着一支香烟正悠闲地看着外面,旁边是一个小男孩正开心地吃着冰激凌;而玻璃的另一边是盖满大雪的街道,三毛和另一个无家可归的儿童正在寒风中颤抖,抱成一团。这样鲜明的二元对比隐含了张乐平对当时社会不公的一种强烈不满,富含批判性与人道主义的色彩。

《同是儿童》这幅漫画(图4-4)还展现了三毛这个流浪儿童形象所能代表的暧昧意义。这是三毛被一位街头卖艺者收留后在上海街头表演的场景,周围是一群围观者。但值得注意的是,这群围观者

---

① 王芸生:《读〈三毛流浪记〉》,《三毛流浪记》1948年第一次出单行本时的序言。

图 4-4 《同是儿童》(张乐平绘)

大多是儿童。从他们身着整齐的西式服装以及手拿食物或者玩具来看,多是来自比较富裕的中产阶级家庭的儿童。他们在父母的陪同下,表情兴奋且目不转睛地看着三毛表演而没有表现出丝毫的同情。与此形成鲜明对比的是三毛被举在半空,身体被卷成球状,表情极其痛苦,眼泪大滴地落下。观看者与被观看者同属儿童,但其中儿童的阶级、社会及家庭境遇形成鲜明的对立。不过这幅漫画的复杂性还不仅止于此,在左下角贴着"庆祝儿童节"标语的电线杆下还赤脚站着一位衣服褴褛、双手捧着零食在卖的贫苦男孩,他的双眼正斜视着这场表演。如果说儿童是国家的未来,那这幅漫画似乎在询问一个问题:同是儿童,到底是赤着胳膊表情痛苦的表演者三毛,还是那一群衣着光鲜的旁观者,还是这位在斜眼冷视的街头贫苦小贩,代表着有希望的未来?显然,他们中的任何一个都不是天真可爱、纯洁无瑕的,而是充满各种问题的存在。

在连环漫画《三毛流浪记》中,虽然孤儿院和社会福利院几乎没有被涉及,但三毛这个漫画人物却大大地帮助了中国福利制度的发展,尤其是儿童福利制度,或者说《三毛流浪记》漫画系列推动了当时的社会活动家、知识分子及普通民众关注大街上的流浪儿童。1949年4月4日的儿童节,在宋庆龄的支持下,中国福利会在大新公司举办了一个三毛生活展览会,第一天的观众就达两万人,上海二十多家民营广播电台做了特别节目现场实况广播。① 展览会展示了张乐平三百多幅关于三毛的草图,同时也包括对中国福利基金会的介绍。张乐平另外提供了三十多幅水彩画及三毛的徽章做义卖,为儿童福利筹款。其中有一张画甚至卖了八百多元。宋庆龄也趁这个机会发起建立为流浪儿童服务的慈善机构"三毛乐园"的活动。那些捐赠衣物、食物和文具给无家可归儿童的人都会被赋予"三毛之友"的称号。凡愿帮助一名"三毛"的,即可成为"三毛乐园会"的普通会员;凡愿帮助五名"三毛"以上的,即可成为荣誉会员。

张乐平在同一版面写了一篇文章,题目是《我怎样画三毛的——为三毛义展写》:

> 在抗战胜利后,我先后在《申报》和《大公报》所发表的《三毛从军记》和《三毛流浪记》,曾经获得广大的读者支持,他们为三毛的痛苦而流泪,也为三毛的快乐而雀跃。千千万万识与不识的小读者们常常随画中人三毛的喜怒哀乐而喜怒哀乐。我就常常接到这样的读者投书:"兹寄上毛线背心一

---

① 著名话剧演员尹青女士同情"三毛",义务担任会场和电台播音员。在《大公报》上,还出现了一则题为《万人争看三毛——展览会场挤失两个儿童,义卖的水彩画抢购一空》的新闻:"父母带了小孩,像挤户口米一样,把大新公司四楼挤得水泄不通,电梯不要想挤得进,就是走扶梯,走到第四层也就塞住了。"还特别提到一位母亲带了十个孩子来观看,走丢了两个。无锡有一所学校,由教师带领二十余名学生来沪参观。

件,祈费神转与张乐平先生,并请转告张先生将此背心为三毛着上。近来天气奇冷,而三毛身上仅着一破香港衫,此毛背心虽小,三毛或可能用,俾使其能稍驱寒冷,略获温暖,千万读者亦能安心矣。"①

在文章的左边是一幅有关三毛在儿童节遭遇的题为《理想与现实》的漫画,描绘了当时政府组织的庆祝儿童节的活动不允许流浪儿童参加而只让富裕家庭的儿童参加的社会现象。而在《大公报》同一日的儿童节专刊上,有几个版面都是登载与流浪儿童相关的消息。另外,同一版面还附有另一张照片,是街上一个流浪的小女孩,照片底下写着"救救孩子"的标题和一小段简介:"儿童节到了,照例又要开会庆祝一番,但是受到实惠的是一般中上阶层的子女,穷困的儿童依然是街头求乞、拾垃圾或推三轮车。儿童节虽是他们的日子,并不能引起他们的兴趣,他们最大的希望是每天不挨饿,不被打,不受冻。上图的那个小女孩,正狼吞虎咽地吃着求乞得来的冷饭。"②

考虑到三毛这个漫画形象与上世纪40年代流浪儿童作为一个普遍社会问题之间比较紧密的联系,本章在这里也特别讨论一下三四十年代上海实际生活中存在的流浪儿童的社会问题。1942年出版的《流浪儿童的教养问题》一书对当时上海的流浪儿童问题有比较详细的记载,并做了非常细致的分析。这份报告是基于对上海净业教养院里收养的一百多位流浪儿童情况的调查写成的,有意思的部分是对这些流浪儿童成因的详细解释和对流浪儿童性格的分析。所有这些分析都是建立在比较精确的数据基础上,从这一点也可看出流浪儿童在当时已经引起社会学家和其他相关学者的兴趣。根据这份报告,学徒逃走而以街道为家成为流浪儿童的占49%,幼失父

---

① 张乐平:《我怎样画三毛的——为"三毛义展"写》,《大公报》1949年4月4日。
② 《大公报》(儿童节专号)1949年4月3日。

母的占21%,而与父母离散的占10%。同时这份报告也分析了这些流浪儿童所犯的各种罪行和他们在被教养院收留之前进入监狱的次数。其中40%的儿童曾经有盗窃行为,而另一个比较普遍的犯罪行为是抢帽子。根据统计数字,一百名儿童中,56%的儿童至少有过一次盗窃行为。从这些数据可以看出,流浪儿童被认为是对社会有隐患的一个群体。另外,有几位专家还提出了改造这群都市流浪儿童的办法。值得注意的是,他们通常把儿童的犯罪行为与"都市罪恶"结合在一起。在一篇署名为"岑有常教授"的专家提议中,文章一开头就提出:

> 都市是罪恶的渊源,而都市内的流浪儿童更是造成罪恶的最大因素。所以要想解决都市犯罪问题,应当先从教养流浪儿童入手,毫无疑义。这样伟大的工作,决不是少数人在短时间内所能完成。必须集合各方面的力量,所谓有力者出力,有钱者出钱,方才能把这班不幸儿童从精神上从体格上抢救回来。①

从这段话中可以看出,流浪儿童在上世纪40年代已经与都市现代性密切地联系在一起,而在当时的学者看来,建立一个安全有序的都市秩序需要从解决流浪儿童的社会问题入手。在另一篇署名为"严景耀博士"和"雷洁琼教授"的文章中,两位作者把这份非常精细的报告当成证据来证明流浪儿童教养院已经成为培养将来合格的国家新公民的一个试验场所。②除了教养院,战后流浪儿童的问题也引起了当时上海市政府的注意:

> 自战火蔓延,各地流亡之难民,陆续来沪者计达数十万之

---

① 岑有常:《教养流浪儿童的我见》,上海:净业社1943年版,第43页。
② 严景耀、雷洁琼:《读净业教养院报告》,上海:净业社1943年版,第44—48页。

众,现虽有一部分遣送回籍或予收容,然日间沿街求乞,夜间横卧里拱或露宿道旁者,仍不乏人,时值夏令,倘一仍露宿风餐,必酿成疫病,不但难民死亡堪虞,且一经发生疫病,流行全市,居民受其传染,危害生命,莫此为甚,次之本市受租界之遗毒,各马路间各公共场所车站码头戏院等处,均有谓白相人黄牛党斧头殴人打架,扰乱社会秩序,鱼肉良儒,致使社会人士莫敢撄锋,道途侧目,由租界时代以迄胜利后,至今积习相沿,对之均未曾有取缔办法,盖欲绳之以法,在若辈未有显著犯罪事实,又无法以绳既偶或警局拒捕,则所犯不过违警数日,以后又出而横行如故,作恶如故,当此戡乱期间,此种恶势力在社会基层中潜滋暗长,万一为奸匪所利用,则未来之隐患,至堪杞忧,为防患未然及正本清源计,拟请市政当局迅将流亡露宿难民无业游民及流浪儿童等,悉予收容,一方面施以职业训导,一方面施行以工代赈,不特防止灾疫之流行及扰乱社会秩序,实亦遏乱源安闾阎,有利于戡建之要图。①

综上所述,"流浪儿童"已经成为上世纪40年代知识分子考虑现代都市秩序及国家民族命运的一个非常有效和重要的概念,而且他们已经开始用社会学、政治学、犯罪学及心理学等现代科学知识体系来考察和研究这个群体。张乐平漫画里作为流浪儿童出现的三毛就是在这样的背景下出现的,并成为其中有机的一部分。从宋庆龄在大新公司办三毛生活展览会的案例可以看出,三毛也已经成为上世纪40年代"流浪儿童"的一个重要代名词。

---

① 上海档案馆,Q109-1-261-11,《上海市参议会为如何处理本市难民游民及街头流浪儿童给上海市政府的公函》,1948年,第12页。

第三节 阳翰笙与《三毛流浪记》的电影改编

漫画《三毛流浪记》在社会上产生了巨大反响，几家影片公司都有意将其改编成电影。1948年夏秋之交，制片人韦布取得了电影的改编权。后由冯亦代、陈鲤庭等人牵头，最后决定由夏云瑚、任宗德合作经营的左翼色彩浓厚的上海昆仑影业股份有限公司拍摄。此时，漫画在报上连载尚未结束，大概还剩下不到六分之一。1949年4月1日上午，摄制组在上海外滩开拍了第一个外景镜头，而电影最终在1949年8月完成。1949年10月1日，中华人民共和国成立，《三毛流浪记》成为新中国建立后第一部在上海公映的故事片。当时最有名的六家影院——大光明、南京、美琪、沪光、皇后、黄金等，同时参加首轮公映。之后，三毛的扮演者王龙基也很快成了全国家喻户晓的明星。虽然电影对社会不公进行了控诉，但值得注意的是，这种控诉主要是以一种幽默和让观众发出"笑声"的方式表达出来的，电影中的许多场景都被夸张到闹剧的程度。这部电影的力量很大程度上来自于对"笑"的一种过分（excess）展示。我尝试用巴赫金的"狂欢"和"离奇现实主义"（grotesque realism）两个概念来对电影做一定的解读。

在电影里，三毛成为反抗权威和约束的一种有力武器，他把喜剧的一种批判力量转移到自身而指向社会。其实在昆仑影业公司酝酿把漫画改编成电影的同时，张乐平还是每天在画他的三毛。当时有人提出了"三毛往何处去"的问题。编剧阳翰笙最初认为三毛应该到工厂当童工，按照这个路子去画和改编电影，就可以把电影摄影机的镜头对准工厂，让广大观众了解工厂内部的情况及童工的悲惨命运。在阳翰笙看来，在保持漫画原来的风格的同时，要增强三毛的反抗性。张乐平对此意见也持欢迎态度。阳翰笙为了更好地改编此作品,还特意约了张乐平、韦布以及影片的导演赵明和严恭去当时的一些中小型工厂如铁工厂和皮鞋厂体察工人的劳动和生活,还去参观了一些孤儿收容所及工人聚居的棚户区。阳翰笙原本想把张乐平的漫画改编成两个部分:上集从三毛在乡下的生活开始,然后转向他如何挪到城市里,打算加进一段"三毛在农村"的戏。后来考虑到剧本通不过,才忍痛删掉。下集原计划写三毛当童工,并以三毛加入中国青年团为结尾。但由于阳翰笙转去香港①,本子最后由白尘、严恭、赵明和鲤庭共同完成。在影片拍摄的过程中,上海就解放了,原来准备在下集表现的三毛到工厂去的一些设想也来不及搬上银幕了。②从阳翰笙的计划来看,电影原本不太像是一部喜剧。后来的剧本是经过了陈白尘和李天济的进一步修改的,尽管两位的名字并没有加进去。李天济在当时不仅是一位著名的演员,同时也是很重要的喜剧编剧。曾有论者这样评价这部电影:"如果说,《万家灯火》是用严格的现实主义手法,以带有悲剧色彩的正剧形式揭示了小市民等下层人民每况愈下的辛酸命运的话,那么,《三毛流浪记》则是以带有浪漫主义夸张的喜剧形式来表现了这一主题。"③事实上,"浪漫主义"和"夸张的喜剧形式"正是这一电影美学的两大关键词。有关喜剧的部分,导演赵明回忆,"我们当时都缺乏对漫画和喜剧片的研究,但从实际中所看到的电影如卓别林的喜剧和劳利·哈台的滑稽片,对他们的优劣高低是有所认识的,我们自然选择了前者,作为我们剧本和影片的基本格调"④。而在他看来,卓别林电影的最大特点

---

① 1948 年 8 月,阳翰笙收到中共南方局通知,秘密离开上海经广州至香港。他在香港与蔡楚生等筹建了南国影业有限公司。

② 丁小:《影事春秋》,《阳翰笙研究资料》,北京:中国戏剧出版社 1992 年版,第 112—114 页。

③ 潘光武、张大明:《阳翰笙评传》,重庆:重庆出版社 1998 版,第 206 页。

④ 赵明:《〈三毛流浪记〉的回顾与随想》,《电影艺术》1984 年第 12 期,第 55 页。

是"雅俗共赏"。社会的混乱在电影里得到了比较多的强调。导演赵明虽然没有给出具体的细节来解释卓别林的喜剧怎样影响了这部电影①，但其影响还是能从三毛夸张的哑剧式表演中看出来。

不可否认，电影的喜剧效果有很大一部分也来自于张乐平的漫画本身，但不同于漫画，电影把原来的幽默发展到闹剧这一极端。与原来的漫画版本相比，电影增加了三个重要部分。其中一个就是在百货公司的部分。三毛被上海专门利用流浪儿童做非法事情的"爷叔"收养。在一家卖丝绸的百货公司里，爷叔及其妻子以三毛做掩护偷窃布料被工作人员及警察发现。在接下来的一片混乱中，机智的三毛成功逃脱。另一个增加的情节是上街游行。在儿童节这一天，一列一列的童子军由老师和警察带领着在街上游行，而三毛和其他流浪儿童想加入却被拒绝了。之后，这群流浪儿童另组了一队在街上游行。他们有的敲着破的铁罐子，有的则将报纸折成喇叭的样子放在嘴边吹，热闹非常。很可惜，队伍很快就被警察强行解散。第三个增加的重要情节是结尾部分三毛被一有钱人家收养。与原著中三毛因见义勇为而被一普通人家收养完全不同，编剧的这一改编很可能来自于蔡楚生的电影《迷途的羔羊》(1936)②。在这部分，三毛被一位不会生育的贵妇收养，而她收养的主要目的是为了阻止她丈夫把情人带到家里来。贵妇给了他一个"汤姆"的洋名并且请了一个家庭教师教导他种种上层阶级言行举止的礼仪。作为对社会规范狂欢式反抗的标志之一，就是电影结尾时场面宏大的豪门家庭宴会。

---

① 关于卓别林如何被介绍进中国及其对早期中国电影的影响，请参看胡克：《卓别林电影对中国早期电影观念的影响》，《当代电影》2006 年第 5 期，第 109—113 页。

② 蔡楚生的电影《迷途的羔羊》创作于 1936 年，被认为是中国历史上最早表现流浪儿童题材的电影之一。电影讲述了一位名为小三子的农村男孩怎样因为战乱沦为上海的流浪儿童。其中有一个情节是由于他跟一个富贵人家死去的独生子长得很像而被收养。

在专门为他举行的宴会上,三毛带领着一群无家可归的流浪儿童闯入厨房,并在客人中间制造了很大的混乱。电影的最后,三毛重新回到了大街上。尤其值得一提的是,在电影末尾的这个宴会场景中,客人是由上海剧影协会发动全沪的著名演员通力合作完成的,其中包括赵丹、上官云珠、黄宗英和吴茵等。他们受惊吓的夸张表情由于精湛的演技而在银幕上得到了逼真的表现。① 事实上,这些大明星的加入使得这场宴会的场景更有了狂欢的气氛。如上所述,所有这三个情节的添加都加强了电影版本的喧闹气氛,并传达出一种末日的混乱感,而这种狂欢感和混乱感也恰恰抓住了上海在1949年前后那个历史转折时期的重要特征。

在电影里,三毛多数时候都被塑造成一个被嘲笑的"怪物"。整个电影由一个个片断化的情节故事组成,而在每个片断结束时都以当中某个人物莫名其妙的笑声做结束,渗透着一种荒诞感。这种笑声是非理性的,同时也事出无由。这种荒诞的笑声具有一种颠覆的力量,使得一切的权威和秩序都处于被质疑的位置,正如巴赫金所说:

> 笑声不仅仅解放的是外部的制约,同时首先是来自内心的一种限制。它解放的不仅是几千年来人类所积聚的一种恐惧:对神圣、对限定、对过去和对权力的一种恐惧。它揭示了真实的意义中所内藏的一种物质性的肉体原则。笑声同时也开启了人

---

① 电影中饰演配角的有关宏达、林榛、杜雷、黄晨、石炎、方伯、莫愁、程漠、岳勋烈、顾鋆、嵇启明、钱理群等人。其中最盛大的场面出现在"豪门大宴会"这出戏中,许多男女贵宾都是由当时的大牌明星客串表演的,有上官云珠和她的女儿姚姚、赵丹和黄宗英、沈浮和高依云、应云卫和程梦莲、魏鹤龄和袁蓉、项堃和阮斐、凌之浩和沙莉、刁光覃和朱琳七对夫妇,王龙基的父亲王云阶,还有孙道临、吴茵、林默予、蓝马、朱莎、中叔皇、奇梦石、高正、汪漪、王静安、蒋天流、应嶂等五十多人。

们对新的及未来的一种展望。这也是为什么它允许对反封建的大众真理的一种表达,同时也帮助揭示这种真理,并给了它一种内在的形式。这种形式是在它几千年的时间里在深处及大众狂欢的形象里逐渐积累起来并得到了保护。笑声向这个世界展现了它最快乐和最清醒的部分。①

在电影里,三毛是一个介于上海"小瘪三"与英雄之间的具有怪诞风格的形象。说三毛怪诞(grotesque),不仅因为他本来就是一个很有喜感的漫画形象,还主要由于电影的制作者非常有意识地要保持这个人物的夸张性和漫画感——而不是写实性。程季华曾经这样评价电影中的三毛:"三毛既不现实也不英俊,这某种程度上降低了电影的艺术价值。"②电影里非常突出的是三毛卡通化的脸部,比如头上的三根头发,还有大鼻子。根据三毛扮演者王龙基的回忆,这著名的三根头发是特意去找铜线做成的,而那个大鼻子则由特殊的化学材料制成。当三毛与电影中的其他流浪儿童被放在一起时,他的"不日常生活化"尤其明显。电影版本的《三毛流浪记》共有三组不同类型的流浪儿童:首先是三毛作为一类;其次是与三毛抢食物,后来又成为三毛好朋友的一组,值得一提的是,这些流浪儿童多由当时上海儿童教养院真实的流浪儿童扮演;另外一组是被摄影机不经意

---

① 原文是"Laughter liberates not only from external censorship but first of all from the great interior censor; it liberates from the fear that developed in man during thousands of years: fear of the sacred, of prohibitions, of the past, of power. It unveils the material bodily principle in its true meaning. Laughter opened men's eyes on that which is new, on the future. This is why it not only permitted the expression of an antifeudal, popular truth; it helped to uncover this truth and to give it an internal form. And this form was achieved and defended during thousands of years in its very depths and in its popular-festive images. Laughter showed the world anew in its gayest and most sober aspects".
② 程季华:《中国电影发展史》,北京:中国电影出版社1980年版,第243页。

拍摄到的上海街道上现实生活中的流浪儿童,而且有意思的是,摄像机通常能捕捉到这群流浪儿童都睁着好奇的眼睛看着三毛的表演。在这群旁观者眼里,三毛绝对是一个怪诞的角色。

  三毛的这种介于英雄和小丑之间的双重性跟产生他的那个模棱两可的时代是密切联系的。电影《三毛流浪记》在政治宣传与娱乐大众两者之间徘徊,而这种矛盾性也体现在三毛是无家可归的流浪儿童和上海油滑的小市民形象的合体。三毛是上海地方文化的一个产物,正如夏衍所说:"三毛是上海市民最熟悉的一个人物,不仅孩子们熟悉他,欢喜他,同情他,连孩子们的家长、教师,提起三毛也似乎已经不是一个艺术家笔下创造出来的假想人物,而真像一个实际存在的惹人同情和欢喜的苦孩子了。"①在电影里,那外滩的街景、警察、缩在街角的流浪儿童,以及人物对话所带有的浓浓的上海口音,让整部影片充满了浓厚的海派色彩。影片中三毛很少有对话,即使有,也是有明显上海口音的脏话。三毛是上海城市风景的一部分,但这一部分同时也超越了1949年上海这个城市空间所能包含的政治内容。他与警察的冲突和他在一群流浪儿童中的领导地位,尤其是他最后带领着一群流浪儿童闯入客厅大闹宴会的场景,某种程度上寓言着1949年以后上海一种新的发展方向。然而,满嘴脏话和小丑一样的外貌同时又暗示着他身上保留着这个城市旧的一面。不同于蔡楚生1936年的电影《迷途的羔羊》一开始就讲述小主人公小三子如何从乡下流浪到上海,在《三毛流浪记》一开始,三毛就出现在上海的街道上——他似乎是天生的流浪者。观众也无法得知他到底来自哪里,好像他是上海这个城市很自然的一部分。家庭场景很少在电影中出现,大多数情节都是围绕着三毛在上海大街上的遭遇展开,即使触及家庭,讲述的也大多是家庭怎样因为贫穷和战争而解散和

---

① 夏衍:《第三版序言》,《三毛流浪记》,北京:中国少年儿童出版社1950年版。

破裂。在上海大街上,一位父亲为了糊口正在卖他的两个儿子,而一个乡下孩子的价格还比不上上海百货公司里一个布娃娃的价钱。为了突出三毛在大街上的生活,电影版本特别删除了漫画版本里的一些主要情节,包括三毛如何见义勇为救起了一个落水的小孩和之后被孩子的父母收养了一段日子,如何在一个有钱人家及一家印刷室打工,以及被街头卖艺的一个老头收养和为他所迫在街头做一些危险工作,等等。影片里,三毛经常跟上海不同的小市民阶层出现在一起,如小商贩、小偷、清洁工,还有其他下层小市民。其实这些人物是四处散落的,恰恰是三毛在大街上的流浪把这些人物连接在一起。整个影片很难说有一个核心情节,叙事结构比较松散,当然这也可能是因为电影是从漫画改编而来,但更可能的是影片在这个历史转折期没法给三毛这一充满矛盾的人物组织一个具有来龙去脉的完整故事。三毛在影片的一开始就栖居在上海街道的垃圾车里,这似乎也预示着他是这个城市在自身的"新陈代谢"中最终要丢弃的多余物,或者他必须进行自我的更新和改造。

影片《三毛流浪记》有两个结尾。原先的结局是三毛依旧披上他的破麻袋离开贵妇家,回到寒冷的大街。这与张乐平原来的漫画版本比较符合——最后是以题为《混乱世界》的一幅漫画为结尾:一个小小的毫不起眼的站在十字街头的三毛被淹没在一片人群噪杂的混乱里。画面上,一群学生正在举行游行示威反抗政府;不远处,一伙警察正执枪涌进一家戏院;而在另一头,一群人正聚集在银行前面,天上是载着携财富潜逃的富豪的飞机。所有这些都生动地传达出了上海在解放前夕的混乱场景。但是在1949年5月上海解放后,上海市军管会艺术处处长夏衍提议,将《三毛流浪记》原来的结尾再加一个三毛欢庆解放的结局,作为庆祝解放的献礼片上映。① 在这个结尾里,三毛被热情地邀请进高举毛泽东和朱德画像的庆祝上海解放的游行队伍,一起欢跳秧歌庆祝上海解放,而背景音乐是名曲《解放区的天是明朗的天》。这个新的结尾使得这部被看作喜剧的电影除了幽默之外,又增添了一层"大团圆"的政治含义。之所以有这样一个改变,是因为三毛事实上在电影里已经被塑造成一个有完全自由、极具破坏性、倾向无秩序和大变动的激进人物。在原先的结局里,三毛可以自由选择留在贵妇家里或回到大街上,而他主动放弃贵妇家庭回到大街上的选择,某种程度上可以解释为对归属和规范的一种完全拒绝。或者说,继续流浪还是回归家庭结构在三毛这里好像已经不是一个社会问题,而是个人的一种主动选择。在这个意义上,电影呈现出一种浪漫主义的色彩。新添加的结尾则表明了整部电影原先所具有的这种喜剧性讽刺及个人主义在新的社会里将是不被接纳的,所以作为流浪儿的三毛永远只能定格在具有怪诞色彩的"中间物"位置。这里"怪诞"的意义是借用巴赫金研究拉伯雷小说时的定义:广义上,指各种表现形式的民间和诙谐文化所固有的特殊类型的形象观念,例如诙谐祭祀、小丑傻瓜、巨人侏儒及各种各样的江湖艺人等,以及种类繁多的戏仿体文学,而这种诙谐文化具有现实主义和乌托邦的二重性。在巴赫金看来,真正的怪诞风格是动态

---

① 在公映期间,上海市影剧协会妇女委员会组织了义卖活动,王龙基和电影明星们在电影院门口出售特地请张乐平绘制的一套三毛漫画卡片以及专门拍摄的一套三毛照片,即"漫画三毛""电影三毛""本人三毛"。后该影片在南京、宁波等地公映,也引起了极大的轰动。仅仅一个月时间,饰演三毛的王龙基就红遍了全国,被称为"天才童星"。这部影片也成为中国目前为止唯一一部跨越解放前后的"跨时代"影片。也正因为如此,在新中国成立后的第一次电影评奖——即"1949—1955优秀影片奖"评奖时,因为对这部影片到底属于解放前还是解放后存在争议,导致该片未能参加评选。

的,包含生长与永恒的未完成性。

电影的两重结局预示了1949年以后中国文学和电影(比如《小兵张嘎》和《闪闪的红星》)里孤儿叙事的一些模式。根据导演赵明的回忆,影片尾声加进三毛参加庆祝解放大游行这场戏,"这一方面是为了表达我们欢庆解放的激越心情,一方面也是为了给三毛一点光明与欢乐。至于这样做是否有些画蛇添足,在艺术形式上不协调,我们当时就感到没有把握,反正是第一次习作嘛,也就抱着存疑的态度,这样印制发行了。现在看来,尾声也许是多余的"[1]。解放以后,张乐平又推出了新的关于三毛的系列《三毛解放记》,其中包括《三毛的控诉》《三毛翻身记》《三毛今昔》《三毛迎解放》;另外还有《三毛新生记》,其中包括《三毛日记》《三毛学雷锋》《三毛与体育》《三毛旅游记》《三毛学法》《三毛爱科学》等。[2] 而在这些系列中,三毛不再是瘦骨伶仃的流浪儿童,而是丰满和健康的新中国儿童形象。其实,共和国成立后,张乐平的三毛将近有一年时间消失在人们的视野之外。根据张乐平自己的说法:

> 在解放后一段时间有许多关于三毛的议论。有人说:"三毛是流浪儿,就是流氓无产阶级,不值得再画。"另外有人说:"三毛太瘦了,他的形象只适合于表现旧社会的儿童,而且他只有三根毛,显得营养不足,即使值得再画,也应该让他头发长多起来,胖起来,这才是新面目。"又有人说:"你画三毛到现在已

---

[1] 赵明:《〈三毛流浪记〉的回顾与随想》,《电影艺术》1984年第12期,第56页。
[2] 《三毛的控诉》于1951年1月1日起在《大公报》上连续刊登。长篇连环漫画《三毛翻身记》也于1951年5月5日起在《解放日报》上连载。后来,作者改为不定期发表以儿童生活为题材的三毛组画,其中《三毛日记》于1956年8月19日开始在《人民日报》上陆续刊登。《三毛日记》单行本则是组合了画家自1950年至1992年在各种报刊上发表的类似范围的三毛作品。

是十多年了,计算年龄已该长大成人了,当青年团员恐怕还要超龄呢。你还不给他长大起来,未免违反自然。"这些看法,实在搞得我非常糊涂,而创作情绪不免因此低落。①

1950年5月23日,当时的上海漫画工作者联谊会为张乐平召开了一个"三毛创作座谈会"。经过讨论,与会者最终得出"比较一致的意见",那就是"三毛作为已经深入广大读者心灵的艺术形象,不应改变其形象特征,年龄也应保持在原先的十岁左右的样子,让他生活在新中国的环境里,作为新中国的典型儿童形象来塑造,藉以反映新中国儿童丰富多彩的幸福生活"。② 从此一个幸福的孤儿也成了新中国三毛的主要漫画形象。但是张乐平自己曾对这一时期以《三毛翻身记》为代表的作品做过如下的反省:

> 后来我又得到《解放日报》的鼓励,画了《三毛翻身记》。但我无法摆脱上述的一系列清规戒律的影响,在思想上缩手缩脚,它在风格上与"流浪记"相比真是大不相同。当时报社给了我鼓励,但同时又给了我在题材上的种种约束,要我结合每一个政治运动来画,如土地改革、反对美帝武装日本,以及镇压反革命等,结果弄得三毛很神秘,当然没有画好。③

---

① 张乐平:《三毛何辜!》,《文汇报》1957年5月18日。
② 转引自顾铮:《意识形态如何俘虏流浪儿三毛——论三毛形象的转型》,《书城》2005年第9期,第64页。
③ 张乐平:《三毛何辜!》,《文汇报》1957年5月18日。

第五章 未完成的写作:黄谷柳的《虾球传》和当代中国文学的发生

黄谷柳的《虾球传》经常被人忽视,而且很少人知道《虾球传》其实是一部未完成的作品。《虾球传》按原计划一共有四部,包括《春风秋雨》《白云珠海》《山长水远》及《日月争光》,但第四部却一直没有完成。① 1953年底,原在香港的黄谷柳回到广东并在广州作协当了专业作家,可他并没有继续写《虾球传》的第四部。在第二届全国文代会上,黄谷柳告诉夏衍,他正准备写一部以抗美援朝为题材的长篇小说。当时夏衍问他,"你为什么不把《虾球传》最后一部写完?"他回答说:"很奇怪,对于描写旧社会的痛苦和伤残,我已经不像过去那样有兴趣了,我在朝鲜战场上,看到过不少新的英雄人物,我想通过他们来刻画亚洲巨人的兴起。"②《虾球传》最终成了一部未完成的作品。之后没几年,黄谷柳被打成"右派"。后来他开始写新的长篇小说《和平哨兵》,并给书中主人公起名为夏球,但夏球的原型,已经不是那个当年往返于港岛和珠三角的流浪少年虾球了,而是成为

---

① 《春风秋雨》从1947年11月14日开始在《华商报》的《热风》副刊上连载,至1947年12月28日完结;《白云珠海》从1948年2月8日开始在《华商报》连载,至5月20日完结;《山长水远》从1948年8月25日开始在《华商报》上连载,至1948年12月30日完结。《春风秋雨》1948年2月由香港新民主出版社出单行本,《白云珠海》1948年7月出单行本,而《山长水远》出单行本则是在1949年。

② 黄茵:《再版后记》,《虾球传》,杭州:浙江文艺出版社2006年版,第394页。

志愿军中的英雄战士。由"夏球"的名字,我们还是能看到黄谷柳对虾球的一种留恋。但是"文革"初期刚刚完成的《和平哨兵》有很多地方牵涉到彭德怀,所以这部以抗美援朝为题材的三十万字的长篇小说,在红卫兵抄家前夕被黄谷柳自己烧毁了。对于黄谷柳,我们要问的是:为什么1949年以后,在作协当专业作家的他只有少量的日记、散文及童话作品问世[①]?

如果要深究《虾球传》未完成的原因,一种可能性是黄谷柳所代表的革命书写模式在1949年以后不被主流意识形态认可所导致的失言。那黄所代表的到底是怎样一种写作传统?值得一提的是,40年代在讨论文艺大众化的时候,当时的左翼评论者经常把黄谷柳的《虾球传》与赵树理的作品相提并论。如果说赵树理是解放区通俗小说的代表,以其"为中国老百姓所喜闻乐见的中国作风和中国气派"的通俗文艺,为中国左翼文学的发展开辟了一条新路[②],那黄谷柳就可以说借鉴了香港"副刊连载"的方式,打破了新文艺尤其是"五四"新文学传统所带有的高雅及专门的性质,拉近了文学与都市小市民的距离,可以被认为是40年代左翼文艺大众化的另一个成功典型。在1957年文艺界的"百花时代",《虾球传》成为"进步的现实的城市文学"的可能性再次得到肯定。为了满足解放后一些小市民阅读通俗小说作品的需要,黄谷柳的《虾球传》与张恨水的《啼笑因

---

① 黄谷柳在1949年以后的著作包括他在1951年和1953年两次赴朝的采访日记。第一次是1951年跟随中国人民赴朝慰问团入朝三个月所写的朝鲜战地日记。第二次是1951年初随以巴金为首的朝鲜战地访问团再次入朝,一直跟随三十八军,直到朝鲜停战协定签字后才随该军回国,部队还为他记了三等功。另外,他也写了童话《大象的经历》,由广州华南人民出版社在1955年出版。

② 如钱理群《1948:天地玄黄》中所说,在1947年7—8月召开的晋冀鲁豫边区文联文艺座谈会上正式确认"赵树理的创作精神及其成果,实质为边区文艺工作者实践毛泽东文艺思想的具体方向",赵树理成了解放区文艺的一面旗帜。

缘》一起由通俗文艺出版社出版。另外,香港学者梁秉钧曾把黄谷柳跟张爱玲并置在一起①,认为他们各自代表了书写殖民地香港的两种不被以往香港文学史所认可的传统。有意思的是,梁秉钧强调了两位作家的政治身份及二者在与香港文坛关系上的一种相似性:这两位作家在1949年以后都被主流所抛弃,也都通常不被认为是香港作家。在我看来,黄谷柳经常被拿来与赵树理及张爱玲并置在一起本身就是一个非常值得深思的现象。

在上世纪40年代末,《虾球传》主要是作为"华南文学"②的一部分而被广泛接受的。在这里,"华南文学"及香港在其中所扮演的角色成了值得深究的一部分。在那个时期,左翼文学的一个很重要的目标是要实现南北文学尽可能的统一。所以现在重读《虾球传》,一个很重要的问题是:在1948年这个"天地玄黄"的年份,香港及华南文学文坛到底发生了什么事?正如学者陈顺馨所言,我们考察这一时期的香港文学状况时,需要放在香港战后殖民空间的语境里来讨论:"1945—1949年这段时期,由于香港处于跟大陆不同的历史阶段,而英国殖民统治的各种政策也基本上在延续着,这就构成了在香港历史上比较独特的'战后'殖民空间。在这一空间里,在香港文学界一直占有一席之位的左翼文艺,在大批文人的'南下'与'北上'的过程中,成就了一次相当重要的文化'断裂'或'转折'。不过,在这样一个特殊转折期的文化实践,必然夹杂着中国内部'战争'和香港'战后'的特色,即相当

---

① Leung Ping-Kwan, "Two Discourses on Colonialism: Huang Guliu and Eileen Chang on Hong Kong of the Forties," *Boundary* 2, Vol. 25, No. 3, Modern Chinese Literary and Cultural Studies in the Age of Theory: Reimagining a Field (Autumn, 1998), pp. 77-96.

② 在小说刚出来以后,就有评论者认为它是为"华南小市民"所写的,并认为它"从华南黄色文化市场争回不少读者"。见陈闲:《关于〈虾球传〉的速写》,《文艺生活》第41期,海外版第6期,1948年9月15日。

的政治化,和存在着很多的不稳定性因素。"①在那个特定的历史时间里,如陈所指出的,香港是一个"驿站"和一个流动的空间,"为历史上一次规模庞大的文化人南北、内外的相互移动提供了物质条件"②。另外,值得一提的是,《虾球传》在40年代末华南的流行与当时1947年华南地区兴起的方言文学运动等是紧密联系的。

上世纪40年代末的这种空间上的南北呼应情景一直不被学者重视。如果把《虾球传》在1947—1948年间的出版和流行,与香港作为文化空间本身在当时的这种流动性联系在一起,相互对应,也许能发现一些新的阐释角度。通过重读黄谷柳的《虾球传》,我希望能够把40年代末"华南文学"这个不仅仅是地理空间的概念纳入到共和国文学的建立过程中来考虑,并试图论证,从某种意义上说,毛泽东《在延安文艺座谈会上的讲话》提倡文艺形式的"大众化"和"民族化",对其真正的实践却是在香港完成的。

第一节　流浪汉模式的小说和虾球故事中的偶然性:充满"童心"的革命写作

黄谷柳在1947年创作了《虾球传》的第一部《春风秋雨》,之后把手稿首先给了当时任《华商报》副刊编辑的夏衍过目。夏非常赞赏作品对广州与香港两地的精彩描写,并与黄商讨修改小说的结构后,从1947年11月14日开始在副刊"热风"上逐日连载。小说在报纸上连载以后,很快赢得了广大读者的喜欢。1948年黄又相继推出了第二部《白云珠海》和第三部《山长水远》。这三部小说后来都由新民主出版社出了单行本,多次再版;解放后由通俗文艺出版社在

---

① 陈顺馨:《香港与40—50年代的文化转折》,《现代中国》第6辑,第187页。
② 同上。

1957年再次出版。茅盾在《关于〈虾球传〉》一文的开头就对这部作品大加赞扬:"一九四八年,在华南最受读者欢迎的小说,恐怕第一要数《虾球传》的第一、二部了。"①茅盾在第一次中华全国文学艺术工作者代表大会上举《虾球传》为例讨论国统区小说的成就。他说《虾球传》"从城市市民现实生活的表现中激发了读者的不满、反抗与追求新的前途的情绪",并且赞扬此书在风格上"打破了五四传统形式的限制而力求向民族形式与大众化的方向发展"的倾向。钱理群也曾经做出这样的评价:"1948年,能够为市民读者与'进步文艺界'同时接受的作品,是黄谷柳的《虾球传》。在某种意义上,这是革命的文艺工作者占领市民文学市场的一次自觉努力。"②但关于小说《虾球传》的文学史定位,却一直都很暧昧和模糊。有的学者认为它是真正香港本土文学的开端③,但相当一部分香港学者却认为小说更多是当时南下文人的文学作品的一部分,与香港本地文坛之间可能并没有很密切的关系。④

---

① 茅盾:《关于〈虾球传〉》,《茅盾全集·中国文论七集》(第24卷),北京:人民文学出版社1996年版,第31页。

② 钱理群:《1948:天地玄黄》,济南:山东教育出版社1998年版,第233页。

③ 钱理群:"香港的'现代文学'其实很不典型,也很薄弱。一直到40年代末,出现了侣伦和黄谷柳等少数本土作家,写出《穷巷》《虾球传》等一些作品,才初步有了名副其实的'香港文学'。作为有真正地域文化特色的香港文学,主要是六七十年代之后才逐渐形成规模的。所以对现代部分的香港文学也就只能做这样一个简单的交代。"钱理群等:《中国现代文学三十年》(修订本),北京:北京大学出版社1998年版,第662页。

④ 黄继持曾经说:"南来文人虽然是谈香港,但目的并非为香港。除了部分本地的作者如柳木下、困叟等人外,本地声音是颇为微弱的。这段时期香港文坛虽然活跃,但对香港本地文学建设来说,关系其实不大。因此,这段时期可说是'在香港'的文学,而非香港文学本身主体性的建设;对中国整体的文学史,却有很特殊的贡献。"选自《三人谈》,《国共内战时期香港文学资料选(一九四五年——一九四九年)》,香港:天地图书有限公司1999年版,第8页。

事实上,思考《虾球传》这种文学史定义上的暧昧性的意义,远远大于讨论《虾球传》是香港小说还是南下文人的文学作品一部分这个问题本身。在1948年的文学图景中,说到通俗小说的写作者,有张爱玲、赵树理和黄谷柳,他们各自代表了不同的写作模式。前人关于张爱玲和赵树理的研究已经很多,而黄谷柳则通常不被注意。40年代末,黄可以说是华南及香港城市通俗小说创作的代表。他尝试在解放区文学和香港城市商业文化之间建立联系。《虾球传》是一部跨越地域、跨越政治时段同时也跨越体裁的小说。它经常被评论者认为是流浪汉小说,但同时也被一些学者定义为成长小说。这种体裁界定的困难性某种程度上也说明了小说自身的一种模糊性和暧昧性。另外,流浪小说所带来的对"家"的概念的消解与当时香港的政治境遇有一种相关性,并把时间上的一种成长变成空间上的一种转换。本章重读黄谷柳的《虾球传》,是想重新审视它在1948—1949年期间的流行与香港自身"战后"殖民空间之间的一种内在联系。我尤其感兴趣的是《虾球传》在体裁上处于"流浪汉小说"和"成长小说"中间的这种不确定性背后所包含的政治寓言意义。实际上,在中国现代文学史中,以城市流浪儿童为题材的长篇小说很少,倒是在电影方面比较容易发现此类题材,同时期比较出名的有1949年发行和上映的电影《三毛流浪记》。《虾球传》以一部少年流浪记为中心带出一个港都传奇。从小说故事本身出发,我们需要看一些新的革命意识形态是怎样与一个流浪者的故事结合在一起的。另外,在那样的一个历史转折时期,在中国当代文学的形成过程中,南方这个空间所代表的一种政治上的意义也是值得思考的。《虾球传》的意义不仅仅在于黄谷柳如何想象香港,同时也在于他如何身处香港想象中国。

在西方的小说传统中,有源自西班牙的"流浪汉小说"和德国的"成长小说",而《虾球传》可以说是这两类小说的一个综合体。把教育小说定义为现代小说的主要是两位早期的理论家:巴赫金和卢卡奇。对前者来说,教育小说之所以被定义为"现代",是因为它的主人公是"在逐渐成长中的",因而带出一种时间的延伸性。巴赫金特别强调主人公"不是在一个时代之内,而通常是跨时代的过渡性人物"。虾球就是这样一个横跨两个时代的人物。另外需要特别指出的是,在西方小说传统中,"流浪汉"小说被认为是现代小说的"前传"或者说是"旧"小说,而"成长小说"才是真正意义上的现代小说。《虾球传》以战后香港社会为背景,塑造了善良、侠义、勇敢和追求光明的流浪儿虾球的形象,描写了虾球从香港浪迹广州,最后进入东江游击区的曲折经历。《虾球传》描述的正是这样一个具有黑社会背景的人物如何逐渐地成长为一个被游击队认可的新人形象。但我们还是不能把虾球定义为成长小说的主人公,因为其个人精神发展的脉络并不清晰。在《虾球传》的第一部《春风秋雨》出版后,"虾球"这个人物形象很快在当时的报刊如《青年知识》《大公报》《文汇报》上引起了热烈的争论。[1] 香港的文艺界也曾召开过多次座谈会。对一部小说如此重视确实少见,而大家争论的重点主要集中在虾球这个人物形象上。

在所有的讨论中,以评论者适夷在《青年知识》上发表的《虾球是怎样一个人》[2]这篇文章最引人注意。他对这个形象提出了几点意见,第一点就是"认为虾球在黑社会的浮沉,经过一个时期的牢狱生涯,我们可怜的小主人公似乎并未增加了多少对生活与斗争的认

---

[1] 如史竹的《虾球是不是已经没有前途?——写在读适夷先生〈虾球是怎样一个人〉后》(《大公报》1948年8月19、20日);琳清的《我看虾球——〈虾球是怎样一个人〉读后》(《青年知识》第37期);秋云的《重读〈虾球传〉——并就教于适夷先生》(《文汇报》1948年9月16日);吴祖光《我是〈虾球传〉的读者》(《大公报》1949年2月21日);萧乾《〈虾球传〉的启示》(《大公报》1949年2月21日)等。

[2] 适夷:《虾球是怎样一个人》,《青年知识》1948年8月第36期。

识,他跟人当马仔,只因偷窃到了自己老父的钱,才下了'洗手不干'的决心。因为'没有饭吃了'(他的靠山鳄鱼头不在香港),跑到内地去找丁大哥,想当游击队。在长途跋涉中,他的生活依靠欺骗和偷窃来维持,不过通过了忠实的牛仔的手,而自己假作不知——则作者已把虾球写成一个可恶的伪君子了"。另外,他认为虾球已经被写成一个贾宝玉式的人物,亚喜为他吃暗醋,亚娣为他想分手;又与蟹王七互相让爱,俨然一位割爱全交的黄衫客。最后他总结,由于虾球的性格存在着上述种种缺点,所以他缺乏一个可能获得思想觉醒和走向不屈斗争的人所必须具备的性格基础。很显然,适夷是以一种现实主义的写作原则来评判虾球这个人物形象的。就如他自己后来在《重来一次申述:关于虾球传第一二部》中所申辩的:"我对作品所提出的,只不过是要求作者应该从客观现象的忠实描写,反映出现实的本质的关系来。"①

在当时的争论中,萧乾也发表了《〈虾球传〉的启示》一文。文章一开头,他就提出与诗歌等体裁相比,小说在大众化方面发展相对比较缓慢,始终没法在欧化与章回化之间保持平衡。而他认为黄谷柳的《虾球传》在这方面做出了可贵的实践。他鲜明地点出了《虾球传》的小说结构主要是传承流浪汉小说的写法,并引用了英文单词"picaresque"。另外,他也特别提到了这篇小说中流浪汉小说模式所带来的结构上的灵活性,但是更多地注意到了此小说与"一般流浪汉小说"的不同,指出《虾球传》又"不是一部漫无组织的流浪记,而是向着革命顶端前进的金字塔"。而且他同时也把《虾球传》的写作模式与传统的旧小说相联系:

> 什么是章回的秘诀呢?《虾球传》所昭示的是动作,是吸引

---

① 适夷:《重来一次申述:关于虾球传第一二部》,《文汇报·文艺周刊》第 7 期,1948年10月21日。

力,是戏剧性。就是说,人物的创造应少靠形容词,少靠作者从旁的解说,甚至少靠"对话",而多从情节动作上着手。要吸引住读者,需要有戏剧性;要人物凸出来,甚至迈出书本来,也需要戏剧性,而三部《虾球传》,章章都有戏剧,每段且必有个顶点。①

对《虾球传》的诸种讨论当中,最常见的还包括对书中有太多的偶然因素的指责。适夷指出有六个不合理的偶然:

> 虾球的出家流浪是第一个偶然;过见王狗子(一个多少有情义的收规人)是第二个偶然;过见鳄鱼头(一个那么气派的流氓头子,会来历不明地收留一个人作贴身心腹,引进自己家里)是第三个偶然;出狱后重当马仔恰巧盗窃到自己的父亲……是第四个偶然;在赌场逃命,一撞撞到蟹王七是第五个偶然;运输舰沉灭,茫茫大海中,活人和尸首,异途同归都飘流到同一岛上的同一滩岸,是第六个偶然;"无巧不成书",这些微薄的偶然基础都变成了小说发展的基本关键。②

于逢也在指出虾球性格上的缺陷时说:

> 他的遭遇都是很偶然的。他的斗志和道路缺乏现实的基础与必然发展的规律……一切是机缘,一切是偶然线索交织。在这里,他的性格并未发生什么作用;而这些离奇曲折的遭遇也没有或很少影响他的性格。他仿佛总是依然故我,停无长进。③

野洪和史竹也指出,《虾球传》里所谓的真实性"实在使人怀疑":

> 使人想起旧小说中的"正常危急之时,说时迟,那时快,只见一道红光,妖人的头颅落地"……倘若再这样地发展下去,虾

---

① 萧乾:《〈虾球传〉的启示》,《大公报·文艺》第55期,1949年2月21日。
② 适夷:《虾球是怎样一个人》,《青年知识》1948年8月第36期。
③ 于逢:《〈论虾球传〉的创作道路》,《小说月刊》第2卷第6期,1949年6月1日。

球可能会变成一个像永远有贵人相救的落难公子似的人物。①

显然这些评论者都注意到了《虾球传》对人物形象的塑造与以"典型环境里的典型人物"为主要美学原理的现实主义是很不一样的。当时的左翼文学批评家把小说《虾球传》松散的结构、模式化的叙述和富于传奇性的故事情节都归因于传统旧小说的影响。左翼文学批评家之所以对《虾球传》中旧小说的因素和过多"偶然"的缺点如此敏感,一个很重要的原因是他们期待虾球性格上的一种成长。关于虾球这个人物形象,茅盾也提出:

> 在第一部中,虾球的性格是在发展着的,而在第二部中,这发展事实上是停滞了,作者虽勉力为之,然已不大自然,到了第三部,虾球是在游击队了,虾球的性格应当有新的发展,作者也确实很卖力的写,但是,不及第一部那样生动有力……特别是像虾球那样一个都市中的流浪儿,既带着流氓无产阶级的意识,也沾着小市民的意识,在游击队的新环境中,该起着怎样的矛盾和变化,作者似乎把握得不大够了。②

茅盾用来形容虾球的用词"流氓无产阶级"及"小市民"是比较有意思的,而且他比较鲜明地指出虾球在小说里缺乏一种"成长"过程的完整展示,而其中的"矛盾和变化"也没有很好地被掌握。另外,茅盾也指出,在《虾球传》第二部中,"虾球的性格就不如牛仔的性格突出而显得真实,——其实牛仔的性格就是以前虾球性格的继续和移植"(《评〈虾球传〉的第一、第二部》)。

在以上提到的这些批评《虾球传》的文章中,很少有评论者注意

---

① 史竹:《虾球是不是已经没有前途?——写在读适夷先生〈虾球是怎样一个人〉后》,《大公报》1948 年 8 月 19、20 日。
② 茅盾:《关于〈虾球传〉》,《茅盾全集·中国文论七集》(第 24 卷),北京:人民文学出版社 1996 年版,第 33 页。

到虾球的"孩子"身份。对照之下,萧乾则敏锐地注意到虾球的"孩子性",他用很感性的词汇来形容虾球这个人物形象:"虾球是个满身尘埃、热气腾腾的孩子,有长有短、有光有影的孩子,一个仍在茁长中的孩子,他的进步是无止境的。他是凸的,立体的,有血肉,而且能走出书本的。"①

在我看来,黄谷柳在小说中是有意把"虾球"当成一个孩子形象来处理的,而且这种处理对《虾球传》整部小说的写作有着非常重要的影响。有学者曾经提出流浪汉小说与罗曼司之间的一种关系:"当代的流浪汉小说是关于被家所驱逐和对家的寻找的一种小说上的描述。我们20世纪对流浪汉小说的兴趣是由于它潜在的浪漫冲动而不是它对无秩序和混乱的一种描写。"②《虾球传》中,黄谷柳对革命的描写就包含着这样一种孩子式、充满"童心"的浪漫主义冲动。黄谷柳在写虾球寻找游击队成员丁大哥的过程时,用了如下词句:

> 正如牛仔当年上罗浮山寻师学剑一样的叫人失望,虾球也没有找到他的丁大哥。他的丁大哥似乎比那些教人变剑仙的道士还难找,没有人知道他的踪迹。③

从中可以看到黄用小孩子的行为来类比虾球的这种政治寻求。还有一个重要的情节,就是以虾球和阿炳为代表的难童大闹陈家祠、智夺轻机的一场传奇战斗。另外,小孩这个视角的选择,也可以避免对爱情和性的过分描写。

孤儿故事模式对《虾球传》在革命小说和城市通俗小说之间取

---

① 茅盾:《关于〈虾球传〉》,《茅盾全集·中国文论七集》(第24卷),北京:人民文学出版社1996年版,第33页。
② Ulrich Wicks, *Picaresque Narrative*, *Picaresque Fictions: A Theory and Research Guide*, New York: Greenwood Press, 1989, p.48.
③ 黄谷柳:《虾球传》,杭州:浙江文艺出版社2006年版,第119页。

得平衡起了多少作用一直是过去学者忽略的问题。《虾球传》非常成功地把通俗故事与革命的意识形态通过一个流浪孤儿的故事结合起来。在小说产生的上世纪40年代末,当时的作家都在寻找一种既能达到宣传目的同时又能吸引最广大普通市民读者的叙事模式。而小说中虾球作为一位流浪儿童所带来的身份变通性,有利于把城市的各个群体有效地纳入小说的叙述结构之中。另外,虾球作为一个儿童,其天真幼稚的视角可以把1948年前后混乱的南方中国坦然而客观地描写出来。更重要的是,儿童的视角某种程度上正好掩盖了作者在马克思主义理论素养方面的不足。例如,黄谷柳会充分利用虾球的小孩角色(儿童对抽象理论缺乏把握能力)来躲避解释诸如"革命"和"阶级斗争"等概念,从而避免了小说过分政治宣传化。一个典型的例子是虾球悄悄在亚娣耳边道:"'别告诉人,我们要去革命了!'这句话弄得亚娣莫名其妙。她睁大她的眼睛问:'革命!革命是什么东西?吃不吃得的呀?'"

总的来说,把虾球刻画成一个小孩角色在小说里可以被认为是一个很重要的安排。正是因为这种由孩子视角所带来的"沉默"的便利,小说成功地避开了许多需要对革命理论作出详细解释的部分。一个值得注意的细节是在最先的几个版本里,虾球在刚出场时是十六岁,而在解放后的版本里被改为十五岁。正如一位评论者所提出来的,"由于无知,所以小孩的视角能够防止理解太深入和透彻"①。黄谷柳自己曾说:"知识分子的、成年人的道德标准,在他身上不能适用。也不能用解放区儿童的尺来量度他。"②

---

① Naomi B. Sokoloff, *Imagining the Child in Modern Jewish Fiction*, Baltimore: Johns Hopkins University Press, 1992, p.131.
② 转引自于逄:《论〈虾球传〉的创作道路》,《小说月刊》第2卷第6期,1949年6月1日。

在三部《虾球传》中,第三部的重心比较明显地转向游击队的活动,虾球的分量逐渐递减,游击队里的"英雄人物"开始逐个登场。与前两部主要关注虾球的流浪生活相比,作者在第三部中比较明显地企图把马克思主义理论介绍进来。在这一集的后序里,作者承认了如下的困难:"这册小说的形成,比上两册吃力得多。原因是不难明白的。第一,我只能从视界很狭窄的范围中去逼视我所描写的事象;第二,小说主人公虾球跃进了一个新的世界,这过程是不容易把握的。"[1]一个典型的例子就是虾球对于"革命"一词的理解。在第二部小说里,虾球想加入游击队,理由是这里的游击队至少能保证他不再饥饿:"我没有什么东西吃。我要加入游击队。"游击队的一个成员拒绝了他的请求,但是并没有向他解释游击队的意义所在。每当虾球对一些马克思主义新词汇发生理解的困难时,作者总是用"他还是个孩子,并不能理解得很清楚"或是"作为一个小孩,他很快忘记了这个困难的问题"等一语带过。

其实在小说中,黄谷柳在谈及成人主人公,尤其是游击队的活动及其成员对革命的理解时,也充满一种孩子式的"幼稚"。例如,小说中与虾球发生密切联系的游击队主要人员三姐和丁大哥,在对革命理念的理解上就经常有简单之嫌。尤其值得一提的一个细节是在第三部的"战斗的欢乐"这一节,在丁大哥所带领的游击队说服蟹王七投降以后,虾球带领一批顽皮的野孩子去河边用手榴弹打鱼。黄谷柳用了整整两页的篇幅,并且使用非常优美活泼的语言写尽了这群孩子的天真可爱。同时,有趣的是,在这群孩子的感召下,游击队的成员丁大哥、老胡和三姐也同时加入了捉鱼的嬉戏中:

丁大哥、老胡、三姐三人走来找他们的小鬼们。他们站在岸

---

[1] 黄谷柳:《后记》,《山长水远》,香港:新民主出版社1949年版,第182页。

上看见这一群猴子似的小鬼们在河水中翻腾,跟大鱼小鱼忘形地嬉戏。小鬼们没有一个人留心这几个首脑在欣赏他们的欢乐。丁大哥开始觉得他的皮肤在发痒,他的童心好像回到他的身上来了。他心中有一股强烈的、要扑下水去的欲望。这三个人一句话也不说。他们望着这群孩子的嬉戏,渐渐地分有了他们的快乐,渐渐地忘记了他们自己的存在。丁、胡两人都看得入迷了,丁大哥不知不觉就放下手枪,解脱他的上衣、手表、鞋子;老胡也跟着样学,脱了上衣又脱了鞋子,大家呼啸一声,奔扑到河里去。在水中稀里哗啦翻了几个斛斗,然后去捕捉浮上来的大鱼小鱼。小鬼们也当他们是捕鱼的伙伴,忘记了他们是军事政治的首脑。①

三姐解下她的手表,拔出自来水笔,掏出口袋里的零碎的东西,连同她的航空曲尺手枪放在丁大哥的衣服上面,然后摔脱鞋子,一步步向河边移近去。当她的脚浸在水中时,她的逝去的童年复活了。她也学别人一样尽情地欢呼起来,不同的是:她发出的是女性的、银铃似的动人的声音……②

整个小说在这一派大人孩子的天真中结束。在这个片段中,虾球作为一个孩子的形象得到特别生动的传达,而这些成人们也暂时卸下了各自的政治身份并忘记了战争的状态,回复到一种轻松的"嬉戏"状态,三姐的女性特征在此时也特别地凸显出来。但是建国后小说在故事情节和人物形象上进行了较大的修改③,通俗出版社 1957 年再次出版此书时,这两页多的轻松活泼的"捉鱼"情节就被完全删去

---

① 黄谷柳:《山长水远》,香港:新民主出版社 1949 年版,第 180 页。
② 同上书,第 181 页。
③ 改动比较大的一部分是关于游击队的描写以及涉及当时党的政策和革命方针的一些地方。

了。而小说也在一段非常干净、简单和不给人任何想象余地的充满成人政治意味的总结中结束了:"第一营的歼灭战解决了。第三营在榴花坪不敢动弹,第二营自相火拼,团长首脑逃散无踪,指挥无人,整个部队明天的悲惨命运已经可以决定了。"①显然这种用手榴弹来捕鱼的把政治游戏化的处理方法是不被左翼知识分子认可的。

客观地说,黄谷柳其实很有把虾球写成"新人"的冲动。他自己曾说:"新中国在胎动中,新的人、新的英雄在不断涌动中。"②但是流浪汉小说本身却是反英雄的。黄谷柳在《虾球传》第一部《春风秋雨》的后记中这样写道:

> 所有上述这些篇章,都是无数小人物的小故事组织成功的。在这个伟大的时代中,我们都是一些平凡的小人物,然而我们每个人在这个时代所亲历的故事都是多姿多彩的,有血有泪的;如果读者给书中的故事所吸引甚至于感动,我想,大概是读者在温读自己或亲友们的故事的缘故。③

可见,在黄最初发表这部小说的时候,他的出发点主要是赚钱养家,而他的关注点也是一些"平凡的小人物"的故事。黄谷柳通过写孩子、写小人物,实际上是换了一个新的、陌生的角度来写革命。或者说,黄谷柳把当时革命活动陌生化的同时也是在去崇高化,所以在整部小说中通过一个十五岁的流浪儿虾球来写当时在华南地区的游击队及其他革命活动是一个意味深长的选择。而《虾球传》第四卷的未完成和虾球永远停留在十五岁,则说明了文学写作的某种现实主

---

① 黄谷柳:《山长水远》,香港:新民主出版社1949年版,第179页。这段话本来在最初版本中出现在捉鱼情节的前一段,经删改后,就成为整个小说的结尾。
② 转引自于逢:《论〈虾球传〉的创作道路》,《小说月刊》第2卷第6期,1949年6月1日。
③ 黄谷柳:《春风秋雨》,香港:新民主出版社1948年版。

义传统因为在共和国文学的形成中不被认可,最终消失在历史当中。艾晓明曾经这么评价《虾球传》:"假如和西方的流浪汉人物比较,中国的流浪汉小说人物有一个较大的区别在于,像《小癞子》《吉尔·布拉斯》的主人公最后都能过上富足的生活,取得相当的物质成就。但如《虾球传》这类作品,它不仅从属于作者的某种人道关怀,也从属于作者的政治立场。作者将生活的出路处理成一种理想的选择。这样,虾球进了游击队之后,杀人放火都有了政治上的合理性。犹如作者自己投入了新社会的生活一样,他的小说口述也以中国文学主流的口述想象为归宿了。"①这段话指出了小说中一个很关键的矛盾:流浪儿虾球的黑社会背景与他的"英雄性"。在小说的第一部和第二部中,黄谷柳详细地描写了虾球怎样从一个香港尖沙咀的小贩因生活窘困进入黑社会成为马仔,之后做过走私,当过爆仓大王鳄鱼头的杂差。在第三部中,黄极力想把虾球的暴力倾向掩盖在"革命"之下,然而却相当勉强,而且人物也失去了原先的光彩。有意思的是,在《方言文学》第1辑的最后是黄谷柳《虾球传》单行本的广告。广告词称之为"轰动南中国的文艺巨著",并介绍了小说的内容。值得玩味的是广告词中对虾球这个人物的形容:"这是一个由社会的底层,从同伴的血泊中光荣地挺立在我们面前的新人的历史。"比较明显地把虾球的故事读解为"新人的历史"。但自相矛盾的是,在此结论之前,广告词用一连几个"不是"强调了虾球的成长过程,并否定了其"英雄性":"主人公虾球的思想的觉醒,落在他的求生斗争的后面。他的成熟是缓慢而又曲折的,他不是一个少年先驱者,也不是什么小英雄,他仿佛像我们一个极平凡而又极可亲的小弟弟。他依

---

① 艾晓明:《从文本到彼岸》,广州:广州出版社1998年版,第27页。

循着他自己生活的轨迹,一天天接近了火线。"①

《虾球传》刚出版不久,就由钟敬文介绍,在1950年被岛田正雄和实藤惠秀共同翻译成日文出版,受到极大的欢迎。在1950年到1951年间,就连续发行了六版。在日文版的后记中,译者把《虾球传》和赵树理的小说如《小二黑结婚》和《李有才板话》等解放区的作品做了比较。尽管译者把这两种小说都放在"大众"的框架里,却也同时提醒读者注意两者的不同:"尽管同被称为大众,但必须要注意与赵树理的《小二黑结婚》和《李有才板话》《李家庄的变迁》等所谓解放区的文学本质上的不同。虽然同称为大众,但是已被解放的和成为社会主人公的大众与还没解放的、还被欺压和支配着的大众看事情的方法和感觉的方式都是很不一样的。赵树理和黄谷柳之间不同的原因在于此。"②我想日本学者的这段介绍比较鲜明地指出了赵树理和黄谷柳"看事情的方法和感觉的方式是很不一样的",而且更重要的是,他们也提示了这两位作家笔下的"大众"的意义是不一样的。

钱理群曾经指出,黄谷柳是有意将毛泽东注重的"工农兵"群众与作品所关注的"小市民"群众的界限模糊起来。③ 在《虾球传》中,黄谷柳处理的是一群很特殊的群体:以流浪儿虾球为代表的城市底层民众,其中包括一批退伍军人,与黑社会相关的大小捞家、底层妓女、金山伯以及船家女等。这是一个政治身份非常暧昧模糊的群体,而流浪儿虾球则代表着某种可能的发展方向。虾球这个"中间性人物"串起了以丁大哥、三姐等为中心的游击队指战员及以鳄鱼头为

---

① 中华全国文艺协会香港分会方言文学研究会编辑:《方言文学》(第1辑),香港:新民主出版社1949年初版,第172页。
② 〔日〕岛田正雄、实藤惠秀:《后序》,《虾球物语》,岛田正雄、实藤惠秀译,京都:三一书房1951年版,第377页。
③ 钱理群:《1948:天地玄黄》,济南:山东教育出版社1998年版,第234页。

中心的包括洪少奶、马专员及张果老等黑社会人物。从空间上说，小说涉及了监狱、儿童福利院、赌馆、米店、舞厅、码头及小公馆等。其实，黄谷柳塑造得最成功的是处在这两极之间的底层民众，如退伍军人龙大副及蟹王七。与赵树理的背景有所不同，黄谷柳本人其实就是一个与"虾球"类似的流浪汉。在许多人的回忆中，他通常被描述成一位浪迹天涯的流浪汉，而最后通过自身不懈的努力终于成为一名共产党员："他(指黄谷柳)讲他与文艺界好友南下香港，生活艰难，便走去荷李活道边的九如坊，开档替人写信谋生。来档口帮衬的是女佣，也有水上姑娘，她们通过他的笔，向家乡的亲人或好友倾吐心声。作家既赚到润笔费，更重要的是他在脑子里记下她们的不幸遭遇和点滴片段，于是《虾球传》的女主角亚娣便形成；作家替人写信之余，常和好几个街童、流浪儿童玩在一起，记下他们的不幸遭遇和顽皮捣蛋、记下他们的故事和言语。"①充分结合自己的遭遇，黄谷柳采用流浪汉小说模式在上世纪40年代末开创出了跟张爱玲和赵树理风格不同的通俗小说创作模式。

第二节 《虾球传》的流行与香港《华商报》及华南方言运动

谈到《虾球传》的流行，不能不提《华商报》②，它在香港的左翼文化史上是一份很值得一提的报纸。该报于1941年4月8日创刊

---

① 海辛：《我的作家梦》，《我怎样写作》，香港：获益出版事业有限公司2002年版，第33页。
② 《华商报》是1941年4月8日创刊出版的。同年2月初，夏衍、邹韬奋等到达香港，廖承志约了夏衍、邹韬奋、明义和胡仲持等八人开会研究创办报纸的问题。《华商报》的名字是廖承志想出来的，请他表兄香港华毕银行华人帮办邓文田向港府申请办报注册，报社由邓文田的弟弟邓文剑负责。

出版,是廖承志根据周恩来"在香港建立一个对南洋和海外华侨、进步人士的宣传据点"的指示,在皖南事变后不久筹办的。同年12月12日,因日军侵略香港而停刊。编委中有范长江、夏衍、乔木。其中夏衍负责撰写社论和时事述评,还主持副刊《灯塔》的编务。《灯塔》副刊一周五期,为通俗性文艺副刊。1946年1月4日,《华商报》复刊,《灯塔》改名为《热风》。1946年12月,邵荃麟以《华商报》的名义召开了一次文艺工作会议,议题是"回顾歉收的一年间"。在会议上提出了对文艺工作者的三条要求:"一是接触香港生活;二是表现此时此地;三是为了争取市民读者,要求实行通俗化和大众化。"①会议纪录全文发表在1947年《华商报》的元旦特刊上,而这三条要求也在内地来香港的作家、艺术家及本地的作家中间引起了热烈讨论,并对他们的创作产生了很大的影响。

  在这三条要求中,"表现此时此地"和"争取市民读者"尤其值得注意,这说明了当时左翼工作者对香港本地文化及城市读者的重视。据当时的副刊主编华嘉②回忆:"刚巧我回到华商报接编《热风》时,夏衍同志也在这时候从新加坡回到香港。因此,我有机会向他请教,并按照他一贯对副刊的设想,尽力把《热风》编成一个通俗的综合性的文艺副刊。"③夏衍也回忆说,副刊上的文章曾经被读者批评"太俗"乃至"俗不可耐",而他则写文章做了简短的回复:"雅与俗是相对的说法,本来这中间很难有一定的界限……编者取稿尽可能以大

---

① 华嘉:《忆〈华商报〉及其副刊》,南方日报社及广东《华商报》史学会合编:《华商报史话》,广州:广东人民出版社1991年版,第54页。
② 华嘉大概在1947年10月到1948年8月24日间主编《热风》。后在1949年4—5月间,又调返《华商报》接编《茶亭》,一直工作到1949年8月底(《热风》在1948年8月25日改名为《茶亭》)。
③ 华嘉:《忆〈华商报〉及其副刊》,《南方日报》及广东《华商报》史学会合编:《华商报史话》,广州:广东人民出版社1991年版,第54页。

多数读者的需要和趣味为标准,尽可能不让《茶亭》里有毒害的东西,至于爱吃不爱吃,那只好让广大读者去'自由选择'了。"①可见在这个时期,"读者的需要和趣味"成了副刊很重要的选稿标准。据编者华嘉的回忆,迈向通俗化很重要的一步就是开始在副刊上刊登方言小说。②

小说《虾球传》的叙事结构照顾了香港报纸副刊的体例及其读者对"俗"趣的追求,同时也配合了当年文艺的民族形式与大众化的发展方向。据夏衍回忆,最初他阅读黄谷柳的《虾球传》第一章后,觉得"这是一部很有特色的作品,写广东下层市民生活,既有时代特征又有鲜明的地方色彩,特别是文字朴素、语言精炼"。但他不想按原本连载,因此对黄谷柳提出一个要求,要他"按照报刊上连载小说

---

① 夏衍:《白头记者话当年——记香港〈华商报〉》,南方日报社及广东《华商报》史学会合编:《白首记者话华商——香港〈华商报〉创刊四十五周年纪念文集(1941—1986)》,广州:广东人民出版社1987年版,第6页。
② 根据华嘉在《忆〈华商报〉及其副刊》中的回忆,《华商报》从1947年7月25日起连载方言故事小说家赵元浩的《炒家散记》,从8月12日起连载第二个方言小说班龙(华嘉本人)的《忙人世界》,都以普通市民读者为对象。而此时《华商报》面临经济危机,所以从1947年10月11日至11月13日,开展了一个群众性的"救报运动"。《热风》暂停三十四天,腾出篇幅,全版刊载"救报运动"的读者来信以及捐款者的名单和数额。中下层读者如穷学生、小学教师、渔民、女佣、店员及工友等积极捐款救报。一个月的救报运动,共收到读者捐款十万多元港币。而"救报运动"中所收到的读者来信对副刊《热风》的编辑也提出了很多的批评与意见。11月14日,《热风》上发表了编者的《做厨子不易》,最后一段是:"《热风》是一家小馆子,不备鲍翅,没有'全猪',但愿勤勤谨谨,采办一点新鲜及时地材料,烹调一些营养可口的家常小菜,三日入厨,不知客官们的口味,这只有希望快嘴小姑们多多提供意见了。"也就是从这一天,《热风》开始连载黄谷柳写的《春风秋雨》。从以上例子可以看出,当时的副刊《热风》与香港读者之间的互动是非常密切的,而当时市民读者的需求也很大程度上影响了副刊选登作品的标准。由此可见黄谷柳作品在此时的连载是对当时读者的阅读兴趣与口味的一种回应。

的方式进行修改,每千把字成一小段并留有引人入胜的关节"[①]。黄谷柳也很高兴地同意了,说:"我正要向香港的那些章回小说家学习,这是一个很好的练习的机会。"[②]

我们无法明确地知道黄谷柳所指的"香港的那些章回小说家"是谁,但显然,他非常有意识地把自己的作品与当时香港的通俗小说创作相结合。有意思的是,夏衍的这种符合报刊连载的修改要求非但没有限制黄谷柳的《虾球传》创作,反而在某种程度上帮助了《虾球传》的广泛流传。黄谷柳在《华商报》上发表《白云珠海》时,曾经给夏衍写过一个短简:

> 夏先生:送上《白云珠海》稿,请指正。今天的珠江在啜泣,从理念上去解释珠江的苦难是比较不太费力的,但我现在准备做的却是记录她的生活和抒写她的情态,这件事就不容易了。我一定尽力做去。谢谢《热风》给我刊登的机会。[③]

从此信里可以看出,黄谷柳认为"记录她的生活"和"抒写她的情态"是比从"理念上"抒写珠江更困难的,但也正是他着力想在小说中达到的一个目标。

在香港生活书店1948年出版的《文艺的新方向》一书里,邵荃麟发表了《对于当前文艺运动的意见——检讨、批判和今后的方向》一文,在文章的一开始他就提出"最近据一位出版家说,这一年来,

---

[①] 夏衍在《白头记者话当年》一文中谈到自己对副刊《热风》贡献最大的两件事情:一是鼓励郭沫若写抗战时期的回忆录,在《热风》上连载,轰动一时,后来整理成《红波曲》一书;另外一件就是为连载《虾球传》续篇《白云珠海》,在《热风》上写预告。

[②] 夏衍:《忆谷柳——重印〈虾球传〉代序》,《虾球传》,广州:广东人民出版社1979年版。

[③] 夏衍:《白头记者话当年——记香港〈华商报〉》,南方日报社及广东《华商报》史学会合编:《白首记者话华商——香港〈华商报〉创刊四十五周年纪念文集(1941—1986)》,广州:广东人民出版社1987年版,第5页。

一般文艺创作出版物的销路,跌落到前所未有的惨况。这说明,问题还不仅止于指摘和不满,那还不过是一般关心文艺的人的意见,至于广大群众,则甚至已从我们新文艺背过脸去,采取冷淡的态度了",并随后指出问题出在"文艺和群众的需要脱了节,呈现出一片混乱和空虚"。① 从这种介绍中也可以得知当时南方读者市场对《虾球传》这样的作品是非常期待的。在《虾球传》出来以后,当时就有评论者指出其题材的新鲜性:

> 黄谷柳著的《虾球传》是包括着好几部的一本长篇小说。第一部《春风秋雨》和第二部《白云珠海》都已经印成单行本了,第三部《山长水远》尚在报上连载,也许还有第四部,第五部。这是规模相当庞大的一个长篇。内容是写一个流浪儿童在香港和广东的黑社会生活中的曲折经历,以及他将如何从这种生活中挣扎出来走向光明。这种题材在新文艺上,可以说是很少或者甚至没有被人描写过,由于作者对于这方面生活的熟悉,以及他社会知识的丰富,这个作品确实具有一种引人入胜的魔力,使读者跟着书中人物如亲历其境一般,看到这种社会生活中万花镜似的多彩多姿的面貌。这的确是开拓了新文艺的视野,暴露出殖民地和半殖民地社会最阴暗的角落里的生活状貌。②

可见,《虾球传》是一部很有香港本土色彩的作品,尤其是第一部《春风秋雨》。小说涉及香港一些典型的城市空间,如一开篇就描写虾球在香港红磡船坞附近卖面包。因为虾球经常要随船出去钓鱼或者因为避难不停地流浪,所以香港的许多地理空间及这些空间里所活动着的不同群体都被包括了进来。曾敏之在《〈虾球传〉

---

① 邵荃麟、乃超等:《文艺的新方向》,《大众文艺丛刊》第1辑,第4页。
② 周钢鸣:《评虾球传第一二部》,《大众文艺丛刊论批评》,香港:香港生活书店1948年版。

序》中就提出：

> 说影响，处于殖民主义统治时期的香港，中国从"五四"发轫的文学传统，是不受重视的，当年读经复古的风气甚为突出，而《虾球传》却是以新文学构成香港浮世绘的内容与形式，令人观感一新，无异为新文学播下繁续的种籽。①

浮世绘的写法很难与完整、清晰的成长故事相融合。当时就有评论者指出，《虾球传》前两部"复杂曲折"的情节和"纵横交错的场面"，使得"要去理出它的题旨，是颇不容易的事"。同时，这位作者也非常敏锐地指出了虾球转变的不自然性："虽然丁大哥给他传奇式的片面影响，作为促成他决心离开香港生活的一个契机之外，但是对他的性格的影响是很轻微的。所以在作者写第二部《白云珠海》的虾球时就非常性急地，用了些知识分子的感伤情绪，喝软弱的良心主义来代替他的有血有肉的转变了。"②

谈及《虾球传》的出版，必须要提到当时的香港新民主出版社③。事实上，新民主出版社的发行工作，同《华商报》的发行密切相关。它是在1946年1月《华商报》复刊时，作为报社的图书出版部建立的。④《虾球传》在报纸上连载以后，由新民主出版社出版单行本，广

---

① 曾敏之：《〈虾球传〉序》，《虾球传》，香港：香港新民主出版社有限公司2006年版。
② 周钢鸣：《评虾球传第一二部》，《大众文艺丛刊论批评》，香港：香港生活书店1948年版，第60页。
③ 根据夏衍的回忆，《华商报》、新民主出版社、有利印务公司三个单位的经费，相当部分都是来自中共中央南方局周恩来同志处（吴仲：《续记香港新民主出版社》，南方日报社及广东《华商报》史学会合编：《华商报史话》，广州：广东人民出版社1991年版，第72页）。
④ 新民主出版社建立之初，出版社自行出版了毛泽东的《新民主主义论》《论文艺问题》（即《在延安文艺座谈会上的讲话》）、《中国革命与中国共产党》《论联合政府》和朱德的《论解放区战场》以及一套《整风文献》等。

泛流传。值得一提的是,出版社在1949年建国前夕还发行了另外一套"中国人民文艺丛书",包括:贺敬之的《白毛女》、丁玲的《太阳照在桑干河上》、李季的《王贵与李香香》、赵树理的《李有才板话》、周立波的《暴风骤雨》、马烽的《吕梁英雄传》、孔厥和袁静合写的《新儿女英雄传》、欧阳山的《高干大》和周而复的《白求恩大夫》等。谈到出版这些著作的目的,有评论者认为,"出版发行这些书是新民主出版社义不容辞的职责,在出版数量上除要考虑到港澳地区和海外的需要外,还要考虑到即将解放的广州和华南地区的需要,不能保守在每种二千册的印数,而要从形势发展的需要出发,决定把'干部必读'一套书中的若干本的印数增加为一万册"①。

从新民主出版社的这种出版方向来看,当时香港文坛的左翼文人一方面积极地把华北以赵树理为代表的大众文艺介绍给华南及香港的读者②,另一方面也倡导创作符合当地市民读者需求的作品。茅盾在《关于〈虾球传〉》一文中也直接指出了小说在香港普通市民中被广泛接受的情况:"当时香港的一般小市民对于进步的书刊还不大能接受,《春风秋雨》却在这些落后的小市民阶层中获得了读者,这在单行本出版后的销数上就可以看出来。"③

---

① 吴仲:《续记香港新民主出版社》,南方日报社及广东《华商报》史学会合编:《华商报史话》,广州:广东人民出版社1991年版,第72页。

② 除了新民主出版社的努力外,如钱理群在《1948:天地玄黄》中所指出的,香港《大众文艺丛刊》与在它影响下的《小说》月刊等刊物都以相当的篇幅刊载解放区作家的创作与民间文艺作品,还专门出版、发行了《北方文丛》,共出三辑,有赵树理的《李家庄的变迁》《李有才板话》、孙犁的《荷花淀》、李季的《王贵与李香香》等二十五种,差不多集中了解放区文学的精华。而且在1948年5月,香港中原剧社、建国剧社、新音乐社联合演出《白毛女》,接连上演一个多月;11月,南方剧团又上演了根据赵树理同名小说改编的喜剧《小二黑结婚》,也轰动香港与南洋一带。

③ 茅盾:《关于〈虾球传〉》,《茅盾全集·中国文论七集》(第24卷),北京:人民文学出版社1996年版,第31页。

另外,探究《虾球传》在1948年前后流行的原因,我们还必须把它与1947年华南地区兴起的方言文学运动放在一起考虑。在上世纪40年代,中国的文学还存在着多种可能性,从地理空间上可以分成几块,例如延安有相对成熟的工农兵文艺,而国统区则有所谓的民主主义和自由主义文艺,它们相互角逐,张力十足。虽然说真正开始当代文学设计的是1949年7月召开的第一次中华全国文学艺术工作者代表大会,但在20世纪40年代后期的国统区,以郭沫若的《斥反动文艺》和邵荃麟的《对于当前文艺运动的意见》为代表,已经逐步展开对文学秩序的整理和规范。值得一提的是这两篇重要的文章最初都发表在1948年香港出版发行的《大众文艺丛刊》第1辑上。"今年(1948年)该是方言文艺的创作年。"①1948年,香港还成立了中华全国文艺协会香港分会方言文学研究会。1949年,他们还模仿"五四"新文学运动的样式发起关于方言文学的讨论与推广运动,并创办了名为《方言文学》的双周刊,发表了一些粤语小说及诗歌、杂文。后来,新民主出版社发行了一辑《方言文学》,收集了当时比较重要的一些文学评论者的文章及不少方言文学作品。就如刘进才在《从"文学的国语"到方言创作》一文中所提出的:

> 这样,方言文学从一个文学表达的工具——语言形式问题就置换或化约为作家或知识分子与群众关系的问题,知识分子/作家是坚持自己的知识分子立场御用五四以来的日渐形成的白话语言传统进行文学创作,还是努力改造自己的思想、立场与观点向群众语言或方言认同,这是一个大是大非、必须选择的问题。②

---

① 琳清:《我也来谈方言诗》,《华侨日报》1948年5月22日。
② 刘进才:《从"文学的国语"到方言创作》,《文学评论》2006年第4期,第170页。

在这个时候,方言的意识形态功能被茅盾、郭沫若等人空前强调,方言成为文学大众化的重要内容和标志。黄谷柳是此次方言文学运动的积极参与者,他创作的《虾球传》被认为是此次华南方言运动的重要文学成就之一。黄谷柳运用了香港和广州地区的一些方言和土语,尤其是引用了"咸水歌"、黑社会套语及其人名,这些都使小说的地方色彩变得更加浓厚。有的学者在当时就曾经提出《虾球传》语言不纯的问题:"在严格的大众化意义上说,《虾球传》自然还不能算是我们的理想作品;而且就在语言方面说,它也有些不纯。广州人民的语言,一般知识分子的白话,旧小说的文腔,在作品中是并存的。但不管怎样,《虾球传》到底仍是我们今天杰出的作品,我们绝不能低估它的实际的效果与价值。"[1]

事实上,这次方言文学运动同时伴随着对"五四"新文学的一种重新评价及对"五四"新文学所代表的过分欧化的白话文的一种反省。这里有如何对待"五四"文学的问题:"'五四'以来的'白话文学'就是一种以北方语为基础的口语文学(现在的白话文还未能做到真正的口语化,那是另一问题)。"冯乃超和荃麟执笔的《方言问题论争总结》一文开宗明义地指出:"方言文学的提出,首先是为了文艺普及的需要。"[2]同时他们也解释了广东方言的一些特点:

> 我们现在所讨论的方言问题,主要以广东方言区(广东又有几个方言区)为对象,广东方言和文字的不一致,比其他北方地带更大,有许多话,有音而无字,所以一方面方言文学的需要就更大,另一方面,这些有音无字的话,既然一时还不能做到以拉丁化字去代替,那只有借汉字记音,这一来记音的字,在一般

---

[1] 于逢:《论〈虾球传〉的创作道路》,《小说月刊》第2卷第6期,1949年6月1日。
[2] 郑树森、黄继持、卢玮銮编:《国共内战时期香港文学资料选(一九四五年——一九四九年)》,香港:天地图书有限公司1999年版,第101页。

人看来,觉得不习惯,于是发生了异议,论争的焦点,似在这里,所以实际上是个方音的问题。由于对方音问题发生怀疑,因而连带对方言文学也怀疑了。①

在这种认识之下,上世纪40年代的方言文学运动首先在广东地区展开也就顺理成章了。值得一提的是,根据当时参与该运动的一位学者回忆,本来有一位文艺家负责起草了一节有关方言文学运动的报告交给茅盾,但大报告出来时却没有采用。新中国成立后,在统一的大前提下,强调地域性的文艺作品与50年代初期的政策不尽相符②,《虾球传》在此时的"失语"也就不难理解了。

结 论

根据黄谷柳孙女黄茵的回忆,黄本来计划要写的第四卷《日月争光》并没有完成:"第四部,谷柳先生要写投奔游击队后的虾球,如何在战争的洗礼中了,从一个小混混脱胎换骨成为一个坚定的革命战士。可是谷柳先生迟迟没有动笔,他觉得自己需要补充游击队的战斗体验。"③1949年2月,黄谷柳由夏衍和周而复介绍,加入中国共产党。同年6月,他放弃自己在香港的事业,进入粤桂边游击区,担任中国人民解放军粤桂边纵队司令部秘书。广州解放后,担任《南路人民报》编辑。1950年5月初随解放军进驻海南。1950年底他被调到《南方日报》当记者,派驻海南岛。抗美援朝战争爆发后,他两度随慰问团访问朝鲜,走遍战区。1953年底,他回到广东,调到广州

---

① 郑树森、黄继持、卢玮銮编:《国共内战时期香港文学资料选(一九四五年——一九四九年)》,香港:天地图书有限公司1999年版,第103页。

② 同上书,第15页。

③ 黄茵:《再版后记》,《虾球传》,杭州:浙江文艺出版社2006年版,第394页。

作协当专业作者。从黄谷柳的经历来看,他某种程度上是在现实生活中,以亲身参加游击队的方式来继续着《虾球传》里未完成的故事。而小说中的虾球最终也没有发展成一个成熟的"新人",永远处于一种十五岁的未成年状态。

综上论述,黄谷柳通过讲述一个流浪儿的故事来描绘1949年前后华南地区包括香港的政治及经济状况。虾球的"流浪儿"身份及其"孩子"的特征帮助黄谷柳在小说的政治追求与通俗化及大众化之间取得了一种平衡,而富有"童心"的流浪儿虾球尤其让一切的革命活动都具有了一种不可避免的浪漫性。考察黄谷柳《虾球传》的写作,对我们理解当代中国文学的发生有着不可忽视的意义,因为《虾球传》的写作时间刚好是在1947—1948年这个还可称为"众声喧哗"的时期,而《虾球传》的最终未完成,则让我们注意到了在新中国文学的形成过程中,有不少作家和作品像黄谷柳及其《虾球传》一样,由于种种原因"被沉默"和无法完成。尤其值得注意的是,和黄谷柳一样,这种沉默许多时候不是被迫的,而是一种主动的选择。另外,《虾球传》作为1948年前后华南文学的一部分,也让我们意识到在共和国文学的形成过程中,华南作为一个文学及文化活动空间的重要性,而这种重要性似乎也是转瞬即逝的。

第六章　上海—香港—东南亚：
文化冷战与五六十年代亚洲
华语儿童刊物中的"太空探险热"

我们在之前的几章里,主要讨论中国语境中儿童与战争之间在不同时期和不同方面所建立的关系,广泛地触及了中国现代战争文化中的国难教育、教科书、游戏以及包括童子军及儿童团在内的关于儿童的社会组织。其中的战争主要包括中日战争和国共内战。在这一章里,我希望把战争的时间范围扩大到冷战,从地理上的边界来说,则从中国大陆境内延伸至香港和东南亚。2013年8月,日本爱知大学与神户大学在名古屋举办了题为"大分裂时代的叙事——大陆·香港·台湾·马来半岛"的国际学术讨论会,会上,哈佛大学教授王德威作了如下论述:

> 分裂带来主权及主体的异动,地理和心理的震荡。由此产生壁垒分明的史观,裂痕处处的"说法",暗示意义系统的重新洗牌。更重要的,这些作家多半在战争期间亲历种种颠仆,即使在文本层次,他们的作品见证生命体验与传记/传奇的繁复切换。到底怎么诉说战争,见证分裂? 在战争叙事的另一面,是叙事战争。①

---

① 王德威:《战争叙事与叙事战争:延安,金门,及其以外》,《"大分裂时代的叙事"会议论文集》,转引自袁一丹:《打通历史的关节(1937—1952)——"聚散离合的文学时代"会议侧记》,《文学评论》2014年第4期,第219页。

在那个不论是个人和国家都遭遇"聚散离合"的年代,文化冷战也渗透到当时的儿童刊物中,我们需要思考的问题是:冷战思维如何改变了大分裂时代华语儿童刊物对未来理想公民的建构以及社会"发展"话语的形成?在这些刊物的栏目设置中,比较醒目的是都有与"科学知识"相关的栏目。事实上,五六十年代冷战的一个重要组成部分是美苏之间的太空竞赛。他们共同的目的是控制太空并争取成为第一个在相关领域试验中获得突破性进展的国家,而月球成为他们的首要争夺目标。1957年10月4日,苏联第一枚人造卫星发射成功。很快,在四年以后的1961年4月,苏联第一艘载人宇宙飞船顺利进入太空。太空竞赛是五六十年代华语地区儿童刊物上的一个热门话题。当然,不能仅仅将之处理成美苏冷战时期一种军事概念上的战备竞赛,同时还要兼顾其中的科学教育的概念。与之呼应的是,火箭等事物以及星际旅行等主题在这个时期的儿童杂志中开始盛行,并成为年轻一代不同的意识形态及身份归属的一个重要象征。

有学者用"天真的武器"(innocent weapons)来形容冷战时期儿童对两大阵营的重要意义。这是一场没有硝烟的战争,更多的是对"情感和意识"(hearts and minds)的一种争夺,所以家庭和学校成了两大阵营进行意识形态争夺的主要场所。学者在比较了美国和苏联冷战时期有关儿童的宣传政策后发现,虽属于不同的阵营,苏联和美国在冷战政策思维上却呈现出许多相似性。[1]如果说传统意义上的战争动员是希望儿童能实际地参与战争,那么在冷战时期,所谓的战争动员更多地不是以军事训练的方式,而是通过教育以及保持社会日常秩序稳定的责任呈现。[2]也就是说,儿童通常成为建构和定义冷

---

[1] Margaret Peacock, *Innocent Weapons*: *The Soviet and American Politics of Childhood in the Cold War*, Chapel Hill: The University of North Carolina Press, 2014, p.2.

[2] Ibid., p.3.

战时期社会日常行为标准与统一规范的有效工具之一。①在当时，两大阵营的成员通常以强调己方儿童有受对方意识形态侵蚀的危险来凸显儿童思想教育管理的重要性。这些现象在当时出版的各种儿童刊物中都有体现。

在冷战时期的大众文化想象中，太空旅行或冒险以各种方式出现。在研究朝鲜五六十年代的科幻小说时，Dafna Zu 提出，在冷战的高峰期，科学、技术以及环境等相关元素在以发展为目的的政治话语中的地位被铁幕两边的阵营共享。②对于冷战时期科幻小说的流行，学者 Major 提出了关于共产主义国家出版的科幻小说中如何想象"完美未来"（future perfect）的讨论。③ 他认为这一以高科技为基础的关于原子弹爆炸以及空间竞赛的想象书写中，并存着希望与震慑的双重含义和作用。空间竞赛在冷战时期的苏联是国家认同的主要象征符号，也正因此，一批宇航员成了国家的英雄。当然，这样的"太空热"也与 50 年代中期苏共所推动的科技革命相关。在 Major 看来，苏联的这些科幻小说也是苏联在冷战时期对其他对立国家关系的试探，因为总的来说，科幻小说是一种起源于西方的小说种类，这个文类本身充满一种政治暧昧性，在包含对未来的乌托邦想象的同时，也存在一种"对未来灾难的反乌托邦预警"（dystopian warnings of catastrophe）。在前者的意义上，科幻小说很容易被拿来歌颂世界奇迹，并进而成为作者承诺解决人类所有问题的理性工具论的宣传

---

① Margaret Peacock, *Innocent Weapons: The Soviet and American Politics of Childhood in the Cold War*, Chapel Hill: The University of North Carolina Press, 2014, p.4.

② Dafna Zur, "Let's Go to the Moon: Science Fiction in the North Korean Children's Magazine Adong Munhak, 1956-1965," *The Journal of Asian Studies*, 73:2 (May 2014), pp.327-351.

③ Patrick Major, "Future Perfect? Communist Science Fiction in the Cold War," *Cold War History*, 4:1 (2003), pp.71-96.

工具。五六十年代朝鲜的科幻小说的核心问题,如 Dafna Zur 所指出的,是科学、技术以及冷战时期铁幕两边所共享的关于发展的政治话语的交汇。她同时也论证了科幻小说这个通俗文学种类与当时的科学目标以及对未来的展望是如何在社会主义阵营内部流通的,并产生了以意识形态及科学为动力的对新世界的共同想象。如傅朗所指出的,这样的一种交汇在50年代中国科幻小说作家郑文光那里也有鲜明的体现,尤其可见于他的小说《从地球到火星》。傅朗分析苏联科幻小说在中国流行的原因时,指出这可能与当时中国通俗小说的缺乏以及对科学所承诺的与国家发展相关的共产主义乌托邦想象有关。更重要的是,他认为中国对苏联科幻小说的翻译与改编,是中国参与到当时以苏联为中心的共产主义想象共同体的重要方式。

五六十年代在亚洲各地出版发行的中文儿童刊物中,虽然同样不免有"左""右"意识形态之争,但这些儿童刊物名称中的"南洋"和"世界"等概念、跨国的出版网络和读者互动以及相互呼应的栏目及主题的设置,都在提醒我们冷战氛围下两大阵营文化出版之间界限的模糊以及超越意识形态的互动关系。一个典型的例子是《小朋友》杂志的多种变身:1949年以后在新中国语境下继续发展的《小朋友》杂志、在香港地区经过改版的由中华书局出版的《小朋友》杂志以及在东南亚地区出版的《小朋友》版本的《南洋儿童》。通过细读这三份杂志中流行的"太空探险"主题和"火箭"意象,我将集中探讨这一时期亚洲不同意识形态的华语文化在以科学话语为基础建构未来理想公民以及社会"发展"(development)等方面的异同。在此基础上,结合相关书局的历史,本章试图从儿童刊物出版的角度进一步讨论"华语语系文化"在冷战时期的离散路径。儿童话语在这样的政治社会背景中到底是一种怎样的存在?这是非常值得关注的文化现象。当然儿童话语在新中国语境下的发展与演变需要另一本专著来阐述。在这里,我只是以《小朋友》杂志在新中国、香港及东南亚地区三地三版本作为切入点,分析如何在亚洲华语文化的框架里来讨论儿童读物出版与冷战的关系。

第一节　对儿童的科学教育与
冷战时期的意识形态渗透

　　上世纪50年代,新中国政府积极推动对儿童的科学教育。高士其就推动出版儿童科学读物在《人民日报》发表文章①,并提出"我们要向儿童宣传唯物主义的世界观。要使儿童感觉到大自然是一个整体。各种事物彼此之间都有联系,这门科学和那门科学都不是孤立的"。在他看来,科学文艺读物"是普及科学知识的有力工具,也是向广大劳动人民特别是少年儿童进行社会主义共产主义思想教育的锐利武器",以"帮助他们树立辩证唯物主义的世界观和共产主义的伟大理想"。② 也就是说,"科学知识"的传播在儿童教育中之所以占重要位置,是因为能有效地向儿童灌输"唯物主义的世界观"。当然,新中国政府对儿童科学教育的强调也深受苏联的影响。在这篇文章一开始,高士其就提到自己以及其他中国科学儿童读物的作者如何受到苏联少儿科普文学作家伊林的影响。其实早在1948年,伊林的《原子世界旅行记》就已经被翻译介绍到中国。而在50年代,他的作品更是被广泛地推荐和介绍,尤其是《十万个为什么》一书。在伊林的影响下,中国也出版了《十万个为什么》:1959年,少年儿童出版社开始筹划,经过一段时间的讨论,最后确定借用苏联作家伊林的一本名为《十万个为什么》的科普读物的书名,以问答式文体为主,出版一学科一册、一问一篇形式的少儿科普读物。这项工作由少

---

① 高士其:《谈谈儿童科学读物的创作问题》,《人民日报》1954年6月1日。
② 高士其:《让孩子们获得丰富的科学知识的滋养》,《人民日报》1962年6月10日。

年儿童出版社第三编辑室负责,内容涉及物理、化学、天文气象、农业和生理卫生五册,并计划赶在1959年国庆节前出版,作为向新中国成立十周年的献礼。

在当时以"科学"想象理想儿童的热潮中,"火箭"和"卫星"成为标志性的科学象征意象。例如《少年文艺》1960年第6期的封面(图6-1)上,一名戴着红领巾的少年队员站立于高山顶上,左手擎日,右手托月,而在他周围是喷发的火箭和旋转的卫星。这画面寓意明显,传达出对新中国年轻一代"攀登科学技术的高峰"的政治期待。①

图6-1 《少年文艺》1960年第6期封面

这种对"火箭"与"卫星"的推崇与冷战背景密切相关。1957年,苏联第一人造卫星斯普特尼克1号(Sputnik)的发射震撼了整个西方。在一定程度上,这一人造卫星的升空激起了美苏两国之后持续二十多年的太空竞赛,使之成为冷战时期两强的一个主要竞争点。在这样的背景下,原子能及太空旅行在新中国少儿科普读物中成为重要主题。例如,"十万个为什么"中的第一个"为什么",就是《为什么宇宙飞船能飞回地球》(第一版第一册)。1961年2月开始出版的《十万个为什么》,就介绍了1961年4月12日苏联将加加林送入太空的基本情况,并由此展开介绍了载人飞船的一些基本物

---

① 1978年,"文革"结束后,国家又提出了振兴科学技术、发展教育的口号,并要求中国少年儿童从小爱科学、学科学,立志长大攀登科学高峰。

理原理和具体操作方法。

安德鲁·琼斯发现民国时期的"发展"话语与中国儿童文化之间存在着一种紧密关系,与之类似,在五六十年代的中国以及亚洲其他地区,儿童文化也是"发展"概念及话语的一个重要媒介。不过仅仅用儿童的政治化来概括不免失之笼统,在五六十年代华语儿童杂志的"太空热"中,太空也象征着一种自由、解放以及重新开始。另外,有学者在讨论苏联"太空探险"对儿童与青少年的教育意义时提出:"以儿童与青少年为对象,在共产主义与它的不断更新与变换之间的话语连接逐渐变得清晰,而迈向未来的通道也已经打开。同时,将宇航事业与儿童及少年联系也能赋予太空探索一些天真及游戏的色彩,从而凸显了太空探索的冒险精神以及掩饰了与战争及成人世界政治角斗之间的关系。"[1]当然,对太空探险的迷恋也许来自一种企图超越地域限制以及日常生活局限的逃避和逆反的内在需求。太空飞行在最开始的时候并不是一种军事竞赛,它更多的是标志着苏联在科学技术方面的进步,但在冷战时期逐渐演变成军事竞赛的象征。在60年代的中国儿童杂志中,"火箭"更与当时的一些政治运动相结合,象征着速度和社会工业及科学技术方面的发展,而太空探险是以高科技为基础的现代性话语最有力的表征。

第二节 三个不同版本的《小朋友》杂志:
上海—香港—南洋

一、新中国与少年儿童出版社出版的《小朋友》

在五六十年代的新中国,儿童杂志种类众多,其中历史最悠久的

---

[1] Eva Maurer, Julia Richers, Monica Rüthers, Carmen Scheide, Eds., *Soviet Space Culture: Cosmic Enthusiasm in Socialist Societies*, New York: Palgrave Macmillan, 2011, p.7.

当属《小朋友》杂志①。1922年,中华书局在上海创办《小朋友》杂志,第一任主编是黎锦晖(1922—1926年在任)。由于战争爆发,这份儿童期刊在1937年10月28日以后一度停刊。美国学者安德鲁·琼斯在他的专著《发展的童话:发展话语与二十世纪中国文化》中专设一章讨论进化论思维在本杂志的封面设计中如何借儿童与动物的关系呈现出来。其实早在他的第一本专著《黄色音乐》中,已经讨论到《小朋友》杂志的创始人黎锦晖及其创办《小朋友》杂志的启蒙初衷。目前对《小朋友》杂志的研究多集中在1937年以前。我比较关注的则是这份刊物在1949年前后的转变和在香港及东南亚地区的多种变身,并试图借此来探讨华语文化的一种离散路径。50年代,东亚地缘政治发生剧变,在香港这个连接地带,不同意识形态阵营的儿童刊物并存,而英殖民政府尽量采取一种中立的态度。当然,所谓的左右阵营并不是截然对立,相互之间充满各种模糊及暧昧的关系。《小朋友》杂志本身多种版本并存这个事实一定程度上也说明了这个特点。

早在30年代,受抗战影响,《小朋友》期刊上发表了不少具有鲜明政治倾向的作品。1953年初,《小朋友》脱离中华书局,改由新成立的少年儿童出版社出版,内容与版式方面又与以前大有不同。1953—1956年间,黄衣清任主编,办刊宗旨为:"通过文艺形式,结合课堂教育,培养幼儿一代的道德品质,并丰富他们各方面的知识。"1956年,鲁兵任主编,结合社会发展需求提倡"通过生动有趣的艺术形式"启迪儿童智慧,培养乐观主义精神,进而达到共产主义目的。②50年代的《小朋友》刊物由于受抗美援朝战争的影响,不少封面与内

---

① 吴芳芳在她的硕士论文《小朋友1927—1937》(2010年)中对《小朋友》的创刊及早期阶段的发展作了比较详尽的梳理。
② 同上。

容文字都渗透了战争逻辑和军事化思维。例如第1001期的封面是一群小孩在舞龙灯,在最前面引领的孩子举着的是美国将领的头,龙的躯干上面则写着"抗美援朝,保家卫国"八个大字,从而把儿童游戏与政治宣传结合起来。值得注意的是,封面左上角还环绕着一群白色的和平鸽,"和平"的主题明显可见。"战争"和"和平"同时并举,后者给予前者以合法的地位。

除杂志封面外,《小朋友》不少内容也富含战争动员的宣传意义。例如一首题为《打虎捉狼》的儿童配图诗(图6-2),主要内容是鼓励儿童积极加入抗美援朝与"五反"政治运动。诗歌所配的插图是一群儿童在玩化装游戏,他们分别扮演工人、奸商、志愿军和美国士兵。值得注意的是,奸商和美国士兵的扮演者戴的是漫画化的、带有夸张表情的面具,而工人和志愿军的扮演者则能让读者看到其正义凛然的表情,尤其是小志愿军的扮演者高举带刺刀的枪,指向跪在地上求饶的美国士兵。四个儿童,两组不同的政治身份,以游戏的方式给小读者以形象化的政治教育。黄心村曾提到,在70年代的一些政治运动如1975年夏季的爱国卫生运动中,儿童也经常被动员参加,而且当时主流宣传话语经常用一些与战争相关的术语来描述儿童的政治热情;在儿童的课外生活当中,他们经常会

图6-2 《打虎捉狼》(《小朋友》杂志)

被鼓励参加一些模拟战争形式的社会活动,而动物经常成为这些儿童的斗争对象,例如除四害运动等。黄认为这是非常重要的培养儿童革命意识的方式。① 虽然黄分析的是70年代后期的儿童文化,但也适用于我们上面所举的两个例子。游戏是五六十年代儿童杂志及读物中经常用来演绎阶级斗争和向儿童灌输革命意识的重要方式。

除了游戏经常成为承载儿童生活或儿童读物中革命意识和阶级斗争思想的媒介以外,在60年代《小朋友》的刊物封面上,"火箭"是不能忽略的意象,它成为当时国家建设力求"多快好省"的整体政治氛围的重要象征。《小朋友》有不少期都宣扬苏联在太空领域的进展。例如有一期"小火箭"栏目登载的是苏联小狗阿莉宾娜被送入太空的新闻。整个内容以一种科幻或者童话的方式展开:一只小狗欢快地坐在有"苏联火箭"字眼的太空舱里飞速地进入太空,而太阳和月亮都以笑脸相迎;右下角描绘的是中国"火箭人"给从飞船顺利归来的狗以及她的两只小狗送年糕贺喜,形象憨态可掬。一方面这样的童话式书写符合儿童心理及思考逻辑,另一方面高科技实验所能许诺的无限可能性与童话自身超现实的叙事逻辑也互不违和。与之类似的是1956年第9期的《小朋友》封面(图6-3):两个中国小朋友挥舞着红领巾并带着一只狗坐在高速飞行的火箭上向太阳驶去,而右上方的太阳则以童话故事里常见的"白胡子老公公"的形象呈现。尤其有意思的是,此图中,坐在火箭上的并不是苏联儿童而是中国儿童,童话式的叙事框架使得这样的非现实嫁接有了合法性,从而自圆其说,回避了任何解释。

与此封面相呼应的是后面正文中的一首配图诗《谁的本领大》,

---

① Nicole Huang, "Sun-Facing Courtyards: Urban Communal Culture in Mid-1970s' Shanghai," *East Asian History* 25/26 (June-December 2003), pp.172-173.

图6-3 《小朋友》1956年第9期封面

用童话里"仙人"的特异功能如《西游记》里孙悟空的"顺风耳"等与现代科技如原子能作类比,在诗的最后以"要坐火箭船,飞到月球里去探险"做结尾,完成一种科幻式的想象。另外,同期的"科学故事"栏目介绍苏联在科学技术领域方面的新发明,包括新造的高科技掘土机、被称为"奇怪的机器"的电子计算机以及原子能飞机。

1959年的《小朋友》还开设了"小火箭"专栏,几乎期期都有,多放在首页,有着"喜报式"的宣传特征。此专栏的标志性符号是一儿童穿着宇航服坐在火箭上的形象,而专栏各期的内容就是这一坐在火箭上的男孩穿梭在国家建设的各个现代化场景之下,呈现的主要是经济发展领域的成就(图6-4)。"小火箭"栏目介绍了当时新中国的主要建设成就,此外,小火箭人还会跨国旅行,从而自然地带出当时国际政治格局中不同意识形态体系下的儿童生活。例如《小朋友》1958年第10期中的"小火箭"栏目,就描述了小火箭人拜访非洲、法国、美国以及日本等地时所观察到的儿童生活图景。这里所用的叙事修辞是典型的冷战时期的二元对立结构:共产主义国家儿童生活美好幸福,而非共产主义国家的儿童则过着悲惨的生活,从而确立前者社会意识形态的合法性。在这一图画系列里,引人注目的是中国儿童的地位和作用。在这里,苏联儿童并没有出现,而中国儿童充当着给非洲地区儿童带去革命经验的引领角色。这样的角色设计显然与当时中苏关系的变化密切相关。

也许我们可以把"火箭"阐释为"大跃进运动"的政治背景下新

图 6-4 《小朋友》1959 年第 5 期"小火箭"专栏

中国期待高速发展所必须有的时间及速度的象征,但是当儿童的身体被捆绑在象征高科技的火箭之上,结果之一却可能是儿童个体的意义消融在国家话语之中。① 更重要的是,借用这个火箭上儿童的眼光所呈现出来的社会主义建设奇景,处在童话与现实的暧昧关系中。王德威在研究晚清作家时,发现他们除了官场或狎邪,最为热衷的题材就是科技狂想:

> 乌托邦或恶托邦的历险,月界或太阳旅行,星际迷航,以及地心或海底探险等,林林总总,都出现于晚清说部。晚清作家所构造的世界,也充斥着前所难以想象的机器人、魔术师、飞天气

---

① 关于这一论点,我研究生课上的学生聂雅莉、姜果均和赵卉心在其作业中做过有趣的观察。

球、潜水艇、空中飞行器、导弹与太空船等。他们创造了空前绝后的时空环境,而其笔下的人物则轮番摧毁或拯救着中国。晚清作家书写那些难以置信和不切实际的事物,他们现身说法,阐明了中国现代化的种种可能与不可能,并由此遐想新的政治愿景和国族神话。①

在王看来,晚清时期的"科幻奇谭"(science fantasy)因为统合了两种看似不能相容的话语而显示出一种混杂性:"一种是有关知识与真理的话语,另一种则是梦想与传奇的话语。"②而"科学"一词则给予任何超自然和奇异的构造以合理化和自然化的理由。和晚清时期的科学想象比较,五六十年代中国对太空的渴望和热衷在这种混杂性上表现得更为明显。

二、五六十年代香港的《小朋友》和《儿童乐园》

如我们上面所提到的,新中国成立后,《小朋友》刊物由中华书局合并到少年儿童出版社出版。1953年1月,中华书局广州办事处所编的《小朋友》半月刊海外版在香港创刊,内容以文字为主,黑白印刷,并远销新、马等地。③ 根据中华书局1953年大事记,此海外版《小朋友》半月刊销量增至一万以上,比较受欢迎,正如《小朋友复刊的颂歌》中所写,"三十多年历史,久到今天;复刊重见面,好内容,丰

---

① 王德威:《被压抑的现代性——晚清小说新论》,宋伟杰译,北京:北京大学出版社2005年版,第292页。
② 同上。
③ 根据《中华书局大事纪要(1912—1954)》,1953年1月,广州办事处编《小朋友》半月刊海外版在香港创刊。同年2月,中华书局编辑所原有少儿读物及有关编校人员,连同《小朋友》半月刊一并移转到新建的少年儿童出版社。编审陈伯吹参加了该社的筹备工作。具体见中华书局编辑部:《中华书局大事纪要(1912—1954)》,北京:中华书局2002年版,第260页。

富且轻松,多写意,样样都具备。但愿今后小朋友,利益普及全地球"①。虽然我们没有足够的材料确定中华书局发行《小朋友》杂志到底是商业考量居多,还是出于对香港与东南亚的冷战格局之直接回应,但不同版本之《小朋友》的出现是受到当时冷战思维影响的。香港学者郑树森谈及五六十年代的香港文学时就曾明确地指出:

> 南来作家左右对垒,很快就卷入当时美苏两大霸权的冷战对峙……1956年4月《青年乐园》创刊,争取《中国学生周报》同年龄层读者。1959年4月创刊的《小朋友》,应是要和《儿童乐园》"对着干"。②

1949年新中国成立后,香港中华书局和商务印书馆等出版机构开始进行调整与改造。他们面对的一个重要难题是如何在香港继续立足生存:"两地经济结算体系迥异,花费大批外汇勉强支撑终不是长远之计。'一厂两制'遂应运而生。它的意思是容许港厂采取适度宽松的业务政策,承接外来商业订单,使厂务得以继续。以中华为例,项目包括双色教科书、商会及国庆节特刊、摄影画报、烟盒、招纸、银行单据及支票印制等。"③香港中华书局"一厂两制"的政策在一定程度上指出了香港版《小朋友》存在的理由。

1953年,曹聚仁曾在《南洋商报》发文讨论50年代初期香港受政治格局影响的文化出版事业。在他看来,多种意识形态并存的香港促使出版界各显神通。他也提及了当时刚刚出版发行的香港版《小朋友》,"内容绝对以启发智慧为主,不带前进政府意味"④。他

---

① 《小朋友复刊的颂歌》,《小朋友》1953年6月第8期,第1页。
② 郑树森:《遗忘的历史,历史的遗忘——五、六十年代的香港文学》,见黄继持、卢玮銮、郑树森主编:《追迹香港文学》,香港:牛津大学出版社1997年版,第2页。
③ 庄玉惜:《印刷的故事:中华商务的历史与传承》,香港:三联书店2010年版,第144页。
④ 曹聚仁:《香港的文化战线》,《南洋商报》1953年5月7日,第3页。

认为,这是因为新中国政府对中华书局采取了不同于中国大陆的指导方针,让其能在香港独立经营。

与少年儿童出版社发行的《小朋友》相比,在香港出版的这版《小朋友》杂志内容上多是以道德教育为主,其中的栏目"品德修养"也通常列在最前面。在《一九五四年本刊编辑计划》①一文中,编者指出读者来信普遍表示喜欢"品德修养""问题讨论""童话诗"和"自然科学知识"中的"生物世界""历史知识"以及"兰姐姐信箱"等栏目。编辑部将之定义为"这一类有关小朋友自己切身需要的,理论与真实的作品",是深为"将来人类社会主人"的小读者所热切希望获得的知识。也就是说,这个版本的《小朋友》刊物以儿童本位以及培养"人类社会主人"这样具有普世价值的目标作自我定位。这样的中间立场似乎是身处香港那样的冷战中心地带一种比较现实的市场策略。举个例子,叶沃若经常在这份期刊上发表富有道德教育意义的童话诗。其中有一首诗歌的题目是《让他们宁静地睡觉》:

> 在他们宁静的睡眠中,我希望,不要吓惊了他,不要拍枱拍杆的争吵,不要面红耳赤的执拗,不要喊打喊杀,不要放枪放炮。让我们的弟弟妹妹,在我们的世界里,宁静地睡觉。让他们醒来的时候,感到生活的幸福,欢笑快乐,不要悲哀痛苦,涕泪交流。②

诗歌的配图是两个小孩抱着玩具安然酣睡在一个布置优雅的中产阶级家庭的卧室里,传达出亲情之美好。与此类似主题的还有一首题为《让我们和睦相处》的诗,内容讲的是一条街巷里各个家庭的小朋友如何友好相处,最后作者呼吁道:"在这条街巷里,从来没有争吵,

---

① 小朋友编辑部:《一九五四年本刊编辑计划》,《小朋友》1953 年第 21 期,第 15 页。
② 叶沃若:《让他们宁静地睡觉》,《小朋友》(香港版)1955 年 10 月第 64 期,第 23—24 页。

我们人与人相处,多么和睦,喜气洋洋,但愿整个世界,都跟我们一样。"①

从内容上来看,许多诗歌主要是提倡小孩子之间互助合作的集体主义精神,如《运用我们的力量》等。杂志还经常组织一些大范围的讨论,包括"我长大了做什么工作"以及"和怎么样的人做朋友"等主题,面向小读者征集稿件,创造一种互动的氛围,并在这种引导性的讨论中完成道德思想上的一种灌输及教育。在关于"应该和怎样的人做朋友"的讨论总结中,杂志还特别提出,"不要瞧不起在穷困中的朋友,不要瞧不起学问不够的朋友。我们有能力可以帮助他应该帮助他,我们没有能力也应该同情他"。②

这份杂志的中性色彩也体现在介绍科学知识的栏目上。在1953年第13期上,有署名梅林的题为《到火星上去》的文章,介绍了星际旅行的可能性,但是全文没有提及苏联和美国的空间竞赛。与此相关的"原子"是多次被介绍的一个重要概念。③ 其中有一篇文章《原子是什么》④,对原子的解释并不是围绕着军事用途,而是说明原子本身在我们日常生活中存在的普遍性和安全的生活及工业用途。

香港《小朋友》的封面多是儿童的日常生活照片。这样的选择也避免了比较直接的政治意识形态灌输。当然,这并不是说这份杂志完全没有政治意识形态倾向。在内容和材料的选择上,与香港其他同时期的杂志相比,与国内相关的内容所占的比例相对较高。其中有以科普知识为名介绍新中国石油的出产分布情况,借"地理知

---

① 叶沃若:《让我们和睦相处》,《小朋友》(香港版)1953年12月第20期,第20—21页。
② 见《小朋友》1953年第13期,第40页。
③ 对原子能的正面歌颂,还可以见同一刊物中的另一文章《原子能造福人类》,《小朋友》(香港版)1955年12月第69期,封面页。
④ 黄欷冬:《原子是什么》,《小朋友》(香港版)1954年11月第43期,第22—25页。

识"的栏目介绍黄河的水利情况,还有对"民丰物盛的珠江""肥沃美好的黑龙江"以及"富强有力的松花江"的描述。另外,有不少文字内容直接表达对祖国的思乡之情,例如《祖国颂》一诗歌就直接传达此类情感:"祖国!祖国!你是我们的故乡,地广人多,物产千万样。可爱的祖国啊!我愿回到你的怀抱,接受你那慈爱的抚养。"① 而叶沃若的《我是一个中国的孩子》(图6-5)一诗则表达更为直接:"我始终是/从头发到脚趾是/一个中国的孩子。"② 1959年3月15日出版的第147期《小朋友》是最后一期,之后刊物进行了改版。关于改版的确切原因,由于材料的缺乏,我们很难知道,但如果结合《小朋

图6-5 《我是一个中国的孩子》(《小朋友》1956年第89期)

---

① 《祖国颂》,《小朋友》(香港版)1956年10月第88期,第27页。另外1956年第90期则刊登有题为《梦境》的诗歌:"昨夜里,我作了一个梦,梦见了我多年阔别了的祖国……四周远远近近都林立了工厂,机器的转动声震耳欲聋,人们都滴着汗、唱着歌,在建设着他们自己的家园。"
② 叶沃若:《我是一个中国的孩子》,《小朋友》(香港版)1956年10月第89期,第23—24页。

友》所刊登的这些内容和香港当时所处的政治环境,很有可能是因为其越来越明显左倾的内容;从它后来改版成彩色画报来看,此版《小朋友》文字过多,黑白的版面设计也很难与当时市场正盛行的由友联出版社发行的儿童画报《儿童乐园》竞争。

这份《小朋友》杂志不仅面对香港,同时也企图争取东南亚,尤其是新加坡和马来亚的读者。在《小朋友》1953年第8期上,登有《小朋友复刊的颂歌》:"小朋友!小朋友!三十多年的历史,久到今天,复刊重见面,好内容,丰富且轻松,多写意,样样都齐备,但愿今后小朋友,利益普及全地球!"也许为了配合南洋地区的读者,不少的内容安排也很有地域特色。例如第9期上就有题为《马来亚的动物》的文章介绍南洋地区的动物种类。在不少期数的封底,有栏目"朋友们",上面多是小读者的照片,其中不少相片的主人公来自新加坡和马来亚。1958年10月22日,英殖民政府禁止了四十三间中国书局及十间香港书局对新加坡的图书进口,因为英方认为这些刊物可能会妨碍"效忠马来亚的进展"。① 在被禁止的名单中,中国青年出版社、儿童读物出版社、人民教育出版社和少年儿童出版社等主要从事青少年儿童教育读物的出版社都赫然在列。其实在之前的一年,马来亚联合政府已经作过类似的禁止,香港版《小朋友》刊物因而无法在马销售。新加坡殖民档案也显示,这些在中国大陆及香港出版的儿童刊物引起了当地书籍检查处的注意。现存新加坡档案馆的一份报告(1953年)中有如下记载:"在中国和香港有越来越多的以儿童或青少年为主要对象的刊物出版。总的来说,印刷质量不错,图片也很吸引人,可是故事通常会激发马克思主义思想,不过还不至于构成足够的理由禁止它们入境。"

---

① 《防弭颠覆宣传·扑灭色情文化政府援引不良刊物法令禁止共产中国及香港五十三家出版物输星》,《南洋商报》1958年10月23日,第5页。

针对这样的一系列禁止法令,1959年春,香港中华书局在港借"小朋友画报社"的名义,"以小学低年级学生为对象,增用大量彩图与连环画,于四月出版《小朋友画报》;在南洋,《小朋友画报》易名《南洋儿童》,以'南洋儿童出版社'名义主销东南亚各地"。① 其形式与内容跟《儿童乐园》非常类似,许多栏目可以说是直接搬用,主要以图画为主,全刊彩色印刷。这样的一种改变和模仿可以说是冷战局势和市场需求双重压力下的一种调整,而《南洋儿童》的不少栏目则是直接搬用自《小朋友画报》,例如"小强的故事"这一专栏。

表一 《儿童乐园》《小朋友画报》和《南洋儿童》栏目比较

《儿童乐园》	《小朋友画报》	《南洋儿童》
播音台	彩色电视	彩色电视
小圆圆	小强的故事	小强的故事
宝宝游记	小朋友游记	小朋友游记
民间故事	民间传说	民间故事
历史故事	历史故事	历史图画故事
科学知识	科学知识	不定期
动物故事	动物故事	动物故事
生活故事	生活故事	生活故事
伟人故事	人物故事	
图画小习作	小朋友画室	益智故事画
寓言	寓言	寓言
童话	长篇连载童话	长篇连载童话

《儿童乐园》于1953年由香港的友联出版社创刊出版,至1994年停刊,共出版了一千零七期。值得注意的是,创刊号开篇就是题为《新加坡的孤儿市:大家选举出市长,自己来管理自己》的文章。一

---

① 霍玉英:《五十年代华文儿童杂志的足迹》,《世界儿童 童心永远》,新加坡:大众控股有限公司2004年版,第23页。

份在香港出版的儿童刊物,为什么开篇讲述的是新加坡故事?无独有偶,第三期"歌曲"一栏中出现署名为徐晋的《南洋歌》。另外,第九期上的《神秘之岛》,配搭着完整的南洋地图,这些都彰显着此刊物对南洋市场的企图。从刊物所列出的代理经销商的版图来看,其销售网络也是遍布东南亚各个重要国家及城市,甚至远销日本东京和美国芝加哥。可以说,这是一份被跨国儿童群体广泛阅读的杂志。那么,连接如此广泛儿童群体的共同阅读兴趣的主要意识形态话语是什么呢?[①]

谈起友联出版社的政治背景,曾是友联出版社社长的王健武先生将之定义为"第三势力",在当时的香港属于政治上的中间派。这种政治选择也使得《儿童乐园》从总体上来说意识形态的倾向性比较模糊[②]。另据为友联服务多年的林悦恒先生回忆,"'友联'是政治性比较强的团体,它的政治主张是:民主政治、公平经济、自由文化,这是它基本的信念。我们觉得在香港进行工作,教育是很重要的,故此希望在不同的阶层进行工作,所以有《儿童乐园》《周报》《大学生活》《祖国》周刊,这些杂志的出版时间先后不是相差很远,大家觉得这几个层面都必须包括在内"[③]。

友联出版社在某一时期曾受到美国亚洲基金会(Asian Foundation)的财政支持,因而杂志有时候难免会有亲美倾向。亚洲基金会作为美国冷战的重要组织,在亚洲有选择性地支持符合其自由民主理念的文化机构,所以刊物在理念的传达上也有不少与此相关。也正因此,尽管《儿童乐园》保持了一定的中间性,但其政治认同还是

[①] 徐晋:《神秘之岛》,《儿童乐园》1953 年第 9 期,第 14—15 页。
[②] 卢玮銮、熊志琴编著:《香港文化众声道》(第 1 册),香港:香港三联书店有限公司 2014 年版,第 148—149 页。
[③] 同上书,第 181 页。

会不时地有所流露。例如，在以《各国的国旗》为题的一组漫画中①，"中国"一栏下所列举的是当时"台湾国民政府"的旗帜，其政治倾向性不言而喻。另外有一期直接刊登题为《台湾好》的配图诗，夸赞台湾的风光好、农产好、土产好以及建设好。②

另外，创刊号中包括了以《自由歌》为标题的诗歌：

> 图画辞典里，什么字都有。最美丽的字，就是"自由"。什么叫自由，大家来研究。想一想！小朋友，笼里鸟儿叫，网里鱼儿跳，叫不停，跳不停。自由不自由？再想想！小朋友，鸟儿空中飞，鱼儿水中游，来悠悠，去悠悠，自由不自由？③

诗歌对"自由"愿景的推举也呼应了当时友联出版社的政治追求。《自由歌》配的图是一渔翁在海边打鱼的恬淡景致。"自由"的理念与画中海里的鱼、远处航行的船以及空中飞翔的鸟等意象共同绘织出一幅与自然相关的理想图景。和平也是一个核心主题，第十三期徐晋发表了《和平之音》一诗④：

> 鼠——猫的眼中钉，生成没有友情。可是，可是我们的童话家，凭自己的心灵，描绘了另一个意境：猫儿提着弓，拉动大提琴，殷勤地招待鼠儿们；嗡铃铃！嗡铃铃！奏出和平之音，表示出友好的心。鼠儿们，静静聆听。只觉得和谐柔美，清新，忘掉了仇恨，恐惧，忧闷。

诗歌的配图是一只猫在拉小提琴，而围绕在它周围的是一群听得如痴如醉的小老鼠；图的角落以不相称的比例描绘了缩小版的一只猫在追

---

① 《各国的国旗》，《儿童乐园》1956 年第 92 期，第 13 页。
② 见《儿童乐园》1959 年第 156 期，第 13—14 页。
③ 《自由歌》，《儿童乐园》1953 年创刊号。
④ 徐晋：《和平之音》，《儿童乐园》1953 年第 11 期，第 14—15 页。

杀老鼠的情景。这首诗歌的点睛之笔是"童话家"在诗歌里的放置。

《儿童乐园》封面的另一重要特色是浓郁的乡村气息。这与封面的绘画者罗冠樵密切相关。香港学者霍玉英对此已有很好的讨论,在此我着重分析罗封面中的乡村特色与中国想象之间的关系。罗毕业于广州市立美术专科学校,主修西洋画,1947年移居香港,1953年受杨望江之邀加入友联出版社,并创办《儿童乐园》半月刊。罗冠樵曾回忆说,早在他参加《儿童乐园》之前,就已经替一些出版社编绘儿童图画了,"为了想改良连环图商的出版观念,我曾和他们(连环图出版人)洽商过改变一下图书内容,带入一些新的东西……像五十年代的电影,登陆月球,月宫宝盒、水底奇观等等。果然,这种内容的书一出,他们的行家也跟风改变,我还替他们训练了一批学写连环图的少年学生,后来他们都投身到插图界去了"[1]。他的回忆文章也提到1950年后香港图书市场以及儿童刊物的出版情况:"当时香港形势相当复杂,政治局面混乱、文化教育还依旧制。独有经济特别发展。直至五二年后,报摊上渐渐充斥书刊,但内容都有着反共色彩居多,儿童图画比以前多一点,有我替文光书局编写的中国民间故事书,和世界书局、海风出版社出版的翻译外文的外国故事书。而定期儿童刊物就只有世界出版社的《世界儿童》了。"[2]罗特别提及当时邀请他加入创办《儿童乐园》的人希望这本杂志"不介入政治,编辑有自主权"[3]。只是《儿童乐园》最终能否免于政治的侵染,可能就超过罗可以控制的范围了。

《儿童乐园》于1953年1月创刊,1953年到1983年的三十年间,罗冠樵任主编。他在总结《儿童乐园》吸引小读者的原因时,归

---

[1] 周蜜蜜编:《香江儿梦话百年》,香港:明报出版社1996年版,第120页。
[2] 同上书,第120页。
[3] 同上书,第121页。

纳了三个重要方面:一是以儿童自我心态去写作图文(即第一人称),使儿童能处身自我境界;二是战后城市儿童对大自然之田园生活非常向往;三是作为文艺欣赏,故事的内容充实,兼具趣味性与教育性。① 他形容自己本是"田园画人,生长于珠江三角洲水乡,酷爱乡村生活",虽然学的是西画科,但给《儿童乐园》画的封面却充满浓厚的中国画色彩。罗把儿时岭南珠海的乡土风俗都画进了封面。正如霍玉英所分析的,"罗冠樵成长于珠江三角洲水乡,因而向往童年时候的乡间生活,于是,关系田园的写生成为他最钟爱的题材,作品富含中国传统国画韵味"②。另一典型的例子是题为《快乐的农家》的诗歌的配图③:整个画面呈现的是理想化的农家秋季日常生活场景,远处有山,山下面是一片丰收的田野,一群农民在低头收割,近处是茅屋一角,屋边的篱笆上停息着几只鸡,不远处有农妇背着一婴儿在晒衣服,而旁边的大树上几个孩童在爬树、摘苹果,相互嬉戏。诗句的结尾是"弟弟妹妹添新装,勤种植,勤开荒,全家温饱喜洋洋"。正如霍玉英的观察,在 1957 年全年十二期的封面中,便有十一幅以田园为主题,曾有笔名为农妇的评论者指出,罗创作了"满是田园风味的图画,都是让孩子们认识自己的根"④。另一位评论者绿骑士则指出像她这一辈生长在殖民地、在英文学校念书的孩子,从罗冠樵的画作中"吸啜了许多关于中国、乡间与泥土的情意"⑤。

除了"自由""和平"及"乡村中国"这些重要主题之外,杂志中

---

① 周蜜蜜编:《香江儿梦话百年》,香港:明报出版社 1996 年版,第 133 页。
② 霍玉英:《试论罗冠樵在〈儿童乐园〉时期的创作特色》,《文学论衡》2011 年第 18—19 期。
③ 玲玲:《快乐的农家》,《儿童乐园》1953 年第 20 期,第 14—15 页。
④ 农妇:《也读〈儿童乐园〉》,《明报周刊》第 1379 期,1995 年 4 月 16 日,第 133 页。
⑤ 绿骑士:《儿童乐园》,《明报周刊》第 1371 期,1995 年 2 月 19 日,第 97 页。农妇和绿骑士的材料引自霍玉英的文章《试论罗冠樵在〈儿童乐园〉时期的创作特色》。

另一个非常重要的共享兴趣是"科学"。《儿童乐园》有一些长期固定栏目与科学相关,例如"科学知识""科学新发明"或者"科学漫画"等。"原子灯罩"是第一期"科学新发明"的标题,该文谈到了美国对原子弹的发明。这样的题材选择隐含了此刊物亲美的意识形态倾向。在五六十年代的冷战背景下,苏联和美国竞争登月的事件是当时的新闻热点,而儿童杂志是重要的载体。出版于亚洲冷战"中间地带"香港的《儿童乐园》当然难以避免,其不少内容都是介绍美国在太空领域方面的先进技术。五六十年代的《儿童乐园》,关于武器知识的介绍以及关于月球旅行的科普知识是其中心内容。《儿童乐园》的处理办法相对来说比较温和,以科普栏目的方式进行。"播音台"是《儿童乐园》自创刊时就有的一个固定栏目,上面不时有关于政治时事的信息以及科学技术新发展方面的介绍。在 1956 年第 91 期上(图 6-6),"播音台"栏目的中心是一地球,上面是世界地图,鲜明地标出苏联、中国和美国三个国家,而地球表面上刊载了一则新闻,题为《人类将要征服宇宙》,内容是美国一位博士在纽约检

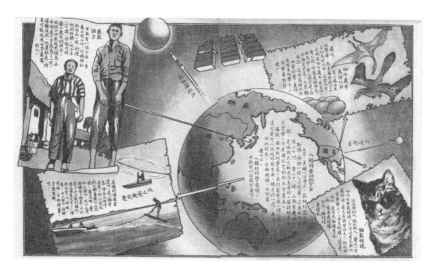

图 6-6 《儿童乐园》1956 年第 91 期"播音台"栏目

验一枚人造卫星,这枚卫星计划于明年发射到太空中去。这样的图

文安排比较鲜明地标明了50年代中期冷战格局以及太空竞赛的中心意义。①

和上文介绍过的《小朋友》相同,五六十年代的《儿童乐园》有不少期封面都是以登月或者火箭为核心意象(图6-7)。一个典型的例子是出版于1958年9月的第137期。一个男孩和一个女孩欢快地乘坐着灰色的火箭穿梭于黑云之间,远处有一轮黄色的圆月悬挂天际,前方不远处的一朵黑云上有一穿着白色睡衣似天使的女孩正

图6-7 《儿童乐园》1958年第137期、
1962年第216期、1969年第407期、1966年第329期

---

① "播音台",《儿童乐园》1956年第91期。

张开双手欢迎他们。圆月与出刊时期的 9 月中旬相呼应,而那穿白衣的女孩似乎暗示着这是一场梦境。这似梦似幻的场景在营造一种浪漫化的乌托邦的同时,也因为那灰色的火箭以及黑色的乌云透着一丝隐隐的不协调及不安的感觉。另一个值得分析的封面是 1962 年的第 216 期和 1969 年的第 407 期。这两个封面都透着浓厚的节日气氛,一是元旦,而另一个是圣诞节。前者是在一空旷的场地上,两个小男孩正俯身点燃一枚火箭形状的爆竹,火箭的机身上写着"1962"的字样,而不远处是一个小女孩正两手捂着耳朵笑盈盈地观望着。很明显,这是在将火箭这一军事武器玩具化和娱乐化,从而将其融入到儿童的日常生活当中去。而后一例是圣诞老人坐在标示着"圣诞节"的英文词的火箭上,手里拿着望远镜认真地观察前方,火箭里坐着可爱的松鼠和小兔子,天空飘着雪花,他们正在前往某地的途中,准备给那里的儿童带去节日的礼物。在传统的图画里,圣诞老人通常是在空中骑着马车,而这里却改为火箭。其实,圣诞老人坐在火箭上给孩子送去节日礼物的形象在五六十年代各国儿童刊物中并不少见。同是太空主题,《儿童乐园》1966 年第 329 期的封面则呈现为另一种风格:两个身穿太空服的小太空人手拉手在月球表面漫步,呈现一种漂浮的状态,而不远处的背景是地球及太空船。与此封面呼应,在同一期的"科学知识"栏目中,有比较详细的介绍月亮的文章。

  Guillaume de Syon 在研究第一次世界大战期间流行文化与宣传话语中所呈现出来的儿童与飞行之间的关系时,提出了成人世界利用理想化的青年和飞行之想象与当时的战争建立一种协商关系。在他看来,这样一个协商过程使战争在大众文化想象中得以碎片化(trivialization of warfare)。儿童与飞行话语之间的交错产生多层意义:儿童在被塑造成受害者及战斗者的同时,飞行也在被儿童化以帮助成人接受技术新的破坏力。也正因此,儿童与成人之间的关系变得模糊。Guillaume de Syon 有一个很有意思的论点:儿童与飞行技术同为19世纪欧洲的发明。随着资产阶级在欧洲的兴起,童年逐渐变得神圣,尤其是卢梭的自然理论强调儿童的天真及无辜,从而与成人世界相区别。飞行最初被发明出来时,很少被用于商业与军事的目的,飞行对成人与儿童的意义类似,都被允诺了一个充满魔力的未来童话。第一次世界大战对这些理念的挑战可以借助对当时大众文化的分析达成。①

不只是封面图画,在《儿童乐园》内容及栏目设计中"太空"主题也随处可见,例如在《儿童乐园》1961年第213期到1962年第225期连载的故事漫画《小太空人淘淘》(图6-8)。漫画一开始讲述了小姑娘淘淘受一老科学家所托看管他的实验室,不经意间穿上了太

图6-8 《小太空人淘淘》(《儿童乐园》1961年第213期)

---

① Guillaume de Syon,"The Child in the Flying Machine: Childhood and Aviation in the First World War," James Marten. Ed., *Children and War: A Historical Anthology*, New York and London: New York University Press, 2002, pp.116-134.

空服,并坐上了飞碟。在天空翱翔时,淘淘碰上了凶狠的老鹰在欺负一群小鸟,于是她利用肥皂炮弹帮助小鸟击退了老鹰。在之后的连载里,淘淘乘着飞碟到各个地方帮助解决不同的问题。其实,这个连载本身跟太空并无太多直接关系,但其中一期是淘淘乘坐飞碟到太空,巧遇在太空中飞行的人造卫星里的小猴子。小猴子与小太空人淘淘竞赛跑步时碰到了流星,导致飞碟出现技术故障。淘淘用炮弹击走了流星,从而让小猴子及人造卫星安全返还地球。

除太空人的概念之外,火箭也被设计成一些儿童漫画的主人公。在上文中,我们讨论过60年代在中国大陆出版的《小朋友》期刊中有一典型的小火箭人形象,穿梭于世界各地报道当地新闻。而《儿童乐园》在1964年也曾连载题为《火箭人》的漫画故事(图6-9),各期有不同的主题,主要讲述火箭人如何在城市的不同情境中帮助陷

图6-9 《火箭人》(《儿童乐园》1964年第282期)

于困境中的人,传达的是人道主义理想。①

《儿童乐园》的另一重要主题是将太空主题与传统的中国神话或小说相结合。1963—1964 年连载的童话《新西游记》是一典型例子②。整个故事充满了冷战时期的各种军事武器元素。例如第 2 期就讲的是唐三藏师徒碰到了"飞弹魔王""机械魔王"以及成群的"喷射机"。最值得注意的是在第 10 期(图 6 - 10),他们碰上了"原子魔

图 6 - 10 《新西游记》(《儿童乐园》1964 年第 271 期)

王"和"氢弹魔王"斗法,生灵涂炭。《新西游记》的第 12 期,唐三藏师徒发现两魔王的宫城里"堆满了原子弹、氢气弹、战车、大炮……全是战争用的武器"。关键时刻,身着白衣的观音女神出现,放出一群青鸟,经过青鸟光芒照射的战争武器全变成了有用的交通工具——飞机、单轨列车、原子游艇、原子汽车……都是使人类幸福的新东西。最后,童话借观音之口再次传达了幸福天书的真正意思:"现在,消灭人类的武器,全毁掉了,换来的,是为人类幸福的新工

---

① 《儿童乐园》1964 年第 282 期。
② 《新西游记》连载于《儿童乐园》1963 年第 262 期到 1964 年第 274 期。

具。你们的愿望已经达到了,不要再去寻找幸福天书了,为社会的进步,为人类的幸福希望你们早点回去吧。"①漫画虽然尊重原著,最后的女神被称呼为观音女神,但从图画的呈现方式来看,女神更接近基督教中的耶稣。其中的叙事修辞与王德威在分析晚清的科幻奇谭时所指出的现象非常相似:"一方面对异国情调、未知世界极为好奇,另一方面又不舍弃传统神怪话语将陌生事物合理化的做法。"②

三、南洋国家的独立与儿童杂志的在地化:《南洋儿童》和《世界儿童》

1952年发表在《南洋商报》上的题为《南洋教育文化的展望》③一文,提出了"建立此时此地的文化"的主张。这样的理想也体现在由当地中华书局出版的《南洋儿童》中。早在1923年,中华书局就已经在新加坡创设分局,并在同年11月向新加坡政府注册,设址于新加坡大马路牛车水,1957年由星局出资重建三层新厦,首任经理是杨绍周,他不但经营学校课本与少数学校参考书,还兼营文具。中华书局新加坡分局的创设,对于大量中国内地及香港各地出版的图书在新加坡地区的传播,具有重要的意义。由于历史的原因,新加坡曾禁止过部分中国大陆出版物进入南洋,导致以《小朋友》刊物为代表的在南洋地区颇为流行的一批中国大陆出版的儿童杂志一时间无法进入该市场,因而香港印刷的《南洋儿童》就以《小朋友》的替代者身份进入了南洋地区。

《南洋儿童》创刊于1959年4月25日。刊名中的南洋是一个地理名词,而其概念经过历史和时间的推展,已经有所改变和演化。许

---

① 《儿童乐园》1964年第273期,第20页。
② 王德威:《被压抑的现代性——晚清小说新论》,宋伟杰译,北京:北京大学出版社2005年版,第296页。
③ 马俊武:《南洋教育文化的展望》,《南洋商报》(Nanyang Siang Pau)1952年10月27日,第9页。

云樵在其《南洋史》中指出"南洋"一词存在地理暧昧性,并"无严格之规定",现今可作为"以华侨之中东南亚各地"。① "东南亚"一词是英国首相丘吉尔提议组成"东南亚盟军司令部"这一抵抗日军组织时的军事用词。② 李金生在其有关南洋概念的文章中,提出南洋的释义所历经的从"泛指"到"专指"、从"混淆"至受"认同"以及从"广泛应用"到"逐渐式微"的演进过程,而其最后的"萎缩"是因逐渐被东南亚的概念取代。③ 这种改变,揭示的无疑是中国意识被淡化而在地色彩愈发浓厚的历史演变过程。

的确,为了迎合东南亚的读者需求,《南洋儿童》呈现出一种比较强烈的马来亚意识。比较典型的例子是其不少封面都与马来亚独立这一政治事件相关(图6－11)。例如第41期,封面是一名马来亚男孩身穿典型的马来族服装,站在汽车上向周围群众致敬,特别突出

图6－11 《南洋儿童》1960年第41期、1962年第51期封面

---

① 许云樵:《南洋史》,新加坡:世界书局1960年版,第2—3页。
② Wells, Anne Sharp, *Historical Dictionary of World War II: the war against Japan*, Lanham, Md.: Scarecrow Press, 1999, p.248.
③ 李金生:《一个南洋,各自界说:"南洋"概念的历史演变》,《亚洲文化》2006年6月第30期,第113页。

的是覆盖在车头上的马来亚国旗。这种封面建立的是儿童与国家之间的一种直接联系。根据同期的正文介绍,这位男孩被称为"最勇敢的儿童",他不顾个人生命危险在湍急的河里救起落水的儿童,因而被马来亚联合邦最高元首授予勇敢奖章。与此类似,第51期的封面上一名华族小男孩正欢快地骑着自行车穿越独立桥——为了庆祝马来亚独立而建立的一座标志性建筑。封面将华族男孩与象征国家独立的符号并置,本身也预示了这些儿童未来文化身份的归属。如果联系香港版《小朋友》在马来亚禁售的问题,这样强烈的在地化倾向在某种意义上是一种策略性地淡化中国意识的行销包装。当然在读者的接受层面,具有如此强烈马来亚色彩的杂志起了构建未来国民身份认同的作用。为儿童确立值得学习的模范,通常是一个国家开始逐步确立自身文化道德规范的核心部分之一。《南洋儿童》借助其封面的选择也有效地参与到这个过程当中去。

当然,淡化中国色彩并不是说《南洋儿童》完全没有政治倾向。从"太空旅行"的主题切入,在其刊登的"太空游记"一类文章中,所介绍和记载的也多是苏联的太空人加加林。[①]《南洋儿童》不少期数的封面都是儿童与火箭的并置(图6-12)。其中一期的封面是牛郎乘坐着火箭去与天上的织女相会,这种将火箭与小读者熟悉的传统神话故事相结合的方式,容易淡化火箭作为科学武器的威胁成分,拉近其与孩童的距离。在第85期名为"太空火箭"的封面上,火箭更是直接成为一群孩童的玩具,这样的处理方法与我们上面所讨论的《儿童乐园》类似。同时,"太空旅行"的主题也被植入游记的体裁

---

① 例如《南洋儿童》1961年6月第52期上的《太空游记》,描述的就是苏联宇航员加加林升入太空时的情景。

图 6-12 《南洋儿童》1961 年第 56 期、1962 年第 85 期封面

中,而火箭的形象通常被结合到科幻小说、游戏设计①或者漫画当中。例如题为《旅行火星》的科学幻想故事中,一位小男孩在梦中乘坐"火箭太空船"来到火星,并与一群火星人一起唱歌跳舞。漫画里对火星人的想象令人感到新奇,同时梦境的叙事框架免去了标明宇宙飞船的国家身份的必要。这样的讲述方法一方面可以读解成《南洋儿童》对时事政治的回应,另一方面也体现了将科学元素与儿童日常生活结合起来以后,呈现出方式的灵活和多元。② 例如其中一期以"太空课堂"为主题介绍太空的知识,在围绕着地球转的五艘太空船上各坐着老师及学生,上课的内容就是从太空仰望地球,介绍地球上的动物。将冷战时期作为军事竞赛场所的太空转换为课堂的空

---

① 例如《南洋儿童》1959 年 11 月第 14 期上登有《土星旅行》的游戏图文介绍(见第 14—15 页)。
② 见《南洋儿童》1960 年 1 月第 18 期,第 20—21 页。在《南洋儿童》的第 15 期有《宇宙火箭和人造飞船》的文章,第 16 期有《太空里的一个家庭》的文章,第 17 期有《到太空去》的文章,里面有"科学幻想小说系列",第 24 期上有《到火星去》的游戏设计,第 25 期上有《铁孩子发现了新行星》的漫画,第 28 期上有《铁孩子回地球》的漫画。

间介绍给小读者,无疑是淡化政治色彩的一种有效方式。

谈及华语儿童杂志的在地化,除了《儿童乐园》和《南洋儿童》,不能不说到世界出版社发行的《世界儿童》这一当时在东南亚影响广泛的本地儿童杂志。世界出版社起源于周星衢于1924年在新加坡创立的上海正兴公司,最初售卖从上海带去的年画和洋画。经过十年左右的苦心经营,他于1934年在新加坡创办世界书局,专营图书出版和分销,将标点书和以白话文书写的书籍带入南洋,并逐渐构建起连接东南亚一些主要城市的分销网络。随着东南亚政治时势的发展,出于策略性考虑,他于1949年在香港成立的世界出版社开始主要经营华文图书零售和杂志出版,主要供应香港和东南亚市场。在香港—东南亚的出版网络中,儿童书籍和教科书的出版是非常重要的一部分。世界书局曾经编印《南洋幼童文库》,以介绍基本常识为出发点,内容分为历史故事、人物故事、民间故事、童话、寓言、语文常识、动物常识、矿物常识、科学常识、卫生常识及文娱游戏等十七类,共一百本。全书以图画为主,配上浅显的文字说明,适合新、马等地的小学一、二年级及就学前儿童阅读。①

1958年2月,周星衢在退休之前接受了《南洋商报》的访谈,谈话中他强调本地文化"需要马来亚化"是真正促进新马华文出版蓬勃发展的内因,并提到冷战格局所造成的当时中国出版物难以进入东南亚是外因。根据当时的香港三联书店老板蓝真的回忆,英国殖民政府禁止被认为含左派倾向内容的中国图书进口,其时不论是对南洋图书市场还是香港都造成了相当大的影响。周则"凭着敏锐的市场触觉,找过蓝真合作,通过大量租借图书纸型这个独特的方法,将中国国内解放前出版的没有共产意识的书籍,包括文化、历史、地

---

① 王虹主编:《岁月如书:大众集团八十五周年特刊副刊》,新加坡:大众控股有限公司2009年版,第27页。

理和诗词曲赋类的内容,在香港印刷,再发行到包括新马的海外各地。因为当时香港的出版业非常薄弱,市场也有限,蓬勃发展的东南亚是所有香港出版社和书店迫切需要的海外窗口,其市场规模远远大于香港"。① 在蓝真看来,相对于新加坡的其他书局,世界书局的形象和立场相对中立,在五六十年代的冷战格局中,这是对其发展比较有利的自我定位。

《世界儿童》创刊于1950年4月②。50年代,它是最早以南洋地区的儿童作为其预设读者群的刊物,也是当地一份主要的儿童读物。值得注意的是在其创刊期,曾注明《世界儿童》本意是在1949年的上海出版,但由于时局的影响,推迟至1950年4月在新加坡由世界书局出版发行。杂志的内容必须置于世界书局上述的自我定位中来重新审视。曾是世界书局职员的杨善才先生强调:"周先生当年为'姐妹刊'请来的编辑班子,是一群旅居印度尼西亚,从中国南来的文化人,大多任职华文教师。"③在1955年印尼万隆会议上,中国和印尼签订了《关于双重国籍问题的条约》,取消华侨的"双重国籍"身份,让他们必须选择一种国籍。对于此政治变化对当地华人的意义,同是世界书局创办的《南洋文摘》创刊辞曾有如下说明:

> 居留在南洋各地的华人为了自己的前途,也为了儿孙的前途,他们再两种不同国籍的抉择上,选取了当地的国籍。他们中的绝大多数人不再是中国人了,对他们不能再用[华侨]称呼,以前华侨是南洋为[第二故乡]的观念也完全改变,现在华人真

---

① 曹蓉:《东南亚华文的推手——记大众集团创始人周星衢先生》,《诗书滋味长:大众集团九十周年特刊》,新加坡:大众控股有限公司2014年版,第54页。
② 《世界儿童》杂志是东南亚最早的专为儿童而发行的期刊。它从1950年创刊,到1978年停刊,总共发行了二十八年。
③ 文字内容依据我对杨善财先生的采访。

正的家乡是他们的居留地,不是中国,根本没有第二故乡了。①

随着大多数华人政治身份的改变,对中国的原乡情感也逐渐淡化。60年代的《世界儿童》杂志呈现出更多的本土风俗和传统,以向儿童灌输本土身份意识。

关于上海—香港—新加坡三地的儿童刊物与出版业之间联系的转变,也可以从《世界儿童》上的"祖国游记"专栏谈起。其创刊期的第一篇游记就是《从上海出发》(图6-13),以连环图画的方式图文并茂地介绍了上海的市景如江防要塞、吴淞炮台等。在当时还是以"我国"指称中国,可以看出其时海外华侨在文化身份上对中国的认同,不过,这种认同感随着冷战格局的改变也有所变化。自第9期起,《祖国游记》改名为《中国游记》,刊载一系列故事性的连环图,讲述主人翁小芳和父亲游历中国的经历。事实上,刊名《世界儿童》似

图6-13 《从上海出发》(《世界儿童》1950年第1期)

① 《南洋文摘》创刊号,1960年1月1日。

乎也暗示着刊物对自身的定位着眼于一种更大的格局,此栏目的名称和内容自第 44 期有了更动。两位主人公结束了中国城镇的游记,开始了"外国游记",第 44 期的栏目名称为"香港游记",自第 45 期起便改作"印尼游记",而之后又有"马来亚游记"的连载。到第 100 期左右又转为"世界游记",开始介绍英美国家。考虑到马来亚半岛和印尼都是世界书局的重要分销市场,杂志对这些地方的选择其实是与世界书局自身的销售网络相关的。① 这些游记的基本模式多是介绍各个城镇的一些基本讯息和文化特征,主要是交待其地理位置并且重点介绍当地名胜古迹和特产物品。编者设置此栏目时,最初的目的在于介绍中国各城镇,其中所表露出的"我国"的概念还是指"中国",将印尼定义为"外国"的概念也可作为旁证。从第一期《编者言》来看,《世儿》第一位编者的原籍很有可能是上海,而第一篇游记也指出小芳和父亲是上海人,因此编者用"我国"来指称"中国"并不奇怪。第二位编者尽管来自印尼,但他仍然延续了此栏目的风格和走向,不过值得注意的是,他将栏目名称从"祖国"换成"中国",似乎企图淡化"祖国"一词所承载的情感归属。这是经过一段长达四十四期的时间才得以完成的过程。

  "中国游记"凸显出中国各大城镇浓厚的文化历史和繁华景象。"印尼游记"则着重于呈现当地民俗和风情,例如介绍当地土著的土风舞以及他们充满异域色彩的穿着风格。编者选择以印尼作为新的游记地点,不仅因为自己来自印尼雅加达,也因印尼乃南洋地区独立国家的最佳代表。许多篇印尼游记都强调其独立身份,比如介绍其总统府和对荷兰殖民政府所建万福纪念碑的拆除(第 47 期)。在第

---

① 早在印尼独立前,大约是 1938 至 1939 年期间,世界书局在雅加达收管了一家大成书局,作为世界书局在当地的分店。印尼曾为世界书局和稍后在香港成立的世界出版社提供了大量的出版资源。

3 期的《编后记》中,编者就提醒读者他们将有意识地增加与当地相关的一些栏目和知识:"从本期起,我们增添南洋的历史,地理,风俗,人情,物产等类的常识,如《马来亚树胶小史话》,及《一棵树的自述》都是。"

五六十年代的冷战氛围除影响了"游记"专栏以外,还影响了一些与科学相关的栏目。《世界儿童》设置了"科学漫画""科学知识""电视传真"和"科学新知"等栏目。在 1957 年出版的第 131—135 期上,《儿童世界》连载了科幻小说《孙悟空大闹原子宫》,内容是以儿童的视角去讲述孙悟空闯入原子宫,制造各种混乱。在充满童趣的描述中,一些新科技知识也得以传达。"原子宫"这一概念的提出与二战时期的原子弹爆炸之史实不无关系,但这样的战争记忆以科幻小说的方式呈现时,是在淡化历史创伤还是在更广泛地渗透战争恐惧,值得我们进一步推敲。整部小说涉及的多是火箭与太空方面的技术进步。1957 年 10 月 4 日,苏联宣布成功地把世界上第一颗绕地球运行的人造卫星送入轨道。在 1957 年 11 月 16 日的第 131 期,题为《人造的小月亮》的一篇文章介绍了"人造卫星上天"这一事件。有趣的是,将近两页的文字并没有指出这颗人造卫星是哪个国家发送上去的,而是用了"全人类"这种比较含混的字眼来形容这项成果的归属。全文的最后则是呼吁小读者努力学习,追求科学知识,达成太空旅行的梦想。

比较突兀的是,在这篇文章的排版中,同时并置的是"马来亚联邦国歌"。① 这样的编排原因之一可能是 1957 年 8 月 31 日马来亚联邦刚刚获得独立。在 1959 年的第 180 期上,随着马来亚联邦的独立,配合这一重大政治变化,杂志刊登了新加坡邦旗邦歌以及邦歌创作的来龙去脉。1960 年 1 月 1 日,第 182 期也以长文刊登马来亚元

---

① 季兄:《人造的小月亮》,《世界儿童》1957 年第 131 期,第 10—11 页。

首就职典礼的报道:"看! 新加坡青年的儿女,小手挥动着邦旗而过,嘴边挂着愉快的笑容,兴高采烈! 他们那有效的心灵里,栽了效忠的种子。"①在《世界儿童》举办的"读书月"活动的广告中,也鲜明地打出"要有丰富的知识,才能为国家效忠"②的口号。五六十年代是东南亚国家如火如荼地进行反殖民斗争以争取国家独立的时期,《世界儿童》杂志如此注重在年幼的读者当中培养马来亚本土意识,一方面可以理解成他们对本地读者的文化心理需求非常敏锐,但从另一方面来说,这样明显的在地化特点或许也是因为《世界儿童》渴求建立一种超越非左即右意识形态的马来亚文化身份。当然,也许还可以进一步思考,太空科技方面的发展成就介绍与马来亚联邦国歌的并置是否仅仅是一种偶然? 在不能排除偶然性的前提下,这两则内容背后共享的"发展"话语是否也是这种并置背后的逻辑呢? 一个新建立的国家所期盼的发展与太空科技领域被定义为"全人类"的发展似乎有所区别,但两者所依赖的走向未来的时间观却是相同的。

结 论

通过上面的讨论我们可以发现,在五六十年代中国大陆、中国香港和东南亚的华语儿童刊物中,"火箭"或者"太空旅行"是共通的和相似的主题,与当时的地域政治、教育系统密切相关,并在成人与儿童、现实主义与浪漫主义以及科学与政治之间建立了一种连接。这些杂志通过共享的主题,建立了共同的区域想象。不同的群体有着

---

① 关怀:《邦旗飘扬邦歌高唱:新加坡庆祝元首就职》,《世界儿童》1960 年 1 月第 182 期,第 3 页。
② 见《世界儿童》1960 年第 190 期,第 5 页。

不同的立场和目的,都对"太空旅行"的文化主题进行了不同的修改以为我所用,从而使得冷战两阵营在政策宣传上呈现出一种共享状态。而这些华语杂志在扩散过程中,有的与当地的反殖民及后殖民的政治话语结合在一起,从而产生出更加复杂的在地化过程。这种跨国的过程正如 Brian Bernard 在研究老舍的小说《小坡的生日》时所提出的一种转化过程:"从离散国族主义"(diasporic nationalism)到"跨殖民主义意识"(transcolonial consciousness)。①

在前面几个章节的讨论中,我们发现战争强化的是儿童与国家之间的一种或实质或隐喻的关系;但在五六十年代冷战的格局中,我们似乎看到了儿童与国家之间的一种不同的关系,也看到了区域与亚洲甚至世界的概念相互交叉。这样的复杂性,无疑是五六十年代的冷战格局、东南亚国家开展反殖民运动争取独立的本土意识的生长以及出版商的市场面向等多种因素互相作用之下的产物。如果说,在战前的东南亚地区,本地华人社区所用的教科书以及儿童所阅读的儿童读物很大一部分是来自中国,那么到了五六十年代,这种统一化的格局开始走向分散。

---

① B. Bernard, "From Diasporic Nationalism to Trans-colonial Consciousness: Lao She's Singaporean Satire, Little Po's Birthday," *Modern Chinese Literature and Culture*, Vol. 26 (1), 2014, p. 1.

参考书目

报纸期刊：

《大公报》(香港)1948年。

《大公报》(上海)1947—1948年。

《大公报》(天津)1948年。

《大公报·文艺》1949年。

《大公报》(儿童节专号)1949年4月3日。

《儿童世界》1938年。

《儿童乐园》1953、1956、1959、1961、1963、1964年。

《妇女共鸣》1935年。

《国闻周报》1937年。

《华侨日报》1948年。

《教与学月刊》1936年。

《救亡日报》1938年。

《明报周刊》1995年。

《南洋商报》1952、1953、1958年。

《南洋儿童》1959—1961年。

《南洋文摘》1960年。

《七月》1938年。

《青年知识》1948年。

《人民日报》1954、1962年。

《上海漫画》1936年。

《少年先锋》1938年。

《申报》1946年。

《申报·自由谈》1934年。

《申报月刊》1933年。

《生活教育》1934—1935年。

《时刻准备着》1933年。

《世界儿童》1938、1960年。

《四川教育》1937年。

《文汇报》1948、1957、1981年。

《文汇报·文艺周刊》1948年。

《文艺月刊》1937年。

《西北工合》1941年。

《戏剧春秋》1940年。

《小朋友》1953、1955年。

《小朋友》(香港版)1953—1956年。

《乡村改造半月刊》1936年。

《新民报》1939年。

《新蜀报》1941年。

《战时戏剧》1938年。

《浙赣月刊》1940年。

《中国档案报》2012年。

《中国儿童》1937年。

英文文献

Aaron William Moore, "Growing Up in Nationalist China: Self-Representation in the Personal Documents of Children and Youth, 1927-1949," *Modern China* (2014), pp. 1-38.

Adrian Wilson, "The Infancy of the History of Childhood: An Appraisal of Philippe

Aries," *History and Theory*, Vol. 19, Issue. 2, 1980, p. 145.

Andrew Jones, *Developmental Fairy Tales: Evolutionary Thinking and Modern Chinese Culture*, Cambridge, Massachusetts: Harvard University Press, 2011.

Ann Anagnost, "Children and National Transcendence in China," *Constructing China: The Interaction of Culture and Economics*, edited by Kenneth G. Lieberthal, Shuen-fu Lin, and Ernest P. Young, Ann Arbor: Center for Chinese Studies, University of Michigan, 1997.

Anne Behnke Kinney, *Representations of Childhood and Youth in Early China*, Stanford: Stanford University Press, 2004.

Anne Sharp Wells, *Historical Dictionary of World War II: The War against Japan*, Lanham, Md. : Scarecrow Press, 1999.

B. Bernard, "From Diasporic Nationalism to Trans-colonial Consciousness: LaoShe's Singaporean Satire, Little Po's Birthday," *Modern Chinese Literature and Culture*, Vol. 26 (1), 2014, p. 1.

Barry C. Keenan, *The Dewey Experiment in China: Educational Reform and the Political Power in the Early Republic*, Cambridge, Mass: Council on East Asian Studies, Harvard University: distributed by Harvard University Press, 1977.

Carolyn Steedman, *Strange Dislocations: Childhood and the Idea of Human Interiority, 1780-1930*, Cambridge, Mass. : Harvard University Press, 1995.

Cathy Caruth, *Unclaimed Experience: Trauma, Narrative, and History*, Baltimore: Johns Hopkins University Press, 1996.

Chang-Tai Hung, *War and Popular Culture: Resistance in Modern China, 1937-1945*, Berkeley: University of California Press, 1994.

Claudia Castaneda, *Figurations: Child, Bodies, World*, Durham: Duke University Press, 2002.

Dafna Zur, "Let's Go to the Moon: Science Fiction in the North Korean Children's Magazine AdongMunhak, 1956-1965," *The Journal of Asian Studies*, 73:2 (May 2014), pp. 327-351.

David Der-wei Wang, *The Lyrical in Epic Time: Modern Chinese Intellectuals and Art-*

ists through the 1949 Crisis, New York: Columbia University Press, 2015.

David Der-wei Wang, *The Monster that is History: History, Violence, and Fictional Writing in Twentieth-century China*, Berkeley: University of California Press, 2004.

David Der-wei Wang and Chi Pang-Yuan eds., *Chinese Literature in the Second Half of A Modern Century: A Critical Survey*, Bloomington: Indiana University Press, 2000.

Eva Maurer, Eds., *Soviet Space Culture: Cosmic Enthusiasm in Socialist Societies*, New York: Palgrave Macmillan, 2011.

George L. Mosse, *Fallen Soldiers: Reshaping the Memory of the World Wars*, New York: Oxford University Press, 1990.

Geremie R. Barme, *An Artistic Exile: A Life of Feng Zikai (1898-1975)*, Berkeley: University of California Press, 2002.

Gerhard Fischer, "Benjamin's Utopia of Education as Theatrum Mundiet Vitae: On the Programme of a Proletarian Children's Theatre," In Gerhard Fischer ed., *'With the Sharpened Axe of Reason': Approaches to Walter Benjamin*, Oxford: Berg, 1996, pp. 201-218.

Guillaume de Syon, "The Child in the Flying Machine: Childhood and Aviation in the First World War," James Marten, Ed., *Children and War: A Historical Anthology*, New York and London: New York University Press, 2002.

Hans-Thies Lehmann, "An Interrupted Performance: On Walter Benjamin's Idea of Children's Theatre," in Gerhard Fischer ed., *'With the Sharpened Axe of Reason': Approaches to Walter Benjamin*, Oxford: Berg, 1996.

James Marten, *Children and War: A Historical Anthology*, New York and London: New York University Press, 2002.

Jing Tsu, *Failure, Nationalism and Literature: The Making of Modern Chinese Identities, 1895-1937*, Stanford University Press, 2005.

Jon L. Saari, *Legacies of Childhood: Growing up Chinese in a Time of Crisis, 1890-1920*, Cambridge: Harvard University Press, 1990.

Julia C. Strauss, "The Evolution of Republican Government," *The China Quarterly* 150 (June 1997), pp. 344-349.

Laura Pozzi, "Chinese Children Rise Up! Representations of Children in the Work of the Cartoon Propaganda Corps during the Second Sino-Japanese War," *Cross-Currents: East Asian History and Culture Review* 13(Dec. 2014), pp. 99-133.

M. Colette Plum, "Lost Childhoods in a New China: Child-Citizen-Workers at War, 1937-1945," *EJEAS* 11 (2012), pp. 237-258.

M. Colette Plum, *Unlikely Heirs: War Orphans During the Second Sino-Japanese War, 1937-1945*, Stanford Dissertation, 2006.

Margaret Peacock, *Innocent Weapons: The Soviet and American Politics of Childhood in the Cold War*, Chapel Hill: The University of North Carolina Press, 2014.

Mary Ann Farquhar, *Children's Literature in China: From Lu Xun to Mao Zedong*, Armonk, New York: M. E. Sharpe, 1999, p. 167.

Mingwei Song. "Long Live Youth: National Rejuvenation and the Chinese Bildungsroman, 1900-1958," Ph. D. diss., Columbia University Press, 2005.

Naomi B. Sokoloff, *Imagining the Child in Modern Jewish Fiction*, Baltimore: Johns Hopkins University Press, 1992.

Nicole Huang, "Sun-Facing Courtyards: Urban Communal Culture in Mid-1970s' Shanghai," *East Asian History* 25/26, June-December 2003, pp. 161-183.

Olga Kucherenko, *Little Soldiers: How Soviet Children Went to War, 1941-1945*, Oxford: Oxford University Press, 2011.

Patrick Major, "Future Perfect? Communist Science Fiction in the Cold War," *Cold War History*, 4:1 (2003), pp. 71-96.

Philip A. Kuhn, "T'ao Hsing-Chih, 1891-1946, An Educational Reformer," *Harvard Papers on China* (East Asian Studies Program of Harvard University) 13, 1959, pp. 163-195.

Philippe Aries, *Centuries of Childhood: A History of Family Life*, New York: Random House, 1962.

Ping-chen Hsiung, *A Tender Voyage: Children And Childhood in Late Imperial China*, Stanford: Stanford University Press, 2005.

Ping-Kwan Leung, "Two Discourses on Colonialism: Huang Guliu and Eileen Chang on Hong Kong of the Forties," *Boundary* 2, 25, p. 3; *Modern Chinese Literary and Cultural Studies in the Age of Theory: Reimagining a Field* (Autumn, 1998), pp. 77-96.

Rey Chow, *Primitive Passions: Visuality, Sexuality, Ethnography, and Contemporary Chinese Cinema*, New York: Columbia University Press, 1995.

Robert Culp, "Rethinking Governmentality: Training, Cultivation, and Cultural Citizenship in Nationalist China," *The Journal of Asian Studies*, 65:3 (Aug, 2006), pp. 529-554.

Ross F. Collins, *Children, War and Propaganda*. New York: Peter Lang Publishing, 2011.

Stefan Tanaka, "Childhood: Naturalization of Development into a Japanese Space," *Cultures of Scholarship*, edited by S. C. Humphreys, Ann Arbor: University of Michigan Press, 1997, pp. 21-56.

Stephen R. Mackinnon, *Wu Han, 1938: War, Refugees, and the Making of Modern China*, Berkeley, Calif.: University of California Press, 2008.

Susan R. Fernsebner, "A People's Playthings: Toys, Childhood, and Chinese Identity, 1909-1933," *Postcolonial Studies*, Vol. 6, No. 3, 2003, pp. 269-293.

Szonyi Michael, *Cold War Island: Quemoy on the Frontline*, Cambridge: Cambridge University Press, 2008.

Ulrich Wicks, *Picaresque Narrative, Picaresque Fictions: A Theory and Research Guide*, 48, NewYork: Greenwood Press, 1989.

Wen-hsin Yeh, *Wartime Shanghai*, London, New York: Routledge, 1998.

Xiaojue Wang, *Modernity with a Cold War Face: Reimagining the Nation in Chinese Literature across the 1949 Divide*, Cambridge, Massachusetts: Harvard University Asia Center, 2013.

Yusheng Yao, "Rediscovering Tao Xingzhi as an Educational and Social Revolutionary," *Twentieth Century China* 27.2 (April 2002), pp. 79-120.

Yusheng Yao, "The Making of a National Hero: Tao Xingzhi's Legacies in the People's Republic of China," *Review of Education, Pedagogy, and Cultural Studies* 24.2 (July-September 2002), pp. 251-281.

Yu Zhang, "Visual and Theatrical Constructs of Modern Life in the Countryside: James Yen, Xiong Foxi, and the Rural Reconstruction Movement in Ding County," *Modern Chinese Literature and Culture*, 25:1 (Spring 2013), pp. 47-95.

Zelizer, Viviana A, *Pricing the Priceless Child: The Changing Social Value of Children*, Princeton: Princeton University Press, 1994.

中文文献

艾晓明:《从文本到彼岸》,广州:广州出版社1998年版。

〔美〕爱特伽·斯诺(Edgar Snow):《西行漫记》,上海:复社1938年版。

〔美〕安德鲁·琼斯:《留声中国:摩登音乐文化的形成》,宋伟航译,台北:台湾商务印书馆2004年版。

毕克官、黄远林:《中国漫画史》,北京:文化艺术出版社1986年版。

毕苑:《建造常识:教科书与近代中国文化转型》,福州:福建教育出版社2010年版。

〔日〕柄谷行人:《现代日本文学的起源》,赵京华译,北京:生活·读书·新知三联书店2006年版。

曹蓉:《东南亚华文的推手——记大众集团创始人周星衢先生》,《诗书滋味长:大众集团九十周年特刊》,新加坡:大众控股有限公司2014年版。

陈鹤琴:《陈鹤琴全集》(第1卷),南京:江苏教育出版社1987年版。

陈顺馨:《香港与40—50年代的文化转折》,《现代中国》第6辑。

陈默、曹大庆编:《孩子剧团抗战儿童佳作选》,上海:少年儿童出版社1995年版。

陈雁:《性别与战争:上海1932—1945》,上海:上海社会科学文献出版社2013年版。

程季华:《中国电影发展史》,北京:中国电影出版社1980年版。

〔日〕岛田正雄、实藤惠秀:《后序》,《虾球物语》,岛田正雄、实藤惠秀译,京都:三一书房1951年版。

丁小:《影事春秋》,《阳翰笙研究资料》,北京:中国戏剧出版社1992年版。

丁玲:《丁玲文集》,北京:北京燕山出版社1998年版。

董纯才:《儿童教育中的主观主义》,《陕甘宁边区教育资料:小学教育部分(下)》,北京:教育科学出版社1981年版。

儿童艺术剧院:《中国儿童戏剧史》,北京:中国戏剧出版社2003年版。

范智红:《世变缘常——四十年代小说论》,北京:人民文学出版社1998年版。

赣南师范学院及江西省教育科学研究所编:《全国第五次大会儿童运动决议案》(1929年6月6日),《江西苏区教育资料汇编,1927—1937》(六),南昌:江西省教育科学研究所内部发行,1985年6月版。

高小健:《吴永刚:追索不尽的话题——一个电影知识分子的精神与艺术》,《当代电影》2004年第5期。

高一涵(Robert Culp):《中国童子军——南京十年童子军手册中的公民训练与社会意识》,黄煜文译,《新史学》2000年第11卷第4期。

葛飞:《戏剧、革命与都市漩涡:1930年代左翼剧运、剧人在上海》,北京:北京大学出版社2008年版。

〔美〕葛浩文:《萧红传》,上海:复旦大学出版社2011年版。

葛一虹:《前记》,《苏联儿童戏剧》,上海:上海杂志公司1939年版。

顾铮:《意识形态如何俘虏流浪儿三毛——论三毛形象的转型》,《书城》2005年第9期。

海辛:《我的作家梦》,《我怎样写作》,香港:获益出版事业有限公司2002年版。

孩子剧团史料编辑委员会编:《在战火纷飞的年代》,北京:内部出版,1996年版。

孩子剧团:《孩子剧团:从上海到武汉》,汉口:大陆书店1938年版。

洪深:《〈乐园进行曲〉演出说明》,《孩子剧团抗战儿童戏剧佳作选》,上海:少年儿童出版社1995年版。

侯桂新:《文坛生态的演变与现代文学的转折——论中国现代作家的香港书写》,北京:人民出版社2001年版。

胡步蟾编:《细菌与人生》,上海:新亚书店1933年版。

胡克:《卓别林电影对中国早期电影观念的影响》,《当代电影》2006年第5期。

胡立民、邢舜田:《国难教育面面观》,上海:亚东图书馆1937年版。

华嘉:《忆〈华商报〉及其副刊》,南方日报社及广东《华商报》史学会合编:《华商报史话》,广州:广东人民出版社1991年版。

黄谷柳:《春风秋雨》,香港:新民主出版社1948年版。

黄谷柳:《山长水远》,香港:新民主出版社1949年版。

黄谷柳:《虾球传》,杭州:浙江文艺出版社 2006 年版。

黄剑华:《教材是新民主主义教育的核心——雷云锋访谈录》,《钟情启蒙,执著开拓:纪念著名教育家辛安亭诞辰 100 周年》,兰州:兰州大学出版社 2004 年版。

〔美〕黄心村:《乱世书写:张爱玲与沦陷时期上海文学及通俗文化》,胡静译,上海:上海三联书店 2010 年版。

皇甫束玉、宋荐戈、龚守静编:《中国革命根据地教育纪事》,北京:教育科学出版社 1989 年版。

霍玉英:《五十年代华文儿童杂志的足迹》,《世界儿童 童心永远》,新加坡:大众控股有限公司 2004 年版。

霍玉英:《试论罗冠樵在〈儿童乐园〉时期的创作特色》,《文学论衡》2011 年第 18—19 期。

吉多智、李国光、戴永增编:《徐特立教育学》,广州:广东人民教育出版社 1990 年版。

抗日小学民众训练及武装部队用,《战时读本》第四册,长治:太行山文化教育出版社,年份不详。

〔法〕勒菲弗(又译列斐伏尔):《空间与政治》,李春译,上海:上海人民出版社 2008 年版。

李定开:《抗战时期重庆的教育》,重庆:重庆出版社 1995 年版。

李金生:《一个南洋,各自界说:"南洋"概念的历史演变》,《亚洲文化》2006 年 6 月第 30 期。

黎明:《战时儿童教育》,汉口:生活书店 1938 年版。

李杨:《抗争宿命之路:"社会主义现实主义"(1942—1976)研究》,长春:时代文艺出版社 1993 年版。

琳清:《我看虾球——〈虾球是怎样一个人〉读后》,《青年知识》第 37 期。

凌鹤:《"迷途的羔羊"——论蔡楚生的思想·作风·技巧》,《读书生活》第 4 卷。

刘国正:《叶圣陶教育文集》(第 2 卷),北京:人民教育出版社 1994 年版。

刘进才:《从"文学的国语"到方言创作》,《文学评论》2006 年第 4 期。

刘宪曾、刘端棻编:《陕甘宁边区教育大事记》,西安:陕西教育出版社 1987 年版。

卢玮銮、熊志琴编著:《香港文化众声道》(第 1 册),香港:香港三联书店有限公司

2014年版。

鲁迅:《鲁迅全集》(第4卷),北京:人民文学出版社1981年版。

吕兴斗编:《民族号手:新安旅行团史料选》,北京:春秋出版社1989年版。

茅盾:《关于〈虾球传〉》,《茅盾全集·中国文论七集》(第24卷),北京人民文学出版社1996年版。

梅家玲:《从少年中国到少年台湾:二十世纪中文小说的青春想象与国族论述》,台北:麦田出版社2013版。

梅家玲:《从少年中国到少年台湾:二十世纪中文小说的青春想象与国族论述》,台北:麦田出版社2013年版。

潘光武、张大明:《阳翰笙评传》,重庆:重庆出版社1998版。

钱理群:《1948:天地玄黄》,济南:山东教育出版社1998年版。

钱理群等:《中国现代文学三十年》(修订本),北京:北京大学出版社1998年版。

秦弓:《抗战文学的概况与问题》,《抗日战争研究》2007年第4期。

陕西师范大学教育研究所编:《通告——抗战时期小学应该注意的几个工作》,《陕甘宁边区教育资料(小学教育部分)》,西安:教育科学出版社1981年版。

上海大可童文化有限公司编:《不朽的三毛》,《三毛之父张乐平:三毛诞生七十周年纪念》,上海:上海人民出版社2005年版。

沈建中编:《抗战漫画》,上海:上海社会科学院出版社2005年版。

生活教育社编:《战时教育论集》,汉口:生活书店1938年版。

石凌鹤:《祝贺〈孩子剧团抗战儿童戏剧佳作选〉出版》,陈模、曹大庆编:《孩子剧团抗战儿童戏剧佳作选》,上海:少年儿童出版社1995年版。

宋明炜:《"少年中国"之"老少年"——清末文学中的青春想象》,《中国学术》2010年第27期,第207—231页。

孙玉芹:《民国时期的童子军研究》,北京:人民出版社2013年版。

唐小兵:《现代经验与内在家园:鲁迅〈故乡〉精读》,《英雄与凡人的时代:解读20世纪》,上海:上海文艺出版社2001年版。

唐小兵:《再解读——大众文艺与意识形态(增订版)》,北京:北京大学出版社2007年版。

陶行知:《陶行知全集》(第1—3卷),成都:四川教育出版社1991年版。

团中央少先队工作委员会、中国少年先锋队工作学会编著:《中国少年儿童运动史话》,北京:中国少年儿童出版社1989年版。

〔德〕瓦尔特·本雅明:《本雅明论教育:儿童·青春·教育》,长春:吉林出版集团2011年版。

〔美〕王斑:《历史的崇高形象:二十世纪中国的美学与政治》,孟洋春译,上海:上海三联书店2008年版。

王德威:《战争叙事与叙事战争:延安、金门,及其以外》,《"大分裂时代的叙事"会议论文集》,第13页。转引自袁一丹:《打通历史的关节(1937—1952——"聚散离合的文学时代"会议侧记)》,《文学评论》2014年第4期。

王德威:《被压抑的现代性——晚清小说新论》,宋伟杰译,北京:北京大学出版社2005年版。

王虹主编:《岁月如书:大众集团八十五周年特刊副刊》,新加坡:大众控股有限公司2009年版。

王秀南编述:《抗日救国与儿童教育》,南京:南京书店1932年版。

吴芳芳:《小朋友1927—1937》,上海师范大学硕士论文,梅子涵指导,2010年。

吴福辉:《战争、文学和个人记忆》,《河北学刊》2005年第5期。

吴仲:《续记香港新民主出版社》,南方日报社及广东《华商报》史学会合编:《华商报史话》,广州:广东人民出版社1991年版。

夏衍:《白头记者话当年——记香港〈华商报〉》,南方日报社、广东《华商报》史学会合编:《白首记者话华商——香港〈华商报〉创刊四十五周年纪念文集1941—1986》,广州:广东人民出版社1987年版。

新安旅游团:《我们旅行记》,上海:儿童书局1935年版。

辛安亭:《教材编写琐忆》,西安:陕西人民出版社1981年版。

辛安亭:《辛安亭论教育》,长沙:湖南教育出版社1983年版。

小牯:《小难民自述》,上海:商务印书馆1940年版。

徐兰君、〔美〕安德鲁·琼斯编:《儿童的发现:现代中国文学及文化中的儿童问题》,北京:北京大学出版社2011年版。

徐特立:《边区儿童的我见》,《徐特立文集》,长沙:湖南人民出版社1980年版。

许云樵:《南洋史》,新加坡:世界书局1960年版。

严景耀、雷洁琼:《读净业教养院报告》,上海:净业社1943年版。

阎树声等:《毛泽东与延安教体育》,西安:陕西人民出版社1993年版。

姚家栋编:《国防训练的小学游戏教材》,上海:商务印书馆1936年版。

赵明:《〈三毛流浪记〉的回顾与随想》,《电影艺术》1984年第12期。

张宗麟:《战时的儿童工作》,上海:生活书店1938年版。

张乐平:《三毛流浪记》,北京:少年儿童出版社1950年2月版。

张乐平:《三毛从军记》,北京:少年儿童出版社2000年8月版。

张元济编著:《中华民族的人格》,上海:商务印书馆1937年版。

曾敏之:《〈虾球传〉序》,《虾球传》,香港:新民主出版社2006年版。

郑树森、黄继持、卢玮銮编:《国共内战时期香港文学资料选(一九四五年——一九四九年)》,香港:天地图书有限公司1999年版。

郑树森:《遗忘的历史,历史的遗忘——五六十年代的香港文学》,见黄继持、卢玮銮、郑树森主编:《追迹香港文学》,香港:牛津大学出版社1997年版。

中华全国文艺协会香港分会方言文学研究会编辑:《方言文学》(第一辑),香港:新民主出版社1949年版。

中华书局编辑部:《中华书局大事纪要,1912—1954》,北京:中华书局2002年版。

周洪宇编:《陶行知研究在海外》,北京:人民教育出版社1991年版。

周蜜蜜编:《香江儿梦话百年》,香港:明报出版社1996年版。

朱自奋:《〈孩子的讲演〉告诉我们的——萧红创作的一种细读》,《山东社会科学》2000年第5期。

庄玉惜:《印刷的故事:中华商务的历史与传承》,香港:三联书店2010年版。

后　记

很多人都说，写完一本书，最轻松的就是写后记了。我也一直很期待写这个后记。1994年入学北大，到如今已经整整二十年，依旧对北大静园和五院的记忆绿意满满，那盛开在夏季的紫藤承载着我美好的大学记忆。

说起当初选择这个主题，主要是受到我在北大读硕士时的导师曹文轩教授的启发。他是儿童文学的写作者，同时也是儿童文学研究的重要实践者。作为他的学生，儿童的主题自然引起我浓厚的兴趣。我一直记得老师在我当初求职时，在那个寒冷的冬天，一字一句帮我改讲稿，并告诉我如何在讲课时注意断句和语气转承——谆谆教导的殷切之情我终生难忘。曹老师最近完成的新长篇小说《火印》，主题也是"战争中的孩子"，可以说是让人惊喜的巧合。

进入北大是我遇见各位良师的开始。曾是我们大学班主任的吴晓东老师，在入学的第一天，引用海明威的话告诉我们北大的生活是一场"流动的盛宴"。陈平原老师是我现代文学的启蒙老师。那一年，老师刚从日本东京访学归来，承担了我们九四级中文系新生的现代文学课。印象最深的是他给我们讲授苏曼殊的那一课。长城脚下，萧瑟的昌平园，漫天飞雪，陈老师意绪满满地讲解他理解中的浪漫作家，给了我何谓文学的最初启蒙。随着年纪的增长，再加上在学院里所接受的学术训练，我对文学的研究也逐渐趋于理性和冷静，但是这些在年少时所蕴育的充满诗意的"文学初心"，却始终是我学术坚持的力量所在,说到底,文学是有情的。来新加坡工作的初期,陈老师刚好来新讲学,耐心地给了初上职场的我很多人生指导。而李杨老师,当时还是刚获得博士学位的"阳光少年",给新入学的我们上现当代文学精品课,邀请中文系的众多名师给我们讲解现当代文学的经典作家及作品,精彩纷呈。如果不是上这门课,我可能不会有机会见识中文系多位名师的风采。当然,李老师影响我最深的是在我大学二年级那年给我们上的当代文学课。他对"十七年"文学作品考古学式的细致梳理和新颖的理论投射,让我对这个时期的文学和文化产生了浓厚的学术兴趣。最近几年,李老师一直执着于延安文艺的研究,每次与他交谈都会有新的收获,这也启发了我对本书一些重要命题的进一步思考。他经常强调把所谓的"文化研究"仅仅定义为文学社会学是不够的,还要追问"文本"是如何"生产""历史"和"意识形态"的。这样的提醒一直促使我不断思考文学与历史之间的复杂关系,而这本书正是我切入文学与历史关系的一次尝试。战争可以说是一种以极端暴力的形式呈现的历史,那理应"纯洁"和"脆弱"的"儿童"与惨烈的历史相互碰撞时,到底会产生怎样的时代命题?另外,我也非常感谢蒋朗朗老师和王岳川老师,在我北大七年的时光里,他们给了我很多帮助和引导。

在美国普林斯顿大学东亚系学习的六年半时间,是我走出纯粹的文学研究领域,熟悉历史学以及其他相关跨领域学科研究思路的开始。我在林培瑞教授、Jerome Silbergeld 教授和浦安迪教授的指导下加强了文学和电影方面的知识训练,这段时间是我求学之路上另一个非常关键的积累阶段。他们对我选择的研究课题所给予的肯定和支持,是我坚持的重要理由。我也很有幸于 2002 年在哥伦比亚大学听到王德威教授讲白薇的《打出幽灵塔》和费穆的电影《生死恨》,那是莫大的享受,也让我受益匪浅。王老师一直以来对文学与历史互动关系的强调也影响了我切入学术问题的角度。现在回过头看,在普林斯顿大学学习是安静幸福的,犹如在一个世外桃源,每天只是穿梭在宿舍、教室、图书馆和咖啡馆之间,与书相伴,没有教学任务的负担,也没有太多俗事的烦扰。我也要感谢王德威教授愿意当我的访问邀请人,使我能够于2010年的夏天在哈佛大学待了三个月,利用燕京图书馆的资源进行研究和修改我的英文书稿。在那个夏天,我对自己的研究课题有了比较成熟的思考,也产生了写这本中文书的想法和冲动。从美国到新加坡工作以后,加州大学圣地亚哥分校的毕克伟教授、加州大学伯克利分校的安德鲁·琼斯教授、斯坦福大学的王斑教授、宾夕法尼亚大学的杨国斌教授、台湾大学的梅家玲教授、密执安大学的唐小兵教授、耶鲁大学的石静远教授和台湾"中研院"的杨小斌教授都曾先后到新加坡国立大学访问,我有机会与他们交流,讨论关于儿童课题的相关研究,收获不小。毕克伟教授还跟我分享了他所珍藏的民国时期与儿童相关的电影录影资料。2008年的夏天我曾经在日本的东京大学访学一个月,藤井省三教授也给了我很多无私的帮助。

　　这本书稿是独立于我的英文书稿的一个研究计划。我在博士论文的基础上所撰写的英文书稿,主要是讨论从晚清到上世纪五六十年代,儿童与中国现代性之间不同阶段的关系,而这本书则讨论儿童与战争的关系,只集中于20世纪中段。这本书稿的最后一个章节是后来加上的,本来只是作为结语在写,但没想到越写越多,甚至修改了整本书原来的架构和思路。这个章节由抗战讨论到冷战,扩大了我原先对"战争"一词的定义,在地理政治上也从中国扩大到香港以至东南亚区域。这样的转变让我开始反思自己的学术之路。无可否认,在新加坡工作的经历是我产生这样的转变的主要契机。身处东南亚,让我的视野更为开阔。这几年,我对亚洲的冷战文化逐渐产生浓厚的兴趣,希望通过一个更大的区域内部互动的框架来研究现当代中国文学和文化的发展。这也是我接下来几年的研究重点。在这本书里，从儿童的视角去看冷战时期的儿童期刊或者说三地出版业之间的互动关系，可以说是一个开始。当然，从时间段上来说，我也希望能把三四十年代与五六十年代的中国文化连接起来。其实我也不敢肯定，上面所说的这些目标在书中最终是否达成，但这也算是一个开始，或者更准确地说，是尝试打开一个缺口吧。我对冷战文化这个课题产生这么浓厚的兴趣，在一定程度上是受我的同事容世诚教授的影响。他对这个时段的关注和研究激发了我的研究热忱，同时我也很感激他总是无私地分享他的个人收藏。

本书的完成，与众多个人及机构的帮助和支持分不开。首先我要感谢我的母校普林斯顿大学 Cotsen Children's Library 的帮忙。这可以说是世界上少有的专门收藏世界各地儿童读物的图书馆，馆中有许多不同时期的中国儿童书籍(包括教科书)及期刊。当图书馆获悉我在做相关研究后，即允许我通过照相的方式复制资料。北京国家图书馆的王志庚先生在寻找和收集抗战时期的杂志与教科书方面为我提供了非常及时的帮助，深表感谢。另外，北京首都师范大学的石鸥教授多年来一直在收藏中国各个时期的教科书，藏品丰富。他自己也一直在带领一批学生有计划地做各个时期教科书的研究，成果显著。本书的第二、三章讨论边区的教科书部分，有不少材料都来自于他的资料室。我跟石教授素昧平生，在读了他的论文后冒昧联系，向他索求相关资料，他二话不说，慷慨分享。前年夏天我在他的资料室整整拍了三天的资料。另外，我也非常感谢香港中文大学的香港文学特藏室，我在那里找到了非常齐全的香港版《小朋友》以及抗战时期出版的《儿童晨报》，其中有不少是小思教授的私人收藏。最后，我尤其要谢谢新加坡国立大学中文图书馆，每当我有需要，他们总是能提供有效及时的帮助；非常感激他们一直在收集和寻找上世纪五六十年代中国和东南亚等地的儿童期刊和图书，丰富我们的研究资源。

在我梳理东南亚的儿童刊物和书局历史的过程中，有幸得到了曾在新加坡世界书局工作过多年的杨善财先生的热情帮助。他藏书众多，并且乐于分享，这几年来一直很有耐心地解答我的一些疑惑，并慷慨提供了非常难得的研究资料。也正是他的这种无私及热情，鼓励我去多关注新加坡及东南亚的一些文化课题。过去几年来，我一直鼓励和指导新加坡国立大学中文系的毕业班学生和硕士研究生做新加坡本地的儿童刊物以及戏剧文化和电影的研究。

这本书稿是我到新加坡国立大学中文系工作之后开始写的，在此要特别感谢同事黄贤强、王昌伟、林立、许齐雄、庄嘉颖、傅朗等人的支持和相互交流，国大人文学院餐厅的午后咖啡时间可贵而让人难忘。在刚开始工作时能碰到这样一群对学术及生活都充满热忱的同事兼朋友，我一直觉得很幸运。同时，我也要谢谢北京大学中文系的张丽华，每当我在北京寻找资料有困难的时候，总是要麻烦她帮忙。学术之路并不好走，谢谢在香港的吴盛青，美国的张恩华、王海城、Jessey Choo、叶敏、杜春媚、左娅、杨治宜、陈怀宇等这么多年来的扶持和分享。在书稿的完成过程中，我的博士生范雪、周思，硕士研究生李丽丹、何颖舒、曾麒霖和王楠，以及北大中文系的研究生李浴洋和祁美玲，在材料的收集和书稿的校对上都花了不少时间。丁小莺是我的义乌老乡，也是李杨老师的博士生，非常感谢她过去两年来与我分享一些民国时期数据库的研究资源。没有她的帮忙，这本书稿可能需要更多的时间才能完成。香港岭南大学的宋子江先生也及时帮我复印香港儿童史的相关资料，在此一并致谢。在北京的好友张旭霞、陈杨英、叶建第、马越和徐欣，这么多年来经常帮助我排解写作受困时的种种烦恼，谢谢她们一直以来的陪伴和倾听。

这本书的编辑和出版要特别谢谢北大出版社的艾英、延城城两位编辑。他们的耐心和专业赋予这本书新的面貌。张凤珠副总编也一直在鼓励和关心这本书的写作及出版，我心存感激。

最后，我也要谢谢我的家人这么多年来的支持。完成此书时，我最想念的人是我的父亲。在1994年的那个初秋，他送我到北京上大学，从此我开始了离家的旅程：先是北京七年，接着是美国读博六年半，毕业后在新加坡国立大学中文系工作至今。我想，父亲其实一直都不太清楚我研究的内容以及意义何在，但他是这个世界上最疼爱我的人。2011年4月20日凌晨，他因中风突然离世，对我是巨大的打击。在父亲走后的那段日子里，坚强的妈妈、弟弟和弟媳给了我温暖的支持和安慰。那年年底，12月31日，一直陪我长大的奶奶也离开了。到她离去，我们都没告诉她父亲已先走的事实。如今父亲已经走了四年，我心里对他的思念和未曾在他有生之年尽孝的愧疚却与日俱增。他们都是我所研究的时代的经历者和见证者。我父亲出生于50年代，可以说是共和国的同龄人。想到这些，总觉得做这个课题，也是在了解自己祖辈和父辈所经历的困境和选择，也因为如此，所有的研究似乎又有了崭新的意义。谨以此书纪念我的父亲和爷爷奶奶。因为你们的爱，我拥有非常美好的童年时光。

            2015年6月于新加坡肯特岗园